大統領の料理人⑦

# 晩餐会はトラブルつづき

ジュリー・ハイジー　赤尾秀子 訳

Home of the Braised

by Julie Hyzy

コージーブックス

挿画／丹地陽子

あなたを友人と呼べるしあわせを感じながら
本書をパトリック・スミスに

# 謝辞

前作『休暇のシェフは故郷へ帰る』で、オリーは父の死の真相をさぐるべく、主にホワイトハウスの外を走りまわりましたが、本書『晩餐会はトラブルつづき』のメイン舞台は本来の職場、ホワイトハウスの厨房です（タイトル *Home of the Braised* のアイデアをくれたキャシー・K・グローに感謝！）。しかし舞台がどこであろうと、たくさんの方々の支援がなければ、オリーの物語は刊行できませんでした。

バークリー・プライム・クライムの編集者ナタリー・ローゼンスタイン、彼女の有能なアシスタント、ロビン・バーレッタと知りあえたのは幸運としかいいようがありません。本シリーズはふたりの力があったからこそ、七作めを迎えることができたといえるでしょう。また今回は縁の下の力持ちで、ステイシー・エドワーズが原稿を厳しくチェックしてくれました。ありがとう、ステイシー！　そしてエリカ・ホリスクの鋭い指摘や適切なアドバイスにはほんとうに助けられました。テクノ・ブックスのラリー・セグリフとは長いおつきあいですが、この世で最高に心のやさしい人だと断言できます。

わたしのエージェント、ペイジ・ウィーラーとフォリオ社の仲間たちにはいくら感謝してもしきれません。また友人のマシュー・クレメンスのアイデアも、ありがたく使わせていただきました。

コージー・チックス(www.cozychicksblog.com)の仲間たち、コージー・プロモの友人たちにも、この場を借りてお礼申し上げます。

家族と長年の友——カート、ロビン、セーラ、ビズ、いつも支えてくれてありがとう。みんなはわたしの宝物、人生そのものです。カートとセーラ、ビズは原稿を読んでは、おかしなところをびしびし指摘してくれます。

最後になりましたが、いつもオリーの冒険を楽しみにしてくださっている読者のみなさん、ほんとうにありがとうございます。いただいたメールを読む喜びはなにものにも代えがたいものです。わたしは幸運、しあわせだと、しみじみ感じています。

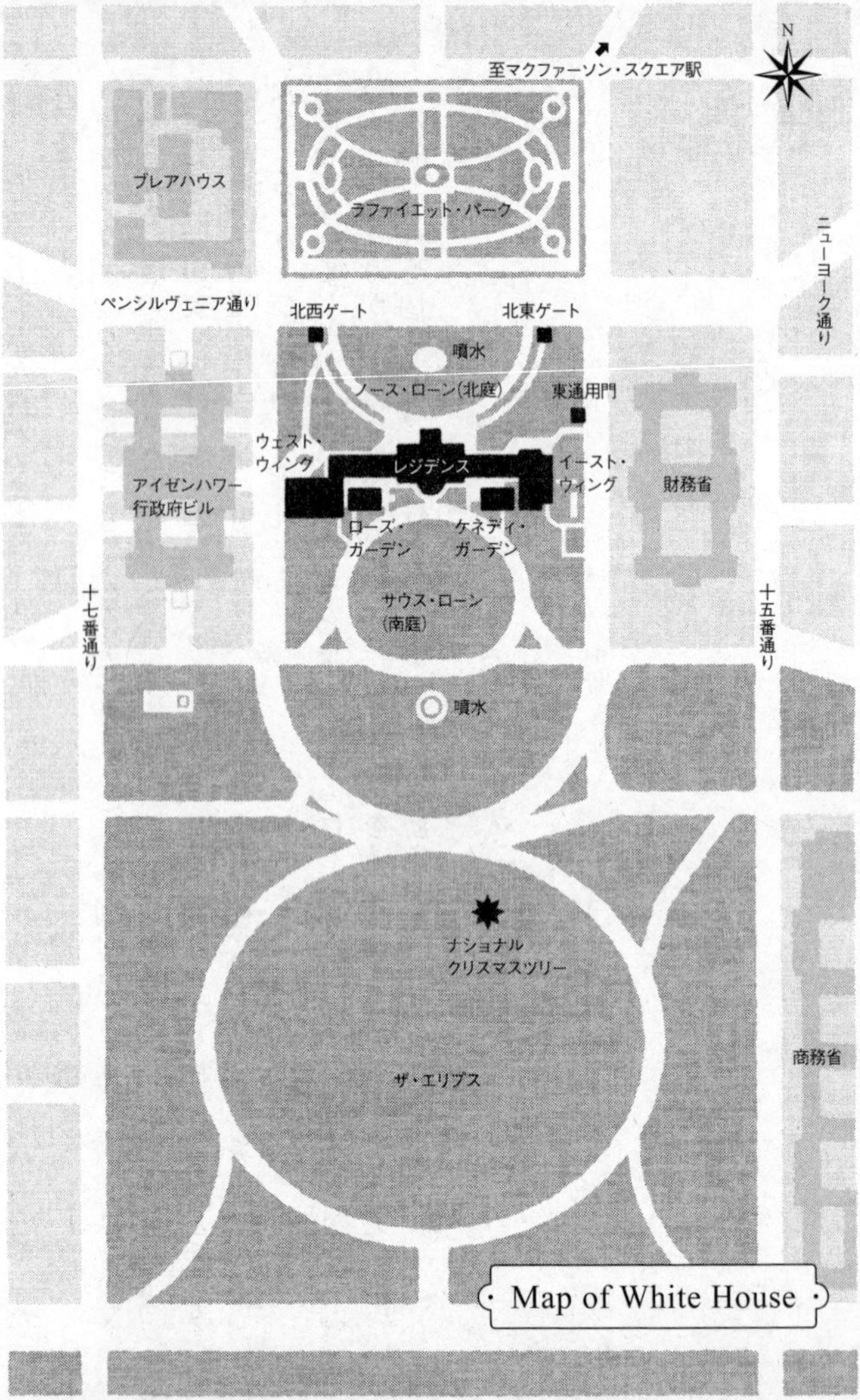


Map of White House

# 晩餐会はトラブルつづき

## 主要登場人物

オリヴィア（オリー）・パラス……ホワイトハウスのエグゼクティブ・シェフ
シアン……アシスタント・シェフ
バッキー……アシスタント・シェフ
ヴァージル・バランタイン……大統領家の専属シェフ
ピーター・エヴェレット・サージェント三世……総務部長兼式事室長
パーカー・ハイデン……アメリカ合衆国の大統領
デニス・ハイデン……大統領夫人
ジョシュア……大統領の息子
レナード・ギャヴィン（ギャヴ）……主任特別捜査官。オリーの婚約者
タイリー……シークレット・サービス
アレック・バラン……民間軍事・セキュリティ会社のオーナー
アーリック……民間軍事・セキュリティ会社の護衛官
コリン……オリーの母
ナナ（おばあちゃん）……オリーの祖母

# 1

わたしは固く信じている。人生にはかけがえのない時が何度か訪れ、いまがその時だと感じたら、逃さず、心をこめて精一杯のことをやるのだと。

ギャヴ――シークレット・サービスの特別捜査官レナード・ギャヴィンもおなじ信念をもち、わたしたちは決断した。いまがその時、逃してはならない。

ところが悲しいことに、お役所というものはそんな固い決意をこれっぽっちも汲んではくれない。

「どういうこと、オリー？」シアンがびっくりして訊いた。「きのうはギャヴと、三日後には結婚するといってなかった？　どうしてとりやめになったの？」

シアンとバッキー、わたしの三人は、ホワイトハウスの厨房で朝の仕事にとりかかっていた。エグゼクティブ・シェフとしてここで過ごした時間を考えると、アパートよりも厨房がわが家のような気がする。きょうのシアンのコンタクトレンズはエメラルド色で、とてもきれいだ。明るく快活な赤毛のシアンによく似あっていると思う。でもいまは、澄んだ緑色の瞳が心配そうにわたしを見ていた。

「もう間違いないように見えたけど。何があったの?」

ふたりのアシスタント・シェフはわたしより三十分ほどあとに出勤すると、たちまちわたしの暗いムードを感じとったらしい。といっても、べつにわたしはめそめそしていたわけでも、しょげかえっていたわけでもない。ただきのうほど元気いっぱいでなかっただけだ。

「ワシントンDCでの暮らしがどんなものかを忘れちゃだめよ」わたしは軽口をたたいた。「正義の車輪は動きが遅かろうと着実に前に進む、というでしょう? でも今回は、その車輪が一時停止してしまったわけ」

バッキーが目を細め、腕を組んだ。その姿をたとえるならボウリングのピンで、禿げた頭のてっぺんにはシミが見えた。正式な肩書ではないけれど、わたしは彼を副料理長と考えている。とくに料理の香りの組み合わせに関しては、天才的といっていい。そして歯に衣着せぬ物言いが特徴で、最初のうちはわたしもかなりとまどった。だけどいまではそれも含めて、彼の存在そのものがとてもありがたいと思っている。

わたしは大きくひとつ、深呼吸した。バッキーとシアンは同僚というだけでなく、気心の知れた友人でもある。ここは正直にうちあけてもかまわないだろう。

「あのね……」

「おはよう」ヴァージルがもどってきた。レシピの分厚いバインダーを脇にはさんで、いかにも持ちづらそうなステンレスのトレイの上には調理に使ったボウルやフォーク類。「何をやってるんだ? 厨房会議でも? ぼくには声がかからなかったが」トレイを乱暴にカウンターに置いてボウルがひっくり返り、泡だて器が外に飛び出した。バターのたっぷりついたスパチュラがころがって、カウンターに黄色い渦巻き模様を描いてから床に落ちる。

「お疲れさま、ヴァージル」わたしは彼の嫌味を無視して声をかけ、結婚の話題は終了することにした。個人的な話をヴァージルの前でする気にはなれないからだ。彼はこの厨房のいちばん新しいメンバーで、加わった当初から頭痛の種だったといっていい。ハイデン大統領が就任すると、新しいファースト・ファミリーはお抱えシェフだった彼をホワイトハウスに招き入れ、日々の食事を担当させた。本来なら、それはエグゼクティブ・シェフの仕事なのだけど――。

ヴァージルはホワイトハウスに来た当初、自分がエグゼクティブ・シェフになるものと思いこんでいた。だからそうではないと知って落胆し、わたしはわたしでホワイトハウスをクビになるかも、とずいぶん悩んだ。ヴァージルはハイデン家の大のお気に入りだと信じたからだけど、ハイデン家を、そしてヴァージルを知るにつれ、不安は徐々に解消された。ヴァージルは大小さまざまなミスを犯し、なかには看過できないものまであったものの、ひきつづきこの厨房で仕事をしている。つまりいまもわたしのスタッフ、わたしの頭痛の種というわけだ。

仕事仲間として、真摯《しんし》に力を合わせよう。と、わたしなりに精一杯やっているつもりだけれど、どうも一方通行のような気がしてならない。

「会議なんかしていないわよ。来週、デュラシの晩餐会《ばんさんかい》があるから、その打ち合わせをしていただけ」

話題を変えようと思った。ヴァージルが乗り気になるのは自分にかかわることだけだ。

「ファースト・ファミリーの朝食はどうだった?」

「絶賛だよ、いつものごとく」

バターナイフや泡だて器を片づける気はないらしい。少なくとも自分の手では。

「床もカウンターもきれいにしてちょうだいね」

ヴァージルはむっとした。人によっては、彼をハンサムだという。誰でも好意をもてばもつほど、その人がハンサムに、あるいは美人に見えてくるものらしいけど、逆もまた然り。いまはどう見ても、わたしをにらみつける恐ろしい魔王だ。

「清掃係にやってもらえばいいだろ?」

おなじ会話は何十回もした。「清掃係はモップを持ってあなたに付き添っているわけじゃないわ。汚れたら、よほどでないかぎり、自分たちできれいにするの」

ふたたび魔王の形相。それでも大袈裟《おおげさ》なため息をつくと、スパチュラを拾ってシンクに放り投げた。ボウルも泡だて器も投げ入れて、ステンレスにぶつかる音がそのたびに大きくなった。わたしが念を押すと、いやいやながら床とキャビネットに飛び散ったクリームを拭く。

「どうして清掃係にやらせない? 仕事を奪ったら、彼らは職を失う。それくらい、わかってやれよ」

「あなたにわかってほしいのは、厨房の責任者はわたしだということ」両手を体の前で握り合わせる。「おなじことを何度もいわせないでちょうだい」

ほっとしたことに、ヴァージルは反論しなかった。

わたしはバッキー、シアンと三人で、デュラシの国賓《こくひん》晩餐会の献立を練ることにした。今朝になって、デュラシの大統領がハイデン大統領との平和会談に同意し、ワシントンDCを訪れるという知らせが入ったのだ。そして会談に先立って、歓迎晩餐会を来週開催することになったという。

国賓晩餐会は、種々のデータのアップデートや膨大な招待客リストの作成、細部の慎重な調整など、通常は何カ月もまえから準備する。でも今回は、ほんの数日でやりきらなくてはいけない。

それに準備が順調に進んだところで、少しでも時間を節約するに越したことはない。これまでアメリカとデュラシは、控えめにいってもかなりの緊張関係にあり、アメリカは国連の承認のもと、長年にわたってデュラシに軍を派遣していた。デュラシの国内情勢は不安定で、前政権がアメリカを敵対視していたのはつとに知られたところだった。

ハイデン大統領にとって、来る平和会談は計り知れない意味をもつ。成功か失敗か。緊張感は高まるばかりだろう。

ホワイトハウスの厨房としては、歴史的な会談まえの晩餐会で腕を振るわなくてはいけない。世界のリーダーたちに、くつろいでおいしい料理を味わい、晴れやかな気分になってもらうのだ。

「宗教や慣例面での食材制限はないんだよな？」と、バッキー。

「いまのところはね。でもサージェントの最終確認はまだだから」

「総務部長になって、式事室の仕事との兼ね合いがたいへんじゃない？」シアンがいった。

「式事室の後任室長は決まっていないし、どっちも大きな責任があるわ。とくに総務部長のほうは」

バッキーが何か辛辣なことをいうまえに、わたしは先手を打った。

「サージェントのことだもの、なんとかやってのけるでしょ」しばらくまえ、わたしとピーター・エヴェレット・サージェント三世はいやいや組んで仕事をしたが、結果的にこれが新規蒔き直しの契機となった。そして最近になり、互いの心がわずかながらも通じはじめたような気がしている。といっても、仕事以外で会いたいとはまったく思わない。サージェントはわたしの意見にも耳を貸してくれるようになったから、わたしは彼にそのお返しをしなくてはいけない、ということだ。

「厨房はできるかぎりサージェントに協力しないとね」

「オリーはずいぶん寛大だなあ」と、バッキー。「散々な目にあわせられたというのに」

もちろん、忘れてなどいない。でも人は変わるものだし、こちらがあきらめたら変われる人だって変われないと思う。わたしとサージェントはとある事件で命の危険にさらされ、以来、彼のわたしへの当たりがソフトになった。ほんの少しとはいえ、明らかにやさしくなって、まえよりずっとつきあいやすい。

「でもいまは総務部長なんだから、わたしたちの上司ってことよ」

するとヴァージルが、あきれた顔をした。

「彼を選ぶなんて信じられないよ。いったい何を考えていたのか」ヴァージルは人選した大統領夫妻より偉そうな言い方をすると、どうでもよさそうに片手を振った。「ところできょう、チョコレート工房のスタッフを見かけたか?」

「ひとり見たよ」と、バッキー。「あっちも晩餐会の計画で忙しそうだが、それがどうした?」

「今夜、ファースト・ファミリーにチョコレート・デザートを出す予定なんだが、工房がしっかりやっているかどうか確認したくてね」しゃべりながらドアへ向かって歩きだす。「ぼくに会いたい者が来たら、工房にいると伝えてくれ」

ヴァージルが厨房を出ていくと、シアンがわたしをつついた。

「さあ、話をもどしましょ。結婚の件はどうしたの?」

わたしは説明した。ギャヴにプロポーズされてすぐ、ふたりでムールトリ裁判所に行って結婚申請書を提出し、裁判所のウェブサイトによると、許可証は三日以内にもらえることになっていた。

「でも、いまは無理なの」と、わたしはいった。「許可証をもらえても、八週間は裁判所で式を挙げられないのよ」

「たいしたことはないんじゃない?」シアンは両手を胸に当て、わざとうっとりした顔でため息をついた。「愛し合っていれば、八週間くらい」

かたやバッキーは両手をあげた。「何が問題だ？　いまの時代、資格をもった結婚の司式者《オフィシアント》くらい、インターネットでいくらでもさがせる」そこで指をぱちっと鳴らした。「まさか、きみたちがそれに気づかなかったとか？」

「ううん、それはゆうべやってみたの。数人は見つかったんだけど……」

「それで？」

どう説明すればいいだろう。ギャヴもわたしも古い慣習に縛られるタイプではないけれど、ウェブで広告をうつ司式者に対してはおなじ感想をもった。一件ずつ見ていきながら、過剰な謳《うた》い文句やけばけばしい宣伝をしているものを避けていくと、結局、三カ月以内に依頼できるところはひとつもなかったのだ。牧師や判事、資格をもって〝はい、結婚成立！〟と叫ぶ司式者だろうと、法律的にまったく違いはないものの、気持ちの面ではずいぶん違った。「ウェブの宣伝だけで司式者を選ぶのは、どうも性に合わないみたい」それくらいしか説明のしようがなくて首をすくめる。「それにどっちみち、予約は混んでいるみたいだったわ」

ギャヴとわたしはできるだけ早く式を挙げたかったけれど、その理由をバッキーもシアンも知らない。ギャヴにはつらく悲しい過去があることをふたりには話していないからだ。彼は過去に二度婚約し、二度とも式を挙げるまえに、婚約者が悲劇的な死を迎えた。迷信家ではないギャヴが、自分は不幸を招く男だと信じこむのも無理はないだろう。

だから彼は、わたしのことを心配しすぎるほど心配する。そしてシークレット・サービスの捜査官らしく、ささいなことにも潜在的な危険を疑ってしまうのだ。そんな彼の不安と怖れは、結婚を決意したとたん、一気に急上昇した。

わたしが過去、ホワイトハウスでさまざまな事件に巻きこまれたこともあり、婚約期間は少しでも短くしたかった。

「いまは八週間が百年くらいに思えるけれど、終わってみればたいしたことはなかったねって笑えるような気はするの」でもギャヴにとっては、いまこのときがわたし以上に苦しいはずだ。「ともかく――彼もわたしも、少しでも早く誓いの言葉を述べたいわ」

## 2

その日の夜、アパートへ帰る地下鉄のなかで考えた。結婚したら、生活はどれくらい変わるだろう。なんといっても、結婚を決めたのはきのうだから、ギャヴとはそういうことをゆっくり話せていない。でもやっぱり、将来のことはきちんと語り合いたいと思う。三十何年か生きてきて初めて、あるがままのわたしを愛してくれる人に出会えたのだ。

クリスタル・シティに向かう地下鉄の、真っ暗な窓の外をぼんやりながめた。ギャヴと話していないのはもうひとつ、どこに住むかということだ。彼のアパートは狭いけれど、DCのすばらしい風景を見渡せる。わたしのアパートはもう少しはずれにあるものの、もっと広くて、隣人たちはみんないい人だ。

気がつくと、わたしはつま先で床を叩いていた。気持ちがおちつかない理由のひとつは、結婚式が先延ばしになったから。そしてもうひとつは、来週のデュラシの晩餐会だ。大イベントはバッキーとシアンと三人で何度もこなしてきたとはいえ、今度の晩餐会はかなり色合いが異なる。

認めたくはないけれど、八週間の結婚式延期は、むしろよかったのかもしれない。ホワイトハウスで開かれる国賓晩餐会の計画、準備、実施の最中に自分の結婚式を挙げるというのも……。ため息が漏《も》れた。物事はときに、望むと望まざるとにかかわらず、最適な方向へ動くのかもしれない。そしていまが、そのときなのかも。

額に手を当て、うつむいた。結婚申請書を出したらすぐ、母に報告するつもりだったのに、まだできていないのだ。式がずいぶん先になるのがわかっておちこみ、もっと元気になってから、と思ったのだけど、きょうはアパートに着いたらすぐ電話をかけよう。元気に話そう。

駅に着いて、階段をあがって、暖かい夜気に迎えられたところで携帯電話が鳴った。愛するギャヴから!

「もしもし、いま話せるかな?」

「あなたとなら、いつだってオーケイよ」

小さな笑い声。「嘘つけ。来週は忙しくて、電話どころじゃないだろう」

「デュラシの晩餐会があれば、お互いさまじゃない?」

「どこもその話題でもちきりだな。この件では興味深い副作用がたくさんある」

「副作用? あまりいい響きじゃないけど」

「その話はまたいずれ。さしあって、冒険に出かける気はないか?」

「ええ、歓迎よ。何かあったの?」

「アパートまで迎えに行くよ。そのあと道々話すから。いまどこだ?」

「もうじきアパートに着くわ」

「よし。では二十分後にアパートの前で」

「あら、ずいぶん早いこと」

「時間は貴重だからね。それに待ちきれないんだよ、きみもきっと喜んでくれると思う」

急いでアパートに帰った。フロント係のジェイムズは荷物にサインをしていて、わたしには気づかない。だから挨拶もせずにエレベータに乗り、部屋に入って服を着替え、髪をといてすぐまたロビーに降りる。時間にしてほぼ十五分。すると今度はジェイムズに気づかれた。

「ちょっといいかい、オリー？　今度の平和会談をホワイトハウスの人たちはどんなふうに受けとめてるのかな？」

ジェイムズは心根のやさしい、とてもいい人だ。すげなくしたくはないけれど、ギャヴはもう外にいるかもしれない。

「ごめんなさい。いま急いでいるの」

「そうか。じゃあ、またあとで」

そう、ジェイムズはきっとまた尋ねてくるだろう。ホワイトハウスで働くわたしが秘密の情報をたくさんもっていること、だけど公表された情報以外は話せないことをちゃんとわかっているのに、何かあるとかならずこうして訊いてくる。

アパートのガラスの玄関ドアをあけると、ギャヴは車から降りてくるところだった。

「どこへ行くの？　冒険って何？」

「ともかく乗って」

助手席にすわり、シートベルトを締めたところで、運転席のすぐ後ろに杖があるのをこっそり確認した。ギャヴはこのまえの乱闘で大怪我を負い、ずいぶん歩けるようになったものの、まだ杖は手放せなかった。それが彼には大きな不満で、杖に頼るのは一時的だとわかっていても、使うときは表情が険しくなる。

でもいま、ハンドルを握る彼の表情は穏やかだった。むしろいつもより、頬がゆるんでいるくらいだ。エンジンをかけて走りだし、わたしの問いになかなか答えず、じらして楽しんでいるようにすら見える。

「きょうの午後、友人から電話をもらってね。エヴァン・ボンダーというんだが」

「初めて聞く名前みたい……。わたしが覚えていないだけかしら？」

「いや、たぶん話したことはないだろう。たまにしか連絡をとりあわないからね」

「そうなの……」先を促すようにゆっくりという。

「エヴァンは以前、シークレット・サービスで働いていたんだよ。うまが合って親しくなって、いまもたまには近況報告をする。そうしたらきょう、彼から頼み事の電話があってね。切ったあとで、そういえばと思い出し、こちらからまた電話をかけた」ハンドルから片手を離して軽く振る。「べつに彼のことを忘れていたわけじゃないんだが、まさか結婚式が八週間先になるとは思いもしなかったからね」

「ねえ、ギャヴ、前置きが少し長すぎない？」本気でいらいらしたわけではない。彼が何をいいたいかはともかく、珍しく興奮ぎみなのはまちがいないのだから。

ギャヴはわたしの手を握り、いつもは気むずかしい眉間の皺《しわ》が、ほほえみの皺に変わった。

「エヴァンは――」横目でわたしをちらっと見る。「じつは牧師なんだよ。そして喜んで結婚式の司式者になるといってくれた。きみに異論はないだろう？」

「もちろんよ！」ただ、あまりにも思いがけないことだから、頭の整理がつかなかった。そしてようやく、これだけ尋ねた。「どこの牧師さんなの？」

ギャヴは小さく首をすくめた。「いや、それが不明でね。たぶん特定教派に属さない単立のものだと思う。シークレット・サービスを辞めたのも、人びとに奉仕する使命を感じたというのが理由だった。社会という織物からほつれた者たちを繕《つくろ》って、また織物にもどしてやりたいと」

「ずいぶん詩的ね」

「特段そういうやつでもないよ。きわめてふつうの人間だ。で、きみのご意見は？」

「意見も何も、うれしいとしかいいようがないわ。大賛成よ」すぐに頼める司式者がいないのだから、選択の余地はない。ただひとつ、気になることはあった。「でもやっぱり、事前に一度くらいは会ってみたいわ。たぶん、これからその人のところに行くのよね？」

「はい、ご明察。きみを厨房からシークレット・サービスに引き抜きたいな」

「いいえ、わたしにその気はありませんので」笑いながらいって、ふと思った。「電話を切ったあとに、牧師さんなのを思い出したんでしょ？　最初の電話の用件は……頼み事って、何だったの？」

今夜初めて、ギャヴの表情が硬くなった。

「まあ……ね。エヴァンはシークレット・サービスとはまったくべつの道を選んだが、一部の捜査官とはいまもつながりがある。男女を問わず、仕事の悩みをひとつやふたつ抱える者はいるからね。ほつれた糸だけでなく、かつての戦友の相談にものっていた」

「とてもいい人みたいね」

「ああ」唇を引き結ぶ。「もちろんだ。電話の用件は、彼ひとりでは手に負えない問題があるから助言がほしいというものだった。明日の朝にでも会いたいというから了承したんだが、司式者になってもらえる可能性を考えて、明日ではなく今夜、会うことにした」

「わたしがいっしょでもいいの？ 問題というのがシークレット・サービス関連とか、ごく個人的なものだったら、わたしがいないほうがいいんじゃない？」

ギャヴはまたわたしの手を握った。「きみにエヴァンのことは話さなくても、彼にはきみのことを話したよ。知り合ったころに早速……」声をあげて笑う。「負けん気の強いシェフは困ったもんだと愚痴ったのさ。そして最初に、自分の気持ちに正直にあれ、といったのがエヴァンだった」

「あの爆弾騒ぎのころ？」

ギャヴはうなずき、当時を思い出したのか、頬がゆるんだ。

「きみとトム・マッケンジーが別れたという噂を耳にして、エヴァンにそれを話したら、ここで何もしなければ一生後悔するぞといわれた。いちいちいわれなくても……」小さな笑い。

「そのつもりだったがね、背中を押されたのはまちがいない」

「わたしのことを人に話したなんて、びっくりしたわ」

「心を許せる友人だけだ」

わたしはエヴァン・ボンダーに早く会いたくなった。

窓の外に夜のとばりがおりるにつれて、わたしたちも無口になり、車は数キロほど静かに走った。

「いまはまだ——」しんとしたなか、わたしはいった。「厨房のスタッフ以外には誰にも話していないの。その……今後のことについて」

「お母さんにもか？」

「ええ。きのう電話するつもりだったのだけど、式がずいぶん先になるとわかっておちこんで、受話器をとれなくて。母はすごく喜ぶと思うから、いますぐにでも電話したいけど、今夜アパートに帰ってからゆっくりかけるわ」

ギャヴは前方の道路を見たままいった。「つまり、このわたしに話を聞かれたくないと？」

「ええ、そうよ」わたしはにっこりした。「母に甘えて、結婚話をでれでれ話している姿を見られたくないわ」

ギャヴはわたしに視線を向けた。「オリヴィア・パラスのことはなんでも、どんな姿でも知っておきたい。きょうだけじゃなく、これからずっとね」視線をまた前方の道路へ。「だがまあ、いいさ。お母さんが反対したら教えてほしい」

「反対なんてするわけないわ。でももしそうだったら、結婚をあきらめる？」

「まさか。全力をあげて母上のご機嫌をとるだけだ」

「ご心配なく。いまでも十分ご機嫌はとれているわ」

車はデュポン・サークルに入り、公園の周囲を半分ほど走ったところで右折。そのまま進んで何度か右折、左折をしてから、古いビルが立ち並ぶ隣接地区に入った。この季節、ＤＣでは花が咲きほこり、人出も多くてにぎやかなのだが、このあたりはまるで正反対だった。見渡しても、店舗は廃業しているもののほうが多いくらいだ。夜だからだろう、理髪店と委託転売店は閉店し、鉄の格子のシャッターまで下りて、わたしの手のサイズほどある大きな南京錠がかかっていた。でも二軒ある酒店はどちらも営業中で、ビールのネオン・サインがわびしく光っている。その片方のお店の前で若者五人がたむろし、道の反対側から老人が、どこかへ失せろ、と若者たちに怒鳴った。

「あまりいい環境じゃないみたいね」

「このあたりは賃料が安いから、社会の織物からほつれ、はぐれた者が多い。だからエヴァンはここを選んだんだよ」

道を進んでいくにつれ、だんだん人を見かけなくなった。北の方角に行けば行くほど、あたりは静かになっていく。

「エインズリ通りに来たのは初めてよ」

「駐車するのは度胸がいるな」ギャヴは真顔でいった。

そして狭いスペースを見つけ、そこに車を入れていると、上半身裸の背の高い男が近づいてきた。あたりはずいぶん暗かったけれど、長い木の棒を杖のように突いているのはわかる。白い鬚《ひげ》はもじゃもじゃで、風になびくドレッドヘアも白髪だけど、足どりはしっかりしていた。年齢は六十代後半か七十歳くらいだろう。ひとりで悦に入っているような、他者を寄せつけない薄気味悪い顔つき。ぼろぼろのジーンズに履き古したサンダルで、これにゆったりしたローブをはおれば、復讐《ふくしゅう》に燃える神といったところか。

「エヴァンの家はここから近いの？」

ギャヴはブロックの先を指さした。「アパートにはさまれた二階家があるだろう？　あそこが彼の家だ。通称、エインズリ通り伝道所。なかなかいい名じゃないか？　一階が談話室で、誰でも自由に出入りできる。以前はクリーニング店でね、いまでも洗剤っぽい臭いがするよ。二階がエヴァンの住居だ」

上半身裸の、いかにもホームレスの男がわたしたちに気づいて歩をゆるめ、ギャヴが駐車してエンジンを切るのをながめた。

「あの男が通り過ぎるまで、車から降りるな」外に聞こえるはずもないのに、ギャヴは声をおとした。

もちろん、わたしもそのつもりだった。男が車のそばまで来たとき、わたしは威嚇《いかく》しないよう、わざと表情をゆるめた。と、男はいきなり立ち止まった。車内のわたしたちを見て、助手席のすぐ近くまでやってくる。細く長い鼻は、骨折しても治療をしなかったのか、いびつな形をしていた。

男はわたしに向かって片手を振った。そこからどけ、駐車するな、という意味だろうか。すると、男はその場で何度もジャンプした。といっても、地面からほんの数センチしか上がらない。高齢のせいもあるだろうけど、そのようすはむしろ、わびしい姿を見せつけているようだった。小さなジャンプをつづけながらわたしの目を見つめ、首を横に振り、口の動きは「だめ、だめ」といっている。

おそらく、わたしたちを追い払いたいのだろう。でもこの車は動かないから、男は木の棒を振りあげてわめいた。閉じたウィンドウごしに聞こえるほどの大声だ。

「行け！　逃げろ！　見つかるまえに行け！」

英語に訛《なま》りがあり、たぶん東ヨーロッパあたりだろう。男は曲がった鼻が触れるほど、ウインドウに顔を近づけてきた。

「行け。逃げろ。すぐに。わからんのか？」

わたしは目をそらすことができなかった。こちらを見つめる男の顔がゆがみはじめる。

「ねえ、このままでいいの？」わたしはギャヴに訊いた。「何かしたほうがいいんじゃない？」

「薬でもやっているんだろう」ギャヴはドアをあける気なのか、横を向いた。「追い払ってくるよ」

「だめ!」わたしは男の顔から視線をそらさず、ギャヴの腕をつかんだ。「体がまだもとどおりじゃないんだもの。この人があなたに何かして、治りかけの傷口が開きでもしたら……」

ギャヴの全身から力が抜けて、わたしは安心し、つかんだ腕を放した。ウィンドウの外で、男はこちらの反応を待っているように見える。

「ありがとう!」わたしは声をあげた。「わかったわよ!」

男はわたしとギャヴを凝視すると、これで役目は終わったとでもいうようにうなずきながらあとずさった。そしてくるっと背を向けるや、棒をふりかざし、駆けだした。

# 3

わたしは座席で体をひねり、走り去る男の姿を窓ごしに目で追った。

「何か恐ろしいものでも見たのかしら」

「さあね」ギャヴはわたしが姿勢をもどすと、運転席のドアをあけた。「いまならまわりに誰もいない。そろそろ行こう」

ギャヴは車から外に出るのに、わたしより少し時間がかかった。見ると杖を使っていない。

「忘れものがあるわよ」

彼は渋い顔で運転席の後ろに目をやった。

「いや、杖をつく姿をエヴァンには見せたくない」

「あなたの友人でしょ？　わかってくれるわよ」駄目押しをしておくほうがいいだろう。「二週間は杖を手放すな、とお医者さまに厳命されなかった？」

ギャヴは人差し指を振った。「厳命ではなく提案だ」ふうっと息を吐き、何歩か歩いてふりかえる。「ほら。立派なもんだろ。杖などなくても大丈夫だ。エヴァンの同情をひきたくはない」

「そこまでいうなら……」

わたしたちは北へ向かった。ギャヴはたまに、つらそうに顔をしかめたけれど、わたしはわたしは気づかないふりをした。

道沿いに樹木はほとんどなく、あっても痩せた幹がさびしげに立っているだけだ。エヴァンの家が近づいてきて、ギャヴに尋ねてみたところ、彼はギャヴよりいくつか年下で、一度結婚はしたものの、シークレット・サービスを辞めていまの生活を始めたときに離婚したとのこと。奥さんは人びとを救済するという彼の考えに同調できず、仕事を辞めないよう説得したものの、ききいれられずに彼のもとを去ったらしい。

「つらかったでしょうね」

ギャヴは家の前で立ち止まり、声をおとした。

「ああ、ひどくふさぎこんでね、見ていられないほどだった。夢をあきらめて、彼女の意見をききいれるんじゃないかと思ったよ。だが、意志は固かった。いったん彼女が去ってしまうと、むしろ平穏な時が訪れたというのかな、自分の使命感のみで生活できるようになった。もちろん、そこまでおちつくには時間を要したとは思うが……。いまはしあわせそうに見えるよ」

「見えるだけ？」

ギャヴは苦笑した。「あいつは胸にしまいこむタイプでね。たまには感情が表に出ることもあるが、本心はなかなか見えない」

「今度あなたに頼ってきた理由も見当すらつかないわけね？」

彼は笑いとばすと思ったのだけど、目を細め、真剣な顔つきになった。

「理由はもうじきわかるだろう」

家はかなり古く、一階の正面は古式ゆかしい書店——たとえばロンドンで、革装の初版をウィンドウに飾っているような書店を思わせた。ただし、こちらははっきりいって、みすぼらしい。

玄関は歩道から少しひっこんだところにあり、光沢のある黒塗りで、左右には縦長の細い大窓が並んでいる。ただ窓ガラスの下側三分の二には汚れた防水用紙が貼られ、日光は上側から入るだろうけど、ギャヴくらいの身長ではなかをのぞきこむことができない。玄関に表札の類はなく、ドア前にマットも置かれていなかった。歩道から玄関までは細いタイル道があるものの、タイルは汚れ、割れている。

「最後に来たのはいつ？」わたしはギャヴに小声で訊いた。

彼は答えず、玄関のノブをつかんで押した。ドアはすっと開いたものの、呼び鈴もなければチャイムも鳴らない。ギャヴは薄暗い玄関ホールに入り、わたしは彼についていった。空気はむっとし、静まりかえり……がらんとして人影はまったくない。

ギャヴは何歩か進んでから立ち止まり、周囲をさぐるように見まわした。

「おかしいな……」

築百年のような家の内部は音がこだまし、古物店に似たカビっぽい臭いもした。天井を見上げるとブリキ板で、白く塗られたのはずいぶん昔のようだ。壁の隅にはひび割れや水の染みがある。どちらを向いてもせつなく、もの悲しい気分になった。

タバコの臭いを感じてふりむくと、スタンド型の灰皿があった。一九六〇年代に流行したおしゃれなもので、吸殻は山盛りだ。

そしてほかにも、何かの臭いがする。人間の体臭にしては、ずいぶん鼻をつく。社会からはぐれた人びとは、便利な設備を使うのもままならないだろうから、毎日シャワーを浴びたりもしないだろう。体臭がきつくても仕方がないし、それくらいでわたしは驚いたりしない。でもここの臭いは……まるで腐った卵のような……。

おちつかない気分は増す一方で、消そうとしても消えなかった。

どうやらギャヴもおなじらしい。鋭い視線を部屋の隅に向け、ぐるりと全体を見まわして、入ってきた玄関ドアに視線をもどす。

「おかしいな」

傷だらけの板床を踏んで歩くときしみ音がした。誰か姿を見せないかしら？　壁の真ん中あたりには、往年の大ヒット映画の色あせたポスターが何枚も張られ、後ろのひびだらけの壁は深紅色だ。そして上のほうに、〝エインズリ通り伝道所〟と、雑に手書きされていた。

また壁には修復跡のような太い白線が何本もあり、たぶん作りつけの大型家具を撤去した跡だろう。右手には折りたたみ椅子が十脚ほど円形に並べられ、左手には本棚がある。といっても廉価な本箱が四つで、古いペーパーバックが重ねられているだけだ。天井の蛍光灯はちかちかして小さな音をたてている。それ以外の音はまったく聞こえない。

ギャヴとわたしの目が合った。

「おかしいな……」彼は声を大きくした。「誰かいないか？」

しんと静まりかえったまま。

「どうしたのかな」ギャヴは三脚の上の大きな掲示板のほうへ行った。「エヴァンはたいていこの家にいて、出かけるときはかならずここにメモを残していくんだが」

わたしはギャヴの後ろから掲示板を読んだ。この伝道所は援助と慰《なぐさ》めの場であり、礼拝を行ない、食料を提供する、と記してあった。

ギャヴはまたぐるりと見まわし、「エヴァン？」と声をあげた。

今度も返事はなく、ギャヴは奥のドアへ向かった。

「こっちに下宿部屋があるんだよ。エヴァンはときどき人を泊めてね、台所と寝室と狭い浴室だけだが……。おそらくそこで忙しくして、こちらの声が聞こえないんだろう」

形だけのむなしい言葉――。彼もわたしも、もうわかっていた。ここには誰もいないのだ。

「メモを残すのを忘れたのかしら？」

「おそらくね」彼はドアをあけようと、ガラスのノブを握った。

「人の家を――」わたしは彼の背中にそっと手を当てた。「勝手に歩きまわるのはよしたほうがよくない？」

「エヴァンは気にしないよ。彼はそういう……」

続きの言葉はなかった。彼がしゃべるのをやめたのか、わたしが聞くのをやめたのかはわからない。もしかすると、その両方かも。

なぜなら、ドアがすーっと開いたからだ。わたしはぎょっとして息をのみ、とんでもない悪臭に鼻と口を手でふさいだ。

ギャヴの体が硬直し、つぎに小さな震えが走った。すぐそばでそれを感じて、わたしの体も震えはじめた。そして一瞬にして、ギャヴは特別捜査官のレナード・ギャヴィンになった。腕を伸ばしてわたしを押しのける。

「下がっていろ、オリー・」

でも間に合わなかった。

三人、四人、いや五人の男が床に倒れているのが見えた。口をふさがれ、縛られて――。死んでいる、と思った。だけど理性が、決めつけるな、と叱った。まだ息があるかもしれない、確認しなくてはいけない。

「オリー、だめだ」

わたしがギャヴの手を払いのける間もなく、彼はわたしの腕をつかんで後ろに引いた。

「行くな。玄関へもどるんだ」

ギャヴはわたしの腕を強く握ったままふりかえり、入口の部屋へもどりはじめた。

「でも、生きているかもしれないわ」

「いや、それはない」

彼の顔を見上げ、そのこわばった表情に、いい返してはいけないと感じた。

ギャヴはきびきび歩き、唇の端ににじむ苦しみがいっそう歩を速めたようだった。わたしはついていけず、彼になかば引きずられた。

「もっとゆっくり歩いて、ギャヴ。傷口が開くかもしれないわ」

玄関ドアの手前まで行ったとき、いきなりドアがこちらに向かって開いた。男が五人、女がひとり。全員スーツ姿で、顔にはガスマスクをつけている。先頭のリーダーらしき人の様子から、彼らもわたしたちに引けをとらないほど驚いたらしい。

ギャヴはわたしを守るように、前方に立ちふさがった。

「誰だ、きみたちは？」

先頭の男が黙って真後ろの男を指さし、つぎにわたしたちを指さして、その手の動きから〝外へ出せ〟といっているのはまちがいなかった。真後ろの男がすぐさまギャヴの腕をつかみ、三人めにわたしを連れ出すよう手で指示した。わたしは腕をきつくつかまれたけど、ひどく乱暴というほどでもない。悲鳴をあげることすらできない、あっという間の出来事だった。

気がつけば、わたしは家の外にいて、腕をつかんだ男の手がゆるんだ。ごくごくわずかではあるけれど。

ギャヴとわたしは、道路のカーブで二重駐車している貨物用の黒いバンのほうへ連れていかれた。わたしをつかんでいる男が「乗れ」といい、もうひとりも乗車をせかす。どちらもガスマスクごしの声なので、彼らは〈スター・ウォーズ〉の帝国軍、わたしとギャヴは反乱同盟軍のようだ。といっても恐ろしい捕縛ではなく、彼らはわたしたちの指導教官といった印象で……。

「どういうこと？」

ギャヴはわたしの手を握り、アイドリングするバンに近づくと、その手に力がこもった。わたしは過去の事件で、むりやりバンに乗せられた経験がある。あんな思いは二度としたくない、ここからなんとか逃げられないか――と思ったとき、バンのドアがスライドして開き、男がひとり、何かの装置と向き合っているのが見えた。

「ギャヴ？」

わたしは彼の顔を見てつぶやいたけど、ギャヴにはさほど警戒感がなく、むしろ困惑しているようだった。そしてわたしの耳に顔を寄せ、自分についてこい、とささやいた。

と、そこで彼は急に立ち止まり、後ろにいた男が背中にぶつかりそうになった。

「誰が指揮をとっている？」ギャヴはわたしの手を握ったまま、男に尋ねた。強い口調にも緊張感がにじみでている。

わたしたちの前にいた男がふりかえり、マスクをずらして現われたのは、汗をかいた赤い怒りの顔だった。

「ギャヴィン捜査官、自分たちは任務でここに来ました。有毒物質で苦しみたくなければ、あなたもご友人も協力なさったほうがいい」

ギャヴはいささか驚いた顔をした。「ニック……」

「さあ、乗って」と、ニック。

有毒物質？　わたしの頭のなかはいっぱいになった。床に倒れていた五人の男たち。どこにも血の跡はなかった。そして、とてつもない悪臭。空気感染とか？　炭疽菌《たんそきん》のような？　わたしやギャヴもそれを吸いこんだ？

すっかり夜になり、道行く人はいない。少なくとも、わたしの目に見えるかぎりでは。つまり、わたしたちがバンに乗るのを目撃する人はいないということだ。これはよくない。まったくよくない。ニックと呼ばれた男はまたガスマスクをつけ、ほかの男たちとともにエヴァンの家に引き返した。いったい何があったの？

バンのなかにひとりだけいる男が、こちらを向いた。彼の仕事はおそらく、モニター類に目を光らせ、成り行きを見守ることだろう。細身で薄い灰色の髪、レンズの分厚い眼鏡。ガスマスクの類はまったく身につけていない。そばに並ぶモニターのうち三つはライブ映像だった。ガスマスクのチームが、部屋に横たわる人たちの生死を確認しているようだ。映している角度から、カメラはガスマスクの上についているらしい。

バンのなかにいた男が、わたしたちを手招きした。乗ってみると、ごく狭いスペースしかなく、まるでスパイ映画の一場面みたいだった。

「ギャヴィン捜査官」彼は軽い調子でいった。「医療休暇中だとばかり思っていましたよ。この件の関係者だとは知りませんでした」

「関係者ではないよ」と、ギャヴ。「どういうことか、説明してくれ」

男の人は何かの装置をわたしの頭や手の周囲で振り、湿ったパッドで鼻の下を、つぎに指先をこすった。わたしは身を引きたいのをぐっとこらえ、されるがままになる。

「問題ないとは思いますが、確認するに越したことはないので」そして小さなパッドを調べ、「はい、問題なしです」といった。

「硫化水素か？」ギャヴが訊き、男性はゆっくりとうなずいた。

「その可能性が高いでしょう」彼はギャヴにもわたしとおなじことをして、問題なしだといった。

「タリア捜査官――」と、ギャヴ。「状況を説明してくれ。エヴァンのほかに四人もが死んでいる」

タリア捜査官は目をつむった。そして開くと、あいまいにうなずいた。

「四人のなかに、ギャヴィン捜査官が知っている者はいましたか？」

「いや、部屋には入らなかったからね。彼らの状態と異臭がひどいのを考え合わせた」

「ええ、ほんとによかったですよ。あの時刻なら物質の効果もほとんどなかったとは思いますが。それにしても、なぜあそこへ？」

ギャヴの口もとが引き締まった。「エヴァンから来てほしいといわれたからだ」

「どんな用件で？」

「具体的にはいわなかった。エヴァンがどういう人間かは知っているだろう？　重要な用件がある、というだけでね」

タリア捜査官はわたしに目を向けた。「あなたは?」

「オリヴィア・パラスといいます」

「まさか、エグゼクティブ・シェフの?」彼はどぎまぎし、ギャヴのほうを見た。「違うといってくださいよ」

その反応に、わたしの体は固まった。「それはどういう……」ふたりの男性の顔を交互に見る。「何かいけないことでも?」

タリア捜査官はわたしを無視した。「噂は聞きましたけど、信じなかった。あなたは一流の捜査官だ。なのにどうして?」

「タリア……」ギャヴはいさめるような口調でいった。

「どうしたの?」わたしはギャヴをふりむいた。「彼は何の話をしているの?」

タリア捜査官はわたしに射るような視線を向けた。

「あなたはすてきな人だと思います、ほんとうに。しかしギャヴィン捜査官は尊敬される優秀な捜査官であり、あなたのような評判の人と浮かれているところを見られるのはよくない。悪く思わないでくださいね」

「浮かれるって……」わたしはつぶやいた。「わたしの評判? ねえ、ギャヴ、わたしのせいであなたが困った立場に……」

「タリアはわけがわからないまましゃべっているだけだ。口はつつしんだほうがいい」唇を引き締めたまま、「わかったか?」と彼にいう。

タリア捜査官は不服そうに「了解です」と応じた。

ギャヴはいくらか口もとをゆるめた。

「では、ここで何があったのか、事情を説明してくれないか?」

今度はタリア捜査官も、しっかり頭を横に振った。

「機密事項ですので」

「亡くなったのはわたしの友人だ。きみの友人でもあるだろう。オリヴィア・パラスの前で話せることに限度があるのは、わたしも承知している。だが、この事態を見過ごすわけにはいかない。さあ、話しなさい」

タリア捜査官は、エヴァンの家のほうに顎を振った。

「あそこにいる捜査官と自分しか、詳細は知りません。厳重な管理体制が敷かれているため、誰ひとり、全体を把握してはいません」薄い眉をぴくりと上げる。「ほんとうに、ひとりもいないんです。たまたまここにいあわせたのは、あなたにとって不運というしかありません」

「不運?」と、わたし。

彼はわたしを無視した。「責任者はタイリーです」

「タイリーの先導で来たのだな?」ギャヴは確認した。「マスクで顔は見えなかったが」

「知っている人?」わたしが訊くと、ギャヴはわたしの肩に手をのせた。

「過去にちょっとやりあった相手だ。故意であろうとなかろうと、わたしが彼の捜査に踏みこめばややこしいことになる」肩ごしにふりかえり、さびれた黒い家を見つめた。「まあ、いまさら何をいっても仕方がないな。すでにややこしいことになってしまった」

# 4

「これからどうするの?」わたしが訊くと、ギャヴはタリア捜査官をふりむいた。

「ミズ・パラスを自宅へ送りとどける。その後、タイリーと直接話そう」

「それはどうでしょうか。ここに残られたほうがいいと思いますよ。タイリー捜査官はこの現場であなたに事情聴取したいでしょうから」

ギャヴはまたふりかえって家をながめたけれど、ガスマスクのチームが出てくる気配はない。彼はしばし考えこんでから、タリア捜査官にこういった。

「わたしもミズ・パラスも危険人物でないことはわかっているな?」

「もちろんです」

「わたしは友人の身に何が起きたかを知りたいだけだ」淡々とした調子でつづける。「タイリーには、すぐ連絡すると伝えてくれ。たいして時間はかからない」

「しかし……」

「彼なら、わたしの居場所がわかる」

ギャヴはドアをスライドしてあけると、顔を若干しかめて外に出た。体が回復しきっていないのを悟られたくないのだろうけど、さすがにつらいらしい。

「さあ、行こう」

声はやさしいものの、わたしのほうを見ようともしない。完全に仕事モードに切り替わっているのだ。初めて会ったときもそうで、当初わたしは彼のことなんか気にもかけなかった。でもそのうち、捜査官の顔の向こうにあるものもだんだん見えるようになってきた。そしていまここで、わたしはすなおに彼についていった。

車に向かって歩きはじめると、彼がささやいた。

「のんびり歩きなさい。人の注意をひいてはいけない」

わたしはさりげなく周囲を見まわした。後ろには誰もいないし、エヴァンの家の前にあのバンが停まっているだけで、道はがらんとしている。もちろんだからといって、おせっかいなおばさまが窓からのぞき、怪しいアベックがいると警察に通報しないともかぎらない。

車にもどったところで、わたしはギャヴにいった。

「何がどうなっているのか、さっぱりわからないわ」

彼はあたりを警戒しながら、助手席のドアをあけた。「エヴァンがわたしに頼み事があるといい、その直後に死亡したのは偶然とは思えない」彼の顔に、声に、悲しみがよぎったのをわたしは見過ごしたくてもできなかった。「タイリー捜査官がなんらかの説明をしてくれるだろう」

帰り道は沈黙がつづき、気がついたらアパートの正面だった。わたしは車から降りると、運転席に手をのばし、ギャヴはその手を握った。

「いやな思いをさせてすまない」

「何かわかったら教えてね」

「ああ、もし何かわかればね。明日、仕事が終わったら寄ってもいいかな。話せることがあれば話そう」

「ええ、お願い」わたしにも何かできることがあるといいのだけれど、たいしたことはできそうにない。「夕飯の準備をしておくわ。食べながら話しましょう」おやすみをいうまえに、もうひと言。「大丈夫？　元気？」

「ああ、大丈夫だ」ギャヴは握った手に力をこめた。「きみのほうこそ、わたしといるとつらい思いばかりするだろう」

わたしはかぶりを振った。「ううん、ぜんぜん」

「身近な者がまたひとりいなくなった……。きみを巻き添えにはしたくない」

縛られ、口をふさがれた五人の姿、そのうつろな目がよみがえった。そしてすぐに現われたガスマスクの捜査官たち。亡くなった人たちのことはまったく知らないけれど、胸が締めつけられた。ギャヴからプロポーズされたのは、きのうだった？　しあわせで、しあわせで、たまらなかった。あれはほんとうにきのうのこと？　何年もまえのように思えてならない……。

翌朝、ホワイトハウスの厨房では嵐が吹き荒れた。わたしが出勤すると、ヴァージルがサージェントに、顔がくっつかんばかりに身をのりだしていた。しかも、恐ろしい形相。両手をこぶしにして腰に当てている。声はひきつり、甲高い。

サージェントはいつものように胸を張って直立し、その小柄な体に触れようものなら、ぱちっとヒビが入りそうなほど硬直していた。

どちらも議論に夢中のようで、わたしが入ってきたことに気づかない。

「彼の気持ちはどうなるんだよ？」

あら……。ヴァージルが人の気持ちを思いやるなんて珍しくない？　何かよほどのことがあったのだろう。

「ダグは総務部長室を必死でたてなおしてきたんだ」

そうか……。まだ公表されてはいないけれど、式事室長サージェントがもうじき正式な総務部長になる。とても重要な高い職位で、今後、わたしは何でもサージェントに報告しなくてはいけない。順序からいえば、ヴァージルはわたしにまず話すべきなのだけど、人事異動に関する個人的意見はその範疇《はんちゅう》にないらしい。ヴァージルの友人ダグ・ランバートは、臨時の総務部長職を解かれ、正式の部長への昇級はかなわなかった。わたし個人は、それでよかったと思っている。ダグには荷が重すぎると感じていたからだ。

「部長室をたてなおしただと？」サージェントは怒り心頭だ。「ポールはすべてを整えてから退職したのだ。細部まで手を抜かずにやった。ダグ・ランバートにポールの半分でも器量があれば、現在のような混乱状態にはなっていなかっただろう」

わたしは腕時計をちらっと見て、バッキーとシアンがそろそろ現れるころだと思った。それにファースト・ファミリーの朝食時間も迫っているはずだ。コンロの上ではいい香りがたちのぼり、オーヴンにも何やら入っている。もうじき給仕係がやってくるだろう。ヴァージルはいったい何を考えているのか。サージェントも、大統領家の朝食時間を忘れてはいけない。なのにどちらも、一時休戦する気はなさそうだった。

「ダグは適任だった。ハイデン夫妻がどうしてこんな判断をしたのか理解に苦しむよ。あなたはエグゼクティブ・シェフの友人だからね、彼女が一枚かんでるんだろう。ダグはそういっていたよ。これはフェアじゃない。とんでもなく不公平だ」

「わたしは大統領のもとで、大統領のために仕事をする。きみもそうであることを、いちいちいう必要はないはずだ」

うっすら赤くなっていたヴァージルの顔が、真っ赤になった。

「ぼくに関する陰湿な、小さな嘘をハイデン家に吹きこみまくるんだろ？　オリヴィア・パラスとおんなじようにね」

わたしは自分の名前を聞いて背筋が伸びた。ヴァージルの非難はやみそうにない。

「ふたりで組んで、ぼくを追い出す気なんだろ？　その横柄な態度で、ぼくの評判を下げようとする。わかってるんだよ、お見通しなんだよ、サージェント！」

「はい、そこまで！」わたしは大声をあげた。

ふたりは同時にぎょっとしてふりむいた。どうやらほんとうに、わたしにはまったく気づいていなかったらしい。

ふたりをにらみつけ、わたしは壁の時計を指さした。

「総務部長の人選で口論すれば、ファースト・ファミリーの朝食を忘れてもかまわないの、ヴァージル？」冷静に話しながら近づいていく。わたしの体は、この人たちより小さい。でも、ここはわたしの職場であり、責任者はわたしであることをしっかり認識してもらわなくてはいけない。「はっきりいっときますけど、ヴァージル、わたしもピーターもあなたに関して嘘の噂を流す必要なんてぜんぜんありませんから。過去に揉《も》め事を起こしたのは、むしろあなたのほうでしょう」

ヴァージルは〝朝食〟という言葉にこぶしを解き、噛みしめていた唇がゆるんだ。怒りの表情が苦渋に変わり、わたしの話などそっちのけでオーヴンに駆けよると、扉をあけた。ミトンをつけるのももどかしいのだろう、肩に掛けていた布巾を取って、じゅうじゅう音をたてる鍋を引き寄せチェックした。

サージェントは上着の裾《すそ》をぴっと引っ張り、首を左右にひねって筋をのばした。そして鼻から大きく息を吸いこみ、こんなことをいった。

「わたしが昇進するという噂は、かならずしも好意的にうけとめられていないらしい」

口出しせず、言い合いをつづけさせていればよかったかも、と思った。ヴァージルの仕事の過失は彼自身の責任なのだ。ファースト・ファミリーの食事を担当してくれるおかげで、わたしとバッキー、シアンは晩餐会や公式行事に専念でき、その点はとても助かる。だけどヴァージルには、協調性というものがない。彼が厨房にいると何かとぎくしゃくし、彼の失敗をわたしたちでカバーしたこともある。そのうちチームの一員として力を合わせてくれるようになる、とみんな期待しているのだけれど、いまのところ期待は期待でしかなく、実現していない。

わたしはため息をついた。やはり余計な口出しをするべきではなかった。料理が焦げて、その結果どうなるかを、ヴァージルには身をもって学んでもらったほうがよかったのだろう。だけど、わたしにはどうしてもそれができない。エグゼクティブ・シェフとして、大統領とご家族とお客さまたちに最高の料理を出すのが務めなのだ。一日も手を抜くことなく、それも時間どおりに。これは誰になんといわれようと、守りぬくしかない。

「そうともかぎらないと思うわよ」わたしはサージェントにいった。「正式の告知はいつになるの?」

「明日の朝だ。記者会見まで開くらしい。信じられるか?」しかめ面ながら、心のなかで喜んでいるのはまちがいないだろう。

「こういっては失礼だけど、どうかくれぐれも慢心しないでね。そういう人はいくらでもいるから」視線でヴァージルを示す。彼はオーヴンから出したキャセロール皿を布巾でつかんで、いかにも熱そうに中央のカウンターまで持っていった。仕事中に邪魔が入っただの、料理が台無しになっても自分の責任ではないなどとぶつぶついいながらだ。

「そんなことをいうとは、きみのわたしに対する信頼度はかなり低いらしい、ミズ・パラス」

わたしは少し考えてからひと呼吸おき、彼の腕に触れた。

「いま、ちょっといいかしら?」サージェントをうながして、厨房の外に出る。

エレベータの前で止まり、周囲をうかがって誰もいないことを確かめた。

「ピーターはあしたから、わたしの上司になるのよね」気持ちをおちつけて話さなくてはいけない。「そこで、報告しておくべきだと思うことがあるの」

サージェントの目に警戒の色が灯った。「どういうことかな?」

「ゆうべ、わたしは……その、わたしとギャヴは……ギャヴィン特別捜査官は……」

「珍しいな、ミズ・パラス。きみはいつもわたしに、いいたいことをいいまくるのに。ギャヴが誰なのかくらいわかっている。さっさと話しなさい」

不思議なことに、わたしはサージェントの嫌味な言い方にほっとした。日常がもどったような安らぎというか、彼の苛立《いらだ》ちにむしろ気持ちがおちつき、強くなる。

「ゆうべ、ギャヴと出かけたら、事件現場らしいところを見たの」

サージェントはわずかに背中をのけぞらせたが、何もいわない。

「でも、ここで具体的なことは話さないほうがいいと思うの。とりあえず、いまのところは……。もう少し事情がわかって、話してもいいと許可が出るまでは。ただ、最低限の報告はしておきたかったから。わたしが事情聴取を受ける可能性もあるし」

「きみがいるだけで、異常な状況は常態化しているといっていい」

ユーモアのかけらもない言い方だった。でもまあ仕方がない、とあきらめる。

「ただの勘なんだけど、そこで起きた事件は報道されないような気がするの」

サージェントは西棟《ウエスト・ウイング》のほうに目をやった。

「この〝状況〟を、誰かほかにも伝えたか？」

「いいえ」

サージェントの眉がぴくりとあがった。

「ただ、シークレット・サービスはもう知っているから、なんらかの対処をするでしょう。わたしはよほどのことがないかぎり、誰にも何も話してはいけないはずなの。でもこれくらいは、ピーターには話しておいたほうがいいと思って」

「よし、わかった」

厨房から何やら大きな音がした。

「そろそろ朝食の時間よね」

それが聞こえたかのように、狭い配膳室から給仕がふたり出てきて厨房へ向かった。時間ぴったりだ。そして給仕が厨房へ入ると、音はもっと大きくなり、ヴァージルが指示を出す声が聞こえた。どうやら彼のいらいらは募る一方らしい。わたしはサージェントの肩を軽く叩いた。これができるくらいには親しくなった、というか、これくらいが限界ともいえる。

「厨房にもどってヴァージルを手伝わなきゃ」

「ちょっと待ちなさい。彼はダグ・ランバートが総務部長になれば、自分はきみの後釜になれると目算を立てたのだよ」ふっとため息。「じつに愚かだ」

「だったら、大統領ご夫妻が愚かではない、賢明な判断をしたのを喜ばなきゃね。あらためていいます——おめでとう、ピーター！」

「ミズ・パラス」

歩きかけたわたしは、ふりかえった。

「明日、記者会見がある」

「ええ」

「きみが会見の場にいれば、さもわたしの協力者のような誤解を招くだろう。しかしそれでも、立ち会ってくれるとありがたい。もし時間が空いていれば、の話だが」

わたしはにっこりした。「はい、かならず行きます。じゃあ、またそのときにね」

# 5

その日の夜九時、わたしは仕方なく夕飯を食べおえた。つくったのはギャヴが気に入ってくれた野菜のみのラザニアと、副菜をいくつか。デザートはレモン・ソルベだ。調理中にもちろん味見はしたけれど、ギャヴが来ると思ったから、食べるのは我慢していたのに……。ギテーブルを片づけて、ラザニアをしまい、心配してはいけないと自分にいいきかせた。ギャヴが来ない理由をあれこれ推測してはいけない。いっしょに食事をする約束をして、なんの連絡もなしで待たせるのは彼らしくないのだけれど。

キッチンのさまざまな音が、さびしい音にしか聞こえない。エインズリ通りであんな事件に遭遇し、アパートまで送ってもらったときに話をしたのが最後だった。エヴァンの家で何があったのかを知りたいけれど、それよりもっと、ギャヴが無事なのかどうかを知りたい。

電話をしてもすぐ留守番電話になり、折り返しの電話はかかってこない。メッセージをくりかえし残しても意味はないと思うから、いまのところ、時間ができたら連絡くださいのひとつだけだった。もしそれを聞いたら、ギャヴは電話をくれると思う。彼ならかならずそうしてくれる。

ということは……連絡したくてもできないということだ。どうしてできないのかは、見当のつけようもない。

コンロに置いていたインゲンをガラスの保存容器に入れてラップをかける。時計に目をやっても、時間はまるで止まったみたいで、さっき見たときからほとんど針は動いていない。

おちつけ、オリー、と自分を叱る。ギャヴはわたしのことがわかっているから、頭がおかしくなりそうなほど心配するのも予想がついているはずで、それでも連絡してこないのは……。ねえ、ギャヴ、何かあったの？　無事なの？

それだけで頭がいっぱいで、ついテーブルの角にぶつかった。インゲンのガラス容器が手から落ちて床で砕け、おいしいインゲンがあたりに散らばり——。

「まったく！」独り言にしては大きな声が漏れた。

この容器には飛散防止フィルムが貼ってあるとぶつぶついいながら、シンクの下からごみ箱をひっぱりだし、しゃがんで大きな破片を拾っていった。このあと箒《ほうき》で掃除して、モップもかけなくてはだめだろう。

と、そのとき、ノックの音がした。

顔がほころび、すっくと立って、拾ったガラスをごみ箱に投げ捨てて玄関へ走った。ギャヴは過去にも、フロントのジェイムズに気づかれずに部屋まで来たことがある。ジェイムズはわりとしょっちゅううたた寝するからだ。

わたしはドアを勢いよくあけた。

がっかりした顔をしてはいけない——。

「こんばんは、ウェントワースさん」精一杯、明るい声で。「スタンリーも久しぶりね」

「何かあったんじゃない、オリー？」向かいの部屋に住む詮索《せんさく》好きの老婦人ウェントワースさんは、わたしの背後をあからさまにのぞきこんだ。「何かぶつかるような音が聞こえたんだけど、大丈夫？」

「ええ、大丈夫です」がっかりしすぎて、声に力が入らない。「ガラスの保存容器を落として割ってしまって……」

その点は嘘ではないけど、大丈夫というのは嘘だった。ウェントワースさんはそれを見逃すような人じゃなく、目を細めてこういった。

「仲良しの彼は来ていないの？」

スタンリーが彼女の腕を引っ張った。「オリーはいま忙しいよ。さあ、帰ろう。な？」

「ギャヴは……」どう答えたらよいのかわからず、これ以上明るく話せる自信もなくて両手を広げた。「どこにいるのか知らないんです。でもたぶん、まだ仕事中だと思います」

ウェントワースさんは納得したようにうなずき、話題を変えた。

「結婚式には来てくれるんでしょ？　まだ返信をいただいていないけど」

わたしはほほえんだ。ほんの一秒だけ。

「すみません、お知らせは先週いただいたので、まだ何日かは余裕があるかと」ウェントワースさんが顔をしかめたから、あわてていいそえる。「もちろん出席させていただきます、何があっても」

「仲良しの彼は連れてくる？」

「それは……」またさびしく、悲しくなってきた。「仕事さえなければ、ぜひ」

「わかりました」ウェントワースさんはわたしの目をじっと見て、スタンリーの腕を叩いた。

「すてきなお嬢さんには悩み事があるようよ。ほら、彼女の顔をごらんなさい」

つねに控えめで礼儀正しいスタンリーは、婚約者の肩に腕をまわした。

「オリーにはしなくちゃいけないことがあるから、邪魔をするのはよそう」

でもウェントワースさんは帰ろうとしない。「あなたたちはいつ結婚するの？　式にはぜひ行きたいわ。あまり長く待たせないでね」

胸が苦しくなった。ギャヴにプロポーズされ、うきうきして申請書を出し……。なのにそのあとは、いいことがひとつもない。両手に顔をうずめたい気分だった。感情をこらえることができそうにない。どんなときでも冷静でいるように心がけているけれど、きょうは心のダムが決壊しそうだ。でもぐっとこらえて、ぽつりぽつりと話した。

「婚約しました。許可証も申請しました。でも、すぐにはだめみたいです。司式者が見つからないので」

ウェントワースさんは驚いたように目を見開いた。そしてスタンリーも。

「それはいつのこと？」

「おとといです」

「結婚が決まったらしあわせでしょ？」ウェントワースさんの顔つきがやさしくなり、痩せた両手をわたしの肩に添えると、視線が合うのを待ってからいった。「それでどうして元気がないの？」

「はい、しあわせです。とっても。ただ、ちょっと問題があって……」

ウェントワースさんは首をかしげた。

「いえ、わたしと彼の問題ではなくて、その……思いがけない状況が……」

「あら」首を横に振る。「またなの？」

わたしはため息をついた。「そのうち無事に収まるとは思いますけど」

ウェントワースさんはにっこりした。やさしさにあふれた微笑。

「お母さまはさぞかしお喜びでしょう」

そうだ！　お母さん！

エヴァンの家で悲惨な光景を見て以来、母と祖母に知らせるのをすっかり忘れていた。

「まだ報告していないの？」

わたしは手で口をおおい、うつむいた。

「ええ、ついうっかりして……」

「ついうっかり？」まるで母親のような顔つきだ。「きっと、思いがけない状況のせいね」

そういうと、「では、帰りましょうか」とスタンリーの腕を叩いた。「オリー、お母さまに電話なさい。いますぐに。わかった？」

「もちろん行くわよ」と、母はいった。電話で婚約の報告をすると泣きだして、一階へ駆けおりると祖母を連れてきた。「シカゴとDCは飛行機で二時間足らずだから、日付が決まったら、すぐ教えなさいね」

「非常用持ち出し袋を用意しておこう」と、おばあちゃん。「このままテレビを見ていたら、そういっていたからね。いつなんどき、あわてて出かけることになるかわからない。オリーが大声をあげたら、すぐ飛んでいけるようにしておくよ」

「でも……しばらく先になると思うの」当初は手続き上の問題だったけれど、いまはもっと大きな障害ができたような気がした。あの事件がギャヴに、わたしたちの結婚にどれくらい影響するだろう？　八週間どころではなくなったりする？　「今度ギャヴに会ったとき、ゆっくり相談してみるわ」

「今度って、いつ？」と、母。

わたしはいかにもさびしげに、大袈裟なため息をついてみせた。

「お母さんもわかってるでしょう？　ギャヴとは一週間くらい連絡がつかないことだってあるんだから」そういいながら、心のなかで祈った。どうか今回は、そんなことになりませんように。

母と祖母は何度もよかった、うれしい、しあわせだといい、なかなか電話を切ることができなかった。ほんとうに、ふたりはとびきりやさしくて、もっと長く話したら、わたしは我慢できずに本音を吐き、ギャヴが心配でたまらないことを打ち明けそうな気がした。でなければ、悲惨な事件現場を見たことを。だからこれ以上長話はできない、と思ったところで言い訳をいった。

「あしたは早朝出勤なのよ」ほほえみながら話せば、声も明るく聞こえるだろう。「また連絡するね」

電話を切って、キッチンの時計を見る。

どこにいるの、ギャヴ？

あくる朝、厨房に行くと、とっくにバッキーとシアンが来ていて驚いた。ふたりはデュラシの国賓晩餐会の準備ではりきっていて、わたしはとてもうれしく、その熱意に負けないよう仕事に励んだ。とはいえ、頭の隅にはギャヴがいすわりつづけた。ゆうべは結局、連絡なしだったのだ。

だけどべつに、これが初めてではない。音信不通が何日もつづくことはあり、たいていは彼が通信不能の状況にあるからだ。でもこれまでは事前にそれがわかり、わたしも心の準備ができていた。

だけど今回は、事件現場に足を踏み入れてから連絡がとれないのだ。亡くなったのは五人、そのひとりはギャヴに何かを頼もうとしていた。現場に来た担当捜査官とギャヴの関係があまりよくなさそうなのも気になるし——。

そう、これまでとはぜんぜん状況が違うのだ。いやな予感ばかりが頭をよぎる。

晩餐会の献立を検討するあいまに、バッキーとシアンはわたし個人の今後の計画や、ギャヴとの交際が始まった時期などを訊き、みんなで笑いながら無駄話もした。こうやって仲間と話していると、いくらか気持ちもおちつく。

バッキーはにやにやしながら指を振った。

「彼はここに来た初日からオリーに生意気な口をきかれ、すっかり惚れこんだ、とぼくは思うね」

「初日って、爆弾の講義のとき?」

「そうそう。彼はオリーに夢中になった」

「それはないわ。むしろ、しゃくにさわる女だと思ったのよ」

「ふうん。説得力に欠けるなあ。彼はオリーに悪感情を抱いた?」瞳がきらっと光る。「まわりの目には、好意を抱いたようにしか見えなかったけどね」

「ううん、わたしも彼にうんざりしたの。自己中心的で高慢。うるさいことばかりいうから」

「へえ、だから彼と結婚するのか? うんざりする男だから、一生いらいらして暮らしたいと思った?」バッキーは大笑いした。「いわせていただくとね、ぼくはそのうちこうなると予想しておりました」

何をいっても無駄らしいから、そろそろ話をまとめようか。

「ゆうべ、母に電話をしたら、母も祖母もDCに来るっていうのよ」

「どうしてそんな言い方をするの？」と、シアン。「当然、来たいと思うわよ。それに、どうせ何週間も待つしかないなら、そのあいだにべつの準備をしたらどう？」

「べつの準備？」

「あら、オリーらしくないわね。披露宴はどこかで開くんでしょう？」わたしの表情が変わったのに気づいたらしく、「内輪のパーティって意味だけど」といいそえた。

「婚礼というより、夫婦になるけじめをつけるだけなのよ。お披露目のパーティのような派手なことをするつもりはないわ」

シアンの顔に浮かんだのは、ホワイトハウスの若いアシスタント・シェフというより、母と同年配の女性のそれだった。きょうのコンタクトレンズはいつもよりは地味な明るいブルーだったけれど、その向こうで目がきらっと光り、彼女はさながら映画監督のように両手をあげてこういった。

「ほんとに？　だったら、こんなシーンを想像してみてよ。オリーとギャヴは予定どおり司式者の前で誓いの言葉を述べる、そばにはお母さんとおばあちゃんがいる、ふたりはとてもしあわせそうな笑顔で見守っている」

「ええ。それから？」

シアンは身振り手振りをまじえてつづけた。「誓いの言葉を述べたあとは、どうするの？　まさか司式者のサインをもらってすぐ、お母さんたちを残して帰るわけじゃないでしょ？

家族そろってすてきな場所でお祝いするんじゃない？」

わたしはそこまで考えていなかった。「ええ、まあ……」

「そうするわよね」と、きっぱり。「それにどんなドレスを着るの？」

「ドレス？」なんだか頭がずきずきしてきた。結婚を決めて申請書を出せば三日後には式を挙げられると思っていたから、細かいことを考える気にもならなかった。ところが三日が八週間に延期されておちこみ、それならエヴァンに頼めばもっと早く……。

エヴァン。

エインズリ通り伝道所で五人も亡くなり、その後ギャヴからいっさい連絡がないというのに、ドレスのことなんて考えられない。

「服はなんでもいいわ。ぜんぜん気にならないもの。油のはねた調理服でも、ギャヴは結婚してくれると思う」

シアンはなかばあきれ、なかば納得したようにいった。

「じゃあ、これ以上はもう何もいわないわ。でも、わたしに手伝えることがあったらいつでもいってね」

シアンは心から気遣ってくれ、にやついた顔のバッキーもそうだと思った。

「ありがとう。そのときになったらお願いね」

午前十時数分まえに、携帯電話のタイマーが鳴った。急いでポケットに手を入れて音を消す。

「セットしておいてよかったわ」晩餐会の招待客リストに集中して、時間が過ぎるのを完全に忘れていた。

「なんの時間だ？」と、バッキー。

「サージェントの記者会見があるの。ファースト・レディが彼の総務部長就任を発表するんだけど、サージェントに同席してくれといわれたから」

作業場の向こうではヴァージルが、じゅうじゅう音をあげるフライパンに野菜を入れて、肩ごしにいった。

「よくやるよ。オリーとサージェントはこの何カ月か、ラブラブだな」声をあげて笑う。

「すばらしくお似合いのカップルだ」

わたしは彼を無視し、エプロンをとりながらシアンにいった。「悪いんだけど、わたしがいないあいだ、代わりに見てくれないかしら。今度の国賓晩餐会の暫定《ざんてい》招待客リストと、過去の正餐《せいさん》で食材制限がある人のクロスチェックなんだけど。まだ三分の一しか確認できていないの」戸口へ向かって歩きながらコンピュータを指さす。「ちょっとたいへんみたいなのよね。招待客の半分くらいは食材制限リストにないから」

「はい、了解」と、シアン。

「サージェントの都合がつきしだい、最終リストの確認をしないとね。一次リストは四つの部署から届いているから、漏れがないかも確かめないと」

「そんなに心配するな」と、バッキー。「晩餐会は来週で、最終リストができるまではまだ時間があるから、そう神経質にならなくてもいい」

わたしは調理服の皺をのばし、飛び散りや染みがないかを確かめてから、コック帽をかぶった。

「これで大丈夫？」

シアンは笑った。「問題なしよ。結婚式より、サージェントの目のほうが気になるみたいね」わたしに顔を寄せてささやく。「ヴァージルの指摘も、そう的外れじゃないかも」

「よしてちょうだい」

口にしたとたん、また不安に襲われた。これはギャヴが負傷だの死だのをさりげなくいったとき、わたしがよくいう台詞《せりふ》なのだ。彼の仕事には命の危険がつきまとう。それはわたしもわかっているし、しっかり受けとめるしかないことも学んだ。でもだからといって、安易に話題にしたくはない。よしてちょうだい——何度彼にいったことだろう。ああ、心配でたまらない。どうかいま、元気で無事でいてくれますように。

# 6

配膳室の横の階段をあがりながら、あまり考えこむと冷静でいられなくなる気がした。しっかりしなくては。サージェントが主役の記者会見に、彼に呼ばれて行くのだから。過去にはずいぶん泣かされたけど、きょうは新たなスタートを切る日だ。国家間にたとえれば、緊張緩和に向かう、といったところだろうか。わたしが記者会見に立ち会うことで休戦状態がつづくなら、喜んで行かせてもらう。

この時間はホワイトハウス・ツアーの人たちがいて、ステート・ダイニング・ルームから静かな声や大きな歓声が聞こえてきた。このあとはエントランス・ホールを抜けてホワイトハウスの正面へ行くはずだ。ファミリー・ダイニング・ルームは記者会見場になっているから、ツアー客は入れない。

報道では、サージェントの総務部長就任の扱いは小さくて、何よりデュラシの大統領との平和会談実現がトップニュースになっている。ハイデン大統領がこれを正式発表したのは、このつきあたりのイースト・ルームだ。世界を驚かす重大発表に集まる大勢の記者や大量のカメラ、高官たちを収容できるのは、ホワイトハウスではあそこくらいしかない。そしてじつはわたしも、こっそり会見をのぞきに来た。

閣僚《かくりょう》たちが後ろに控えるなか、ハイデン大統領はここに至るまでの経緯を熱く語り、デュラシの大統領との会談は世界調和の希望の光となる、予期せぬ機会が両国のみならず全世界の益となるよう、市民一人ひとりが祈ってほしいと力強く訴えた。

きょうの会見は、それとは比べようもないけれど、ホワイトハウス職員の解雇や就任は十分立派な記事になる。サージェントにとっては晴れの舞台であり、うまくやってほしいと、わたしは心から願った。

このフロアの部屋はどこもそうだけれど、ファミリー・ダイニング・ルームも天井が高く、高級感にあふれている。壁はバター色で、北向きのふたつの窓にはマスタード色の厚いシルクのカーテンがかかり、飾り房もマスタード色だ。窓と窓の間に書見台が持ちこまれ、その向こうでサージェントがインデクス・カードの小さな山をいじっていた。ぱりっと糊《のり》のきいたシャツ、ゆがみのないネクタイ、胸ポケットからのぞくハンカチの尖った角。いつものように乱れたところはひとつもないけれど、周囲を見まわすわりに、何も見えていないらしい。というのも、近づくわたしのほうへ二度ほど視線を向けたのに、わたしそのものに気づかないからだ。

記者はいまのところ十人くらいで、ふたりがカメラを手にしている。大統領の会見のようなむんむんする熱気はなく、おちついた雰囲気だった。それでもサージェントの就任は、明日の朝刊とインターネットでそこそこの扱いをされるだろう。ひょっとするとツイッターでハッシュタグが付くかもしれない。

シークレット・サービスが部屋のあちこちに険しい顔つきで立っている。そのうちふたりを除いてみんな、わたしの知っている大統領護衛部隊《PPD》のメンバーだった。部屋の奥にいる、あの見慣れないふたりはどこの所属だろう？　ここからだとシークレット・サービスの襟章が見えないけれど、それはべつにかまわない。どちらも灰色のスーツを着て、上着はボタンを留めずはだけている。それぞれ部屋のようすをうかがってはいるものの、わたしの目にはどこか一歩下がっているように見えた。記者たちはふたりを気にせず、ほかのシークレット・サービスもとくに警戒しているふうではない。だからわたしも気にしないことにした。すると、背の高いほうと目が合った。彼はすぐに視線をそらしたけれど、ほんの短い時間でも、わたしは彼の恐ろしい目つきにぞっとした。いったいどういうこと？　そこでふっと考えて、もう一度ふたりをながめた。背の高いほうの目つきや動きにどこか見覚えがあるような……。そうだ、あのときの……。でもあのとき、顔は一度も見なかった。いいや、もう考えるのはよそう。あの人たちがここにいようがいまいが、わたしには関係ない。ただそれでも、誰なのかは知りたくてたまらなかった。なぜなら、それがわたしの性癖だから。

一方、サージェントは死刑執行を待つ囚人のようになった。ほかの人たち——ファースト・レディと報道官、会見が滞りなく運ぶよう配備された何人ものアシスタントとは離れ、サージェントは片手にインデクス・カードを持ち、神妙な面持ちで立っている。唇が小さく動いているのは、たぶんスピーチの練習だ。いつになくそわそわして見え、歩きまわってもよければ、たぶんそうしていただろう。

わたしは書見台のそばまで行くと、「がんばってね、ピーター」と声をかけた。彼はびっくりして何度もまばたきしたけれど、その目は充血し、熟睡中に警笛でいきなり起こされたみたいだった。

「記者はわたしに質問してくるだろう？　質問を想定して答えを考えたのだよ。外国の賓客に関するコメントも求められるかもしれないと思い、ひと晩かけて考えた。とくにデュラシの大統領に関してね。問題を引き起こすような事態は避けなくてはいけない。その可能性は否定できないだろう？」片手に持った白いカードを振る。「いくつかメモしてきたのだが……」

サージェントはカードを両手で持ち、うつむいて読みはじめた。わたしのところからはいちばん上のカードしか見えないし、それも文字がさかさまだけど、何が書いてあるかはすぐわかった――〝ノーコメント〟だ。

わたしの想像では、記者は外交問題よりむしろ、サージェントのこれまでの実績と新たな職位に対する思いを尋ねるような気がした。サージェントはなぜ総務部長に抜擢《ばってき》されたのか。その理由を記者はさぐりたいだろう。

サージェントが口うるさいのは、ホワイトハウスではよく知られたところだ。とことん細部にこだわる点は有名で、たぶんそういう姿勢が一役かって今度の昇進につながったのだろう。だけど記者たちは、そこまでサージェントの性格を知らない。会見の幕が上がりさえすれば、いやでも知ることになるだろうけど——。

「これまでのキャリアについても質問されるんじゃない?」と、わたしはいった。「でもいちばんの目的は、ピーターがどんな人かを知ることよ。いいたくないことはいわなければいいわ。ファースト・レディやアシスタントもいるんだし、報道官は火消しのプロだもの」

「つまり、答えたくない、いやなことを訊かれると?」

そのとき、ファースト・レディの横にいた報道官がやってきて、サージェントに「あちらへ行ってください」と、奥の窓のほうへ腕を振った。「ファースト・レディとわたしがまず短く話したあと、あなたを紹介します」そしてわたしをふりむいて、「よく来てくれましたね、シェフ」といった。「あなたはあちらへ——」と、北東の角を指さす。「サージェント氏の総務部長就任が告げられ、彼が前方に進み出たら、あなたは彼の後ろに行ってください。ファースト・レディとわたしの横です。これでいい写真が撮れるでしょう」

「がんばってね」わたしはサージェントにささやいてから、指定の場所へ向かった。

そしてすぐ、報道官は集まった大勢の記者たちに静かにするようにいい、ポール・ヴァスケスが総務部長を退職したことを報告した。わたしはポールがなつかしく、会いたくてたまらなくなった。辞職してから何度か電話で話し、奥さんの病気は深刻だけれど、まだ希望はあるとのこと。ポールも内心ではホワイトハウスと職員たちから離れ、さぞかしさびしいことだろう。でもそれよりも、最愛の人のそばにいるほうを選んだのだ。

報道官は、ダグ・ランバートは暫定的な総務部長代理であったことを強調し、正式な次期部長は当初よりサージェントが候補であったことをにおわせた。

数日まえ、サージェントが後任になるという噂が流れたとき、ダグは憤懣《ふんまん》やるかたない様子で傍目《はため》を気にせず不満をいいまくり、尋常とはいいがたい振る舞いをして、やむなくシークレット・サービスが対処した。ダグはシークレット・サービスにつきそわれ、ホワイトハウスを出ていったのだ。

職員はみなスムーズな移行を望んでいたが、ダグは無分別としかいいようのない怒りを示したから、今後の仕事は厳しくなるかもしれない。

報道官のつぎに、ファースト・レディがマイクの前に立った。ピーター・エヴェレット・サージェント三世と初めて会ったときのこと、その献身的な仕事ぶりと何事にも細心の注意を払う姿に感銘をうけたことを語る。

そしていよいよ、サージェントの出番――。眉の上には汗のつぶがたまり、さして強くもない頭上の照明が新任部長の動揺ぶりをあからさまに照らしだした。サージェントは咳《せき》ばらいし、わたしは指示されたとおり、彼の左手後ろに立った。

サージェントは総務部長に任命されて光栄であるとお決まりの挨拶から始めたが、驚いたことに、声が多少震えている。それでも話しつづけるうちに震えはおさまり、しっかりした口調になっていった。そして二分くらいたったろうか、内容は締めくくりへと向かい、無事に終了。明瞭かつ簡潔なスピーチで、わたしもほっと肩の力を抜いた。

すぐさま二十代とおぼしき男性記者が質問の手をあげて、許可を得るまえに話しはじめた。

人目など気にしないだらしない態度で、ヘアスタイルはミック・ジャガーもどき、痩せた体に着ている白いボタンダウンのシャツは薄汚れ、しかも二サイズくらい小さいのではないか。

「《ピープルズ・ジャーナル》のダニエル・デイヴィーズです」

記者のことは知らないけれど、出版社は有名なところだ。

彼は首をかしげ、目を細めた。「厨房のシェフにどのように対処し、政府の仕事に関与するのをどうやってくいとめるおつもりですか？　エグゼクティブ・シェフは――」わたしのほうへぞんざいに顎を振る。「事件報道の常連といっていい」

わたしの顔が、全身が、熱くなった。記者は質問をつづける。

「本来の職務以外の活動がいかに多いか、わざわざここで話すまでもありませんよね？　最近の事件では、たしかあなたご自身も手柄をたてた。ミズ・パラスとずいぶん親しいようですが、それで彼女の行動を管理できますか？」

どんなに顔が熱くても、表情を変えてはいけない。それにしても、ずいぶん親しいですって？　わたしとサージェントがどんな荒波を乗り越えてきたのか、あなたは知っているの？　険しい道を歩いてようやく、お互いになんとか敬意を払えるようになったのよ。親しい間柄でもなんでもない。〝友人〟と呼べる日が来るとも思えない。だらしない態度の記者さん、いったい何を根拠にそんなことをいうの？

頭のなかが怒りでいっぱいになった。手柄をたてた？　あなたは真実を知らないだけよ……。わたしは無意識のうちに一歩前に進み出た。記者に反論したいのをぎりぎりのところでぐっとこらえる。

サージェントが大きな咳ばらいをした。鼻の穴がふくらんでいる。胸の下で両手を握りあわせ、これは気持ちを鎮めたいときの彼の癖だった。どうか、お願い、そのままでいて。ファースト・レディと報道官はこわばった笑みを浮かべ、いまにも何かいいだしそうだった。でもサージェントは総務部長になったのだ。これからはさまざまな事態に対処しなくてはいけない。いまとは比較にならないほどの厳しい局面もあるだろう。

集まったほかの記者たちも、こんな質問が飛び出すとは思いもしなかったらしい。全員の視線がわたしに集中し、わたしは息をするのも苦しくなった。

「ミズ・パラスは——」サージェントがゆっくりと話しはじめた。「全力で厨房の職務に励んでいる。あなたのいう職務以外の活動と、わたしが総務部長の仕事を遂行することとは何の関連性もないように思う。エグゼクティブ・シェフとして、ミズ・パラスの実績は賞賛に値する。わたしにそれ以上のコメントはない。では、ほかに質問は？」サージェントはひと呼吸置いてから、記者たちを見まわした。

でも若い記者はくいさがった。「彼女が国の安全保障にかかわりかねない事件に異常なほど関与してきたのは認めるしかないでしょう？　素人捜査をどうやってくいとめるつもりですか？」サージェントが答える間もなくつづける。「それとも、くいとめるつもりはないと？」

記者たちはメモをとり、なかにはぶつぶつ独り言をいう人もいた。ファースト・レディと報道官は目くばせをかわしたが、サージェントは胸を張り、命令口調で答えはじめた。わたしが何度もいやな思いをした、あの、人をこばかにした調子で――。

「ミスター・デイヴィーズ、あなたは礼儀作法というものを知らないのか？　あらためていうが、わたしは式事室の室長を務めあげ、総務部長に任命された。明白な証拠もなしに他者を中傷する人間は、いくら望んだところで出世などできない」

サージェントはひと息つくこともなく、記者に反論の時間も与えず、いつもながらの高圧的な態度でつづけた。

「安全保障やセキュリティに関して疑問があるなら、シークレット・サービスに質問したほうがよいだろう。また、厨房業務に関して疑問があるなら、ミズ・パラスに直接尋ねるべきだと思うが。この会見は、わたしが総務部長に就任したこと、および今後の部長職に関するものだと認識している。あなたの質問に対する答えは、以上。尋ねてくれてありがとう」顎をつんとあげ、若い記者の頭ごしに部屋をながめる。「ほかに質問は？」

# 7

部屋の奥にいた謎のふたりは、若い記者が大胆な質問をすると身を乗り出して聞いていた。そしてつぎの記者がありきたりの質問をしはじめると、顔を寄せてひそひそ話。そのようすから、若い記者かサージェントか、どちらかに興味をもったらしい。わたしは背の高いほうとまた目が合い、背筋がぞくっとした。

それからしばらくして会見は終了し、PPD二名がファースト・レディをエスコートして部屋を出ていき、二名が記者たちを外に誘導、謎のふたりは残ったPPDのところへ行って話しはじめた。わたしたち職員はそれぞれの持ち場にもどっていく。

報道官とアシスタントたちはすぐにいなくなり、わたしはサージェントのそばへ行った。

「お疲れさまでした、ピーター」コック帽を脱ぎ、ふたりで部屋を出て、彼の新しい執務室へ向かった。「驚きの質問にも見事な対応だったわ。あの記者、いったい何を考えていたのかしら」

「わたしも知りたいよ。しかも、あの服装はなんだ？　あれでよくホワイトハウスに来られたものだ」

「わたしが会見の場にいたのがよくなかったのよね」

「きみがいようがいまいが、わたしを攻撃してきただろう。だが、あの質問から予想するに、きみは今後もわたしの頭痛の種となる」そして声をおとし、独り言のようにつぶやいた。「まったくな、まさかあんな質問が飛び出すとは……」まばたきして、わたしの目をまっすぐに見る。「あの記者はあれこれ騒ぎたてるだろう。わたしを狙い、きみを狙って。それを念頭に置き、出過ぎた真似はくれぐれも控えるように。いいな、オリヴィア？　ホワイトハウスで悪ふざけをされてはたまらない。わたしはけっして許さないからな」

「悪ふざけね……」さりげなくくりかえす。「もっとほかの言い方がありそうなものだけど」

サージェントは視線をそらした。「メディアに見られているのは承知だったが、想像以上に目を凝らして見つめられていたらしい。きみはすでに注目を集め、それなりの評判を得ている。きみの行為が跳ね返ってわたしの地位に影響するなど想像もしなかったよ」

サージェントの立場になってみれば、昇進が公表されてすぐ、明らかに攻撃的な意図をもった若手記者の質問攻めにあったのだ。

「ポールのときと態度を変えたりしないから」わたしはできるだけ従順な口調でいった。「通常と違うことがあったらかならず報告するわ。だからきのうも、あの件を話したのよ」

「ああ、そうしてくれ。わたしはサプライズを楽しむ人間ではないからね。わけても、きみがもたらしかねないサプライズは」

ふたりで総務部長室に入った。わたしはサージェントがここに移動してから来たのは初めてで、部屋のようすがずいぶん違うので驚いた。ダグはそこらじゅうに書類を重ねていたから乱雑な印象だったけど、サージェントは狭い場所一カ所に整理してまとめ、アシスタントのデスクもきれいだ。

「ずいぶんすっきりしたわねえ」サージェントはデスクの前にすわり、わたしは向かいの椅子に腰をおろして、コック帽を膝にのせた。「短い時間によくここまでできたわね」

サージェントはすぐ用件に入った。「厨房の運営について話し合いたい」カレンダーを開き、ペンを持ってわたしの目を見る。「来週はどうかな？　きみのスケジュールは？」

そのとき、男性が四人入ってきた。あの謎の男ふたりに、ＰＰＤがふたり。謎の男たちはほぼ同時にわたしに顔を向け、サージェントには目もくれない。

「ミズ・パラス、ちょっとお時間を」謎の男の片方がいった。

四人とも険しい顔つきだった。わたしは「はい」と立ち上がり、とまどいぎみにサージェントをふりむいた。

新任の総務部長は眉間に皺を寄せ、目つきは鋭い。

「では、打ち合わせは後刻としよう。最新情報はかならず知らせなさい、ミズ・パラス」

声をかけてきた男がわたしの肘をつかみ、「それは当てにしないように」と、サージェントにいった。

男たちはみんな背が高く、ちびのわたしはまるで子どもだ。それでも肘をつかんでいる男の手を振り払い、外のホールに出た。向かう先は、どうやらグリーン・ルームらしい。ホワイトハウス・ツアーは終わったようで、ホールにいるのは清掃係だけだった。わたしたちが通りすぎても顔もあげずに、ぴかぴかの大理石の床をもっとぴかぴかに磨いている。

グリーン・ルームでは、制服姿のシークレット・サービスがひとり、部屋に誰も残っていないことを確認中だった。わたしたちが入っていくと鋭い視線を向けたものの、こちらのシークレット・サービスが何もいわないうちにこっくりうなずき、部屋から出ていった。

ドアが閉まり、いやな予感に襲われたわたしは、手にしたコック帽をいじりながら尋ねた。

「どういうことかしら？」

わたしの知っているＰＰＤの護衛官ふたりは、隣の部屋に通じるドアを閉めると、その前に立った。誰も入ってこないように？ あるいは、わたしをここから出さないために？ 謎のふたりはわたしを布張りの椅子のほうへ歩かせ、背の高いほうが「すわってください、ミズ・パラス」といった。

この人はフットボールのランニングバックのようにたくましく、動きがしなやかだ。黒い肌、頭皮が見えそうなほど短い黒髪。唇から左の鼻腔にかけてうっすら傷があるのは、おそらく口唇裂の手術跡だろう。でも執刀医は腕がよかったらしく、彫りの深い整った顔だちはまったく損なわれていない。目は瞳孔と虹彩の区別がつかないほど黒々していた。

それにしても、こんなふうに呼び出された豊富な経験からいえば、椅子にすわってこわもての人から見下ろされるのはじつに居心地が悪い。

「いいえ、立ったままでかまわないわ」臆してなどいない、という代わりに、投げやりな笑みを浮かべてみせる。

「すわってください」彼はくりかえした。「これはお願いではない」

そこで、ふと思い当たった。「ひょっとして、ギャヴに関係すること？　彼は無事なのよね？　どこにいるの？」脚が震えはじめ、古い椅子の古いクッションに腰をおろした。

たくましい彼はわたしの真ん前に立ち、両手を組み合わせた。わたしの言葉に多少驚いたようだけれど、表情は硬いままだ。もうひとりは、彼の一歩後ろに立つ。どちらもわたしの問いに答える気はないらしい。

部屋は静まりかえり、外のサウス・ローンから草刈り機の音が聞こえてくる。空気も風のない湖面のようで、わたしが少しでも動けば波がたちそうだ。それがたとえさざ波であれ、ギャヴの悪いニュースを運んでくるような気がして、わたしは眉ひとつ動かさないようにした。

そして膝の上で両手を固く結んだまま、もう一度尋ねてみる。

「ギャヴはどこにいるの？」

目の前の彼は、握った手の指を一本だけのばした。黙っていろ、という意味だろう。

「質問はこちらからします。正直に答えれば、じきに帰ることができます」

緊張のあまり、言葉がきつくなった。「もし正直でなかったら？」

この際、礼儀はなしだ。

「ミズ・パラス、あなたは事の重大さを認識していない」

わたしはドアの前にいるPPDの顔を見た。だけどどちらも上手に視線を避けるだけだ。気持ちを引き締め、わたしは首をかしげて目の前の彼に尋ねた。

「あなたは誰なの？　質問するより先に、まず名乗ってもよいのではない？」

彼は鼻で大きく息を吸った。「わたしは捜査官のタイリーだ」組んでいた手をはずし、そばにいるもうひとりを示す。「彼は同僚の、ラーセン捜査官」

「タイリーって……」つい声が高くなった。「あのとき、あそこにいた……」彼の鋭い視線に、記憶がまざまざとよみがえった。エヴァンの家で、先頭にいたリーダーとおぼしき捜査官だ。PPDのふたりに目を向けると、ドアの前から動く気配はない。彼らがいる場所で、あのときのことを話してもよいのだろうか？　するとタイリー捜査官が顎をあげ、ふたりにいった。

「ごくろうさま。あとはこちらで処理する」

PPDが出ていき、ドアが陰気な音をたてて閉まった。

胃がきりきりしてきた。ギャヴは別れるとき、タイリーのところへもどるといった。きっとこの人は、ギャヴの居場所を知っているはず。でもたぶん、教えてはくれないだろう。居場所どころか、無事かどうかも。わたしははっきりさせるために立ち上がろうとしたけれど、タイリー捜査官がすぐ目の前に、膝がつきそうなほど近くにいるから立てない。

「ミズ・パラス、あなたは一昨日、予想だにしないものを目撃した」タイリー捜査官の口調は淡々として、冷たい。あのときのギャヴの反応も考えあわせると、かなり深刻な状況だということがいやでも伝わってきた。

ラーセンと紹介された捜査官のほうを見ると、体つきは細く、髪は剃りあげ、彫像のようだ。頬をすぼめているせいで、よけいがりがりに痩せて見える。そして瞳の色は薄く、怒りに満ちていた。

タイリー捜査官はわたしの返事を待っているようだったから、「ええ、そうです」と答えた。

彼は少し力を抜いたものの、変わらずわたしのすぐ前にいる。これほど近くまで来るのは、ふつうなら親しさの表現だけれど、彼の場合はたぶん威嚇だ。でもわたしは、そんなことでは怖がりませんと伝えたくて彼を見上げた。

「誰かに話したか？」

見上げていると首が痛いけど、意地でも視線をそらしたくなかった。

「あなたはわたしをご存じないみたい」

彼の鼻がひくついた。「質問に答えてほしい」

「わたしという人間を知っていれば、そんな質問はしないでしょう。もちろん総務部長のピーター・エヴェレット・サージェント三世には、事件現場に遭遇したとは伝えたわ」両手を広げて部屋全体を示す。「こんな状況になるかもしれないと思ったからだけど、総務部長に具体的なことはいっさい話していません。それくらいは、いわれなくてもわかっているわ」

タイリー捜査官は喉の奥で何やら声を漏らし、ラーセン捜査官は咳ばらいをした。

「エインズリ通り伝道所で何があったの？」ふたりの顔を交互に見て、温かい人間味はないかさぐったけれど、どうやらこの場では無理らしい。「いったい誰があんなことを？」

「エヴァン・ボンダーのことはどうやって知った？」

怒りがふつふつ湧いてきて、体が震えないよう腕を組んだ。「ギャヴが無事でどこにいるかを教えてくれるまで、何も答えません」

タイリー捜査官の口上の傷が、脈打つのまで見えそうなほど赤みを帯びた。そしてほとんど唇を動かさずにこういった。

「協力したほうがいい。今後の人生のためにもね。われわれに何ができるかはいわなくてもわかるだろう」

屈強な男ふたりに見下ろされてすわっていると、どうしても気おくれしてしまう。だけどどちらも最低限の礼儀は守り、力ずくで答えさせるわけでもないから、大事《おおごと》にはせず内密ですませたいのだろう。理由は不明だけれど、いまはそんなことよりギャヴの安否だけわかればいい。

「取引しましょう」と、わたしはいった。「ギャヴについて教えてくれれば、どんな質問にも正直に答えるわ」

ラーセン捜査官はいかにも不愉快な顔つきで、窓の外に目をやった。

タイリー捜査官は頭を横に振る。

「ギャヴは負傷して、全快していないの。いまはまだ医療休暇中なのよ」

「承知している。で、エヴァン・ボンダーのことはどうやって知った?」

仕方がない。その点だけは答えようか。

「知るも何も、ギャヴがいっしょに会いにいこうというから行ったの。古い友人だとは聞いたけれど」

「彼があなたを同行したのは木曜日だった」見事なまでの無表情。「ギャヴィン特別捜査官は、木曜に急きょ、エヴァンの自宅を訪問した」

「まあ、そういうことね」

「理由は?」目を細めて訊く。「なぜ木曜日に訪問した?」

「エヴァンの身に危険が迫っていることをギャヴが知っていたとでもいいたいの?」

「知らなかったのか?」

「ええ、わたしはそう思うわ」ひとつ深呼吸してからつづける。「ご存じないだろうけど、彼とわたしは結婚する予定なの」

ここで初めて、タイリー捜査官の表情に変化が見えた。といっても、結婚話はすでに知っていたようで、その顔によぎったのは見間違えようもない嫌悪の情――。

「つづけてくれ」

「できるだけ早く式を挙げたかったのだけど、裁判所では八週間先だとわかって――」できるだけ手短に話そう。「ギャヴがエヴァンなら司式者の資格があるから、頼んでみようといったの」エヴァンのほうがギャヴに頼み事をしたことは省いた。必要だと思えば、ギャヴ自身が話すだろう。どのみちわたしは彼から聞いたにすぎず、伝聞でしかないものをここで話さなくてもいいはずだ。「それであの家に行ってみたら……エヴァンと何人かが殺されていて……」

タイリー捜査官は目をすがめた。「誰かが殺人だといったのか?」

わたしはちょっと驚いて、かぶりを振った。「だって、亡くなっていたでしょう? 縛られて、口もふさがれて。誰だって殺人事件だと思うわ」

「あなたが到着したとき、息のある者はいなかったか?」

わたしはとまどった。確かめたいとは思ったけれど、ギャヴが異臭を感じてわたしを近づけさせなかった。呼吸や脈をみる時間などなかったのだ。

「そんなふうには思えなかったけど……」

「もっとよく考えろ、ミズ・パラス」

あまりに強い、怖い口調に身がすくんだ。

「そのなかのひとりに話しかけられなかったか?」

「本気で訊いているの?」いやでも声が大きくなった。「亡くなっていたのよ。それが違うっていうの?」

「あなたは自分が到着したとき、全員が死亡していたとは明言していない。生きていたとは〝思えない〟といっただけだ。伏せている情報があるのではないか? 誰かが話しかけたのであれば、彼は何といったのか?」

こうなったらもう、どんなに近くてもかまわない。わたしは勢いよく立ち上がった。顔が捜査官の胸にくっつきそうになり、彼は反射的にあとずさる。

「あのね」コック帽を振り振りわたしはいった。「あの場を見てから一分とたたないうちに、あなたたちが来たのよ。誰も話しかけてなんかこなかったわ。話せるわけがないじゃないの！」気持ちをおちつけ、ゆっくりとつづける。「あの人たちは口をふさがれていたでしょ？息があったとは思えないわ」

「一分は長い。死にかけていれば必死で言葉を発しようとするだろう」鼻の穴がふくらんだ。もっと何かいいかけたのを、わたしは思いきって制した。

「タイリー捜査官、あなたたちはあそこでいったい何をしたの？」ラーセン捜査官をふりむく。「あなたもガスマスクをつけていたひとりでしょ？　マスクが必要だと、事前にわかっていたってことよね？」

ラーセン捜査官は、わたしがいきなり立ち上がるとすぐさま、タイリー捜査官を守るように横に並んでいた。屈強な男たちをわたしが襲えるわけもないのに。

タイリー捜査官は声を荒らげた。

「気をつけたほうがいい、ミズ・パラス」彼はシークレット・サービスとは思えない、脅すような仕草をした。指を二本、自分の目に向けてから、つぎにわたしの目に向けたのだ。

「監視してやるからな」

# 8

「どうしたの？」厨房にもどるなりシアンがいった。「サージェントの総務部長としての初仕事は、オリーを船から海へ投げ捨てることだった？」冗談っぽくいったあと、そばまで来て小声で訊いた。「会見でいやなことでもあったの？　顔が怖いわよ。時間もずいぶんかかったし」

「うん、怒ってるの。でも記者会見とは別件でね」わたしは中央のカウンターにもたれた。ヴァージルはコンロの前で、こちらに背を向けている。「バッキーはどこ？」

シアンは冷蔵室のほうへ手を振った。「在庫をチェックしてるわ。オリーはいままでどこにいたの？　サージェントはさっきここに顔を出して、伝言を残していったわよ」

どこにいたかはいえないので、「伝言って？」と訊いた。

「打ち合わせをしたいそうよ、一対一で」表情が曇った。「いったい何があったの？」

気分転換が必要だと思った。いつもなら仕事に専念すれば気も晴れるのだけど、きょうに限っては効果がなさそうだ。

「ジョシュアが来るのは何時だったかしら？」

「答えをはぐらかすの？」

わたしはシアンに人差し指をつきつけた。「さすが鋭いわね」茶化したつもりが、結果は惨敗。

シアンは片手を腰に当て、さぐるような目でわたしを見ながらいった。

「ジョシュアはあと一時間くらいで来るわ。国賓晩餐会を手伝いたくて仕方ないみたいね。調理だけじゃなくプランニングも。でもどうしてそんなことを訊くの？」

「じゃあ、それまでにはもどってくるわ」質問には答えずに、コック帽を作業場に置いて厨房を出た。右へ曲がって冷蔵室の前を左折、ホールへ出ると左に行って両開きのドアを抜け、外の中庭へ――。この中庭は、厨房から見て北西にあたる。

言葉一つひとつに気を遣うストレスがなくなり、陽光ふりそそぐ暖かい空気を胸いっぱいに吸いこんで、ふうっと吐いた。「ギャヴ、どこで何をしているの？」声に出していってみる。「どうして連絡がとれないの？」

ありがたいことに、大統領はいまホワイトハウスにいないから、シークレット・サービスも通常より少ない。もちろん、ファースト・ファミリーの警護は大勢いるし、屋上にはスナイパーが常駐しているけれど、このあたりにはいつものような、息苦しくなるほどの人数はいなかった。

新鮮な空気を吸って気持ちがいい。だけどギャヴが心配なのは変わらないし、タイリー捜査官の登場でむしろ不安は大きくなった。何か悪いことが起きているとしか思えないのに、推測したくても材料がひとつもない。ほんの少しでいいから、何か手がかりがほしい……。

でも、これだけは確実にいえる。ギャヴが連絡をしてこないのは、いくらしたくてもできないからだ。わたしはいらいらしながら頭の後ろで両手を組んで、青い空を見上げた。おちつけオリー、もっとひどい状況だってなんとか乗り越えてきたじゃないか。

ギャヴ以外のことに気持ちを集中させよう。どんなに心配したところで何もできないのだから。わたしが苦しみ悩めば彼が無事でいられるというものでもない。

厨房仲間のためにも、しっかりしなくては。大統領の大切なお客さまの食事がわたしの腕にかかっている。それに大統領の長男ジョシュアはわたしの一番弟子で、とても勉強熱心だ。

オリー、いったい何やってるのよ。ここで鬱々《うつうつ》として時間を無駄にしてはだめ。

自分を叱りつつ、暖かい日差しを浴びて、あともう少しだけ気持ちを整理したかった。

「さて、どうする、オリー?」

自問自答してみれば、答えは明白。仲間たちの、ジョシュアの期待を裏切らないこと。来る晩餐会に全力を尽くすこと。デュラシ大統領の訪問は、国際関係で大きな平和をもたらすかもしれないのだ。

よし、がんばろう。

中庭をぐるっとめぐって、新鮮な空気とまぶしい日差しにエネルギーをもらう。高校生のとき、修道女の先生から教わったことをいまもちょくちょく実践している——心が重いときは外に出て体を動かしなさい、体が重いときは頭の体操をなさい。

わたしはエグゼクティブ・シェフとして、どんなときでもベストを尽くす、と心のなかでつぶやきながらホールにもどり、総務部長室へ向かった。

サージェントはデスクで書類を読んでいた。われながら驚いたのは、この部屋で彼のこんな姿を見たのは初めてなのに、なぜかまったく違和感がないことだ。前任のポールは総務部長としてのキャリアが長く、わたしは彼を敬愛していた。そして臨時で部長を務めたダグは、残念ながら力不足というしかなく、わたしの目には彼の前にあるデスクが異様に大きく見えたものだ。

今後もサージェントとは一波乱も二波乱もあるだろう。それでもホワイトハウスのレジデンスを彼がとりしきることに、わたしは不安より安堵を覚える。

「ピーター？」ドアの枠をノックして声をかけた。

サージェントは顔をあげ、縁なし眼鏡の上からこちらをのぞいた。

「どうやら、またトラブルらしいな」

すわりなさいといわれるまえに、わたしはデスクの前まで行って椅子に腰をおろした。

「たぶんね。でもこれは、その……」

彼は眼鏡を取ると、疲れたように振った。「話せないのはわかっている。だが時が来れば、しっかり説明してくれるな？」

かたちは問いかけだったけど、目つきは鋭く、口もとは引き締まっている。わたしは小さくうなずいた。

「ええ、その時が来ればちゃんと――。ところで、話というのは厨房の報告体制のことかしら?」

サージェントは腕を組み、デスクの上に身を乗り出した。

「まわりくどい表現は避けよう。きみがいないあいだ、エグゼクティブ・シェフの代わりを務めるのはバッキーとヴァージルのどちらなのか? それを話し合いたい」

「だったら議論の余地はないわ」

「ちょっと待て」不満げなため息。「きみはすぐに結論を出したがるが、わたしはもっと慎重でね。頼むから、一度に一歩ずつ進ませてくれ」

わたしはぐっとこらえた。「はい、ではどうぞ」

サージェントの肩から力が抜けた。「正直な感想をいえば、きみがどちらを気に入っているかは明白だ」

「ピーターのお気に入りはどちら?」

サージェントの頬がひきつり、唇がめくれた。「じっくり話し合い、誤解を解こうではないか」

わたしは彼を真似て腕を組み、デスクに身を乗り出した。

「解くような誤解があるとは思えませんけど。お互い、思っていることはいつもずばずばいってきたでしょう?」

彼は顔を寄せ、ほとんどささやき声になった。「きみはとっくに察していると思うが、わたしは……ヴァージルという男が我慢ならんのだよ。もしわたしに権限があるなら、ダグとともに彼にも去ってもらっただろう」

ほっとして大きく息を吐きたいのをこらえた。サージェントと考えが一致することも、たまにはあるらしい。

「ただし、ヴァージルは世間の注目度が高い。きみにひけをとらないくらいにね。違いといえば、彼は料理の才能で名をあげ、きみは料理よりも……」

サージェントは最後までいわなかったけれど、わたしはさっと背筋をのばした。たしかに、エグゼクティブ・シェフになる少し前から、わたしはマスコミでよくとりあげられた。そしてわたしにはもちろん、ホワイトハウスにとっても残念なことに、記事の主眼はたいてい、料理の腕ではなく殺人などの事件だった。

サージェントはわたしの反応に気づかないか、気づかないふりをしてつづけた。

「今朝の記者会見はべつにして、エグゼクティブ・シェフであるきみの務めは質の高い料理を提供しつづけることだ。また、あの少年との関係を維持することも大切だろう」

「ジョシュアという名前がちゃんとあるわよ」

サージェントは小さくうなずいた。「わたしの役割は、大統領一家がホワイトハウスで不安も苦労もなく、穏やかに暮らせるようにすることだ」

「はい、賛成です」

「ヴァージルがハイデン家の食事を引き受けることで、きみは晩餐会などの催事に集中できるようになった」口をはさむな、最後までしゃべらせろと、左右の人差し指を立てて並べる。「だが半面、ヴァージルが日々、厨房の空気を淀ませているのは明らかだ。わたしとしては、彼の今後について、ハイデン夫人に尋ねてみたいと考えている。職場の変更を勧めることに夫人が同意すれば、それに従って実行するが、まずはきみの意見を聞こうと思ってね。ヴァージルが退職した場合、きみは大統領家の日常の食事を用意できるか？」

サージェントの口から究極の提案を聞くとは想像もしていなかったから、ついつい声が大きくなった。

「もちろんできるわ。これまでだって、毎日楽しく知恵をしぼってつくってきたのよ。むしろそれがなくなってさびしかったわ」

サージェントはうなずいた。「だが、ひきつづき彼とは円満にやってくれ。これまでとおなじように気を抜かずにね」しゃべりながらメモをとる。「ハイデン夫人と話し合った結果はかならず伝えるよ。きょうはわたしも就任直後であわただしいだろうと、夫人の意向で明日、最初の打ち合わせをすることになった」そこでため息。「これくらい、あわただしいうちに入らないがね」

用件は終了したようで、わたしは立ち上がった。サージェントは引き止めはしないものの、なんだかおかしな目でじっとわたしを見ている。

「ほかにも何かあるの？」

彼の口もとがまた引き締まった。でもどこか自信なさそうにこんなことを訊いてきた。

「きみとあの特別捜査官は結婚するのかな？」

意外な質問に、わたしはとまどった。「ええ、まあ……」

サージェントは小さくうなずいた。「耳にしたところでは、判事の予定がつかず、先延ばしになるらしいが」

「噂って、あっという間に広まるのねえ……」椅子の背に両手をのせる。「許可証が発行されたらすぐ式を挙げるつもりだったのに、どうもそれが無理みたいで」仕方がないわね、というように首をすくめたものの、ギャヴのことが心配で胃がしめつけられた。「司式の資格がある人に頼めたらいいんだけれど」

「そういう人間を知っているのか？」

床に横たわるエヴァンたちの姿がよみがえり、すぐには言葉が出なかった。

「いえ……わたしの個人的な知り合いにはひとりも……」

サージェントは首をかしげた。いつものことながら、好奇心いっぱいのリスみたいだ。

「休暇をとるなら、事前に届けなさい」

「ええ、もちろん」

「私的な問題で業務に支障をきたさないように」

わたしはむっとした。「わかっています」

「ありがとう、ミズ・パラス。話は以上だ」

ほっぺたの内側を嚙んでこらえる。サージェントは総務部長の立場としていったのだろうけど、わたしが個人的問題で仕事をおろそかにする人間でないことくらい、十分わかっているはずだ。げんにいまだって、彼が気づかないだけで、わたしには大きな心配事がある。厨房へもどりながら考えた。サージェントは就任したばかりだから、強い口調で権威を誇示し、威信を確立したいのかもしれない。そういう気持ちはわからなくもないし、わたしだっておなじような態度をとるかも……。厨房に着くころ、わたしはこれでほぼ納得していた。

三十分後、カウンターの端で小麦粉を混ぜながら、名案を思いついた。そうだ、ヤブロンスキだ。思わず声が出そうになる。

カウンターの逆の端でシアンが気づき、「どうしたの？」と訊いてきた。

急に気分が明るくなって、わたしはボウルから両手をあげてにっこりした。

「ちょっと大切な用事を思い出したの」シンクに行って手を洗う。バッキーもヴァージルも女性ふたりには知らん顔で作業に専念していた。でもシアンはまだわたしをじっと見ているから、「ギャヴの知人に電話をしなきゃいけないのよ」とだけいった。

シアンは納得できないらしく目を細めたけれど、とくに何もいわず仕事にもどった。副菜の試作で、サツマイモと糖蜜、オレンジジュースのホイップだ。

ジョー・ヤブロンスキというのは、かつてギャヴの上官だった人で、いまは親友となり、ついこのまえもわたしたちに大きな力を貸してくれた。ギャヴもわたしも、ヤブロンスキを信頼しきっている。たとえギャヴでも彼にならい、エヴァンの家で目撃したことを話すだろう。

それにもっと重要なのは、ギャヴと連絡がつかない状況をヤブロンスキに伝えることだ。きっと彼のことだから、全力で調べあげるにちがいない。ただひとつ問題なのは、わたしにつながる痕跡を残さずに連絡をとる方法だ。電話番号や住所など、直接接触できる情報はまったくないし、調べたところでわかるとは思えなかった。ヤブロンスキはわたしと——こんな評判をもつ人間とかかわりがあることを知られるのは避けたい、自分にとって危険だと明言した。

でも、クィンとなら連絡がとれるだろう。彼はこのまえの事件でも、ヤブロンスキの隠密エージェントとして動き、わたしとも何度も接触した。

「すぐもどってくるから」

「どこに行くの？」と、シアン。

わたしは聞こえないふりをして、急いでドアへ向かった。すると、すぐ外の通路に、シークレット・サービスふたりにつきそわれた少年がいた。

「ジョシュア！」そうだ、もうそんな時間になっていたのだ。「ごめんね。なかで待っていてくれる？　わたしは数分でもどるから。どうしても片づけなきゃいけない用事があるの」けっして嘘ではないのだけれど、ジョシュアの訪問時刻を失念していた自分が情けない。

少年はにこっとした。「うん、いいよ、待ってる」

わたしは後ろ向きに歩きながらジョシュアに、「最初はシアンが手伝ってくれると思うわ」といった。シークレット・サービスが少年について厨房へ入り、わたしはセンター・ホールへ出ていく。「長くはかからないから！」後ろめたさから、つい声が大きくなった。

この階には、厨房の東側にシークレット・サービスの狭いオフィスがある。すぐ近くなので、どういえばよいかを急いで考えながら向かった。そして入ってみると、奥のドアは閉まり、手前のデスクにいた女性の捜査官が怪訝《けげん》な顔をした。

「あら、シェフ。どうかなさいました？」

さりげなく、自然体で話さなくてはいけない。でもそれにはかなりの自制心を要した。ギャヴのことが心配でならない。本来は医療休暇中なのに、いまはどこでどうしているのか。完治していない傷に何かあったら……。

「何週間かまえ、ここにクィン捜査官が常駐していたでしょ？」力まないように、おちついて。「ときどき厨房にも顔を出してくれていたのよ」

女性捜査官はクィンのことを知らないのか、ただ無表情でうなずくだけだ。

「持ち場が替わったみたいだけど、ちょっと連絡をとりたいことがあるの。どこにいるか教えてもらえないかしら？」

そのとき奥の部屋のドアがあき、ローズナウ捜査官が現われた。彼女のほかにもうひとり男性がいて、こちらはわたしの知らない人だ。ふたりは話がうまくまとまったのか、何やら楽しげに話しながら部屋から出てきた。それにしても、ローズナウ捜査官がここにいてくれたのはありがたい。彼女ならクィン捜査官を知っているから、何らかの情報を教えてくれるだろう。

話していた男性が、わたしのほうをふりむいた。笑顔が一変して驚きの表情になる。彼は二度まばたきし、ローズナウ捜査官に視線をもどした。彼女もわたしがここにいるのを見てびっくりしたらしい。

「ミズ・パラス――」ブロンドの短髪を片手でかきあげる。「たったいま、あなたの話をしていたんですよ。紹介しましょう、こちらはアレック・バラン」

彼が手を差し出し、わたしたちは握手した。ギャヴより頭半分くらい背が高いだろうか。そうすると、百九十五センチくらいあることになる。額は広く、顎はがっちりし、体つきだけ見るとちょっと怖いけれど、澄んだ青い瞳には温かみがあった。まつ毛はいやに黒くて長く、まるでマスカラをつけているようだ。そして全部をひっくるめて、外見はとても魅力的だった。

わたしの手は彼の大きな手にほとんどくるまれ、握手をかわした。

「お会いできてたいへんうれしい、ミズ・パラス」

わたしはローズナウ捜査官に目を向けた。

「わたしの話をしていたの？」

捜査官はあわてた。「いえ、その……アレック・バランはこれから数週間ほど、シークレット・サービスと仕事で連携するんですよ」

「コンサルタントをなさっているの？」わたしは彼に尋ねた。

「まあ、そんなところですかね」口の端がにやりとし、ローズナウ捜査官のほうへ手をのばした。

「カルトという社名はご存じありませんか?」と、彼女。

「ええ、もちろん知っているわ」と、そこで彼の名前と結びついた。アレック・バランは裕福な慈善家で、軍隊で出世し名を上げたのち、祖国を守りたいという強い思いから設立したのがカルトだといわれる。「はじめまして。お目にかかれて光栄です」

カルトは退役軍人と新人からなる民間の軍事・セキュリティ会社だけれど、具体的な活動までは知らない。聞いたところによると、報酬は公務員よりはるかによくて、訓練はトップクラスとのこと。数ある類似組織のなかでも一流とみなされ、紛争地で幾多のアメリカ人の命を救い、このアメリカ本土でも救出活動の実績は大きい。

「アレックと呼んでください。堅苦しい付き合いは避けましょう。オリヴィアと呼ばせてもらってもよいかな?」

「はい。でもどうか〝オリー〟で」自然な口調でつづけたいとは思うのだけれど……。「これからいっしょに何かの仕事をする、ということでしょうか?」

「このあと厨房にうかがうつもりだったんですよ」ローズナウ捜査官がいった。「でもせっかくこうしてお目にかかれたので、いまお話ししましょう。じつは、組織異動があったんです」

「組織異動?」幼い子どものようにくりかえした。「それはどんな?」まったく見当がつかない。「カルトがPPDを代行するとか?」噂ですら聞いたことがなかった。PPDは大統領とその家族を守る精鋭部隊だ。いくらカルトの評判が高くても、ＰＰＤに代わるとは思えない。

「いえ、違います」ローズナウ捜査官は即座に否定した。「ＰＰＤが大統領とご家族を護衛することに、今後も変わりはありません。ただ、それ以外の任務について、カルトの人員を配置することが検討されています。ホワイトハウスの職員や訪問者の警護、敷地の警備などに関する業務です」

「職員の警護？　それは……わたしたち一人ひとりに護衛がつくということ？」わたしは過去にその経験があり、あんな思いは二度といやだと思った。

「いえ、そうではなく——」ローズナウ捜査官は笑いをこらえているようだ。「カルトの人員がホワイトハウスに常駐するということです。シークレット・サービスの指示を受けて、セキュリティの不足分を補います」

シークレット・サービスの警備に不足なんてあるのかしら？　あるとすれば、何らかの任務に集中し、手薄になりそうな箇所を埋める必要が生じるということ？　だったら、それはどんな事態？

「よほどの緊急事態でもあるのかしら？」

ローズナウ捜査官とアレック・バランは目を見合わせ、バランの表情が険しくなった。

「ここで具体的なことは話せないものでね」

当然そうだろうとは思うけど、これだけは訊かずにいられなかった。

「デュラシの国賓晩餐会と関係があるとか?」

ふたりはまた視線を合わせた。

「大統領は今夜——」ローズナウ捜査官がいった。「デュラシ大統領との会談に関し、より詳しい発表をなさるでしょう。現時点では、バラン氏のカルト・チームがシークレット・サービスに随時協力するという以上のことは申し上げられません。もしホワイトハウスの職員が何らかの困難な状況、予想外の事態に直面した場合は、カルトの協力を仰ぎます」そこで小さなため息をひとつ。「わけてもミズ・パラスは、トラブルに遭遇するケースが多いようなので……」

わたしは黙って、表情も変えずに聞いていた。でも最後の言葉は過去の事件だけでなく、エインズリ通り伝道所の件も含めていっているのだろう。

「国賓晩餐会には万全の態勢で臨みます」ローズナウ捜査官はつづけた。「この数日で、カルトの人員がホワイトハウスに配備される予定ですが、随時、必要な情報はお伝えします」

話はこれでおしまい、という調子だったので、わたしは自分の用件をいうことにした。

「ひとつ教えてもらいたいことがあって来たの。クィン捜査官に連絡をとるにはどうしたらいいのかしら?」そこで少し間をおいた。「フード・エキスポにいっしょに行った捜査官のことだけど」

「はい、それは覚えていますが」彼女の目が、なぜ連絡をとりたいの? と訊いている。でもほかの人たちがいる場では控えたほうがいいと思ったのだろう、「のちほどお知らせしますね」といった。

「ありがとう。少し急ぎの用件があるから、教えてもらえると助かるわ」

わたしは挨拶をして部屋を出るなり駆けだした。ジョシュアが待っている厨房へ——。

# 9

ジョシュアに調理の指導をするようになって初めて、わたしは気もそぞろになった。料理が大好きで、勉強熱心な少年といっしょにいるのは楽しいし、ジョシュアを知れば知るほど、その熱意をより実感するようになる。新しいことを学び、新しい味を、調理法を知ったときの目の輝きは、見ているこちらまで元気にしてくれるのだ。

でもきょうにかぎっては、気持ちを集中させることができなかった。サージェントの記者会見が終わったと思ったら、タイリー捜査官とラーセン捜査官に呼び出され、セキュリティが外部組織によって強化されると知り……。頭のなかの整理がつかない。

「これでいいの、オリー?」ジョシュアが訊いた。

少年の肩ごしにのぞくと、ニンジンの千切りは印象派の画家が描く細長い虫のようだ。

「すべらないようにするのはむずかしいでしょ。だから、ね、こんな感じで切るの」

わたしは包丁を手にとると、力を抜かずに、かつゆっくりと切ってみせた。

「包丁の持ち方がポイントかしら。バランスよく、しっかり握って。指を切らないように気をつけるのよ」

「ぼくもそうやったんだけど」

たぶん、そのつもりだったのだろう。でも包丁の基本的な使い方、切り方は、時間をかけて練習するしかない。

「〈ジュリー&ジュリア〉という映画で、ジュリア・チャイルドがタマネギを山になるほど――」手で高さを示す。「みじん切りにしていたのを覚えている?」

ジョシュアはびっくりした。「あそこにニンジンがそんなにたくさんあるの?」冷蔵室のほうに顔を向ける。

わたしはほほえみ、「ええ、あるわよ。ご心配なく」といった。「夕方までずーっと千切りの練習ができるくらいはね」

ジョシュアはにこっとしたものの、いつもほど明るくないような気がした。もしかして、わたしのムードを感じとったとか。だめだ、それだけは避けなくてはいけない。少年に不安を伝染させてはいけない。そう思ったとき、ギャヴを心配するこの気持ちは、子どもを心配する母親とおなじような気がした。こっそりと、壁の時計に目をやる。

「じゃあ、つぎは詰め物《スタッフィング》をつくろうか」少年ががっかりして帰らないよう、アイデアを考える。

「ほんものの料理?　練習で野菜を切ったって、料理には使わないんだよね?」

わたしはジョシュアが切ったニンジンを指さした。

「全部使うわよ。野菜でも何でも、むだにはしないわ」

ヴァージルはいま、ジョシュアに気づかないふりをしてのんびり作業し、反対側ではバッキーとシアンが晩餐会の献立を相談している。わたしはもう少しジョシュアと過ごしてもかまわないだろう。

「このレシピはどう？」試作用に印刷していたレシピを見せる。ワイルドライスを使ったスタッフィングだ。

「ミズ・パラス？」

背後のドアから名前を呼ばれた。でも聞き覚えのある声ではなくて、ふりかえると、ジョシュアにつきそってきたPPDだった。厨房に業務協定シェフ《SBA》やお客さまがいるときは、ジョシュアのそばにぴったりはりつくけれど、きょうのように常勤スタッフ――わたしとバッキー、シアン、ヴァージル――しかいないときは外の通路に出ている。

「電話がかかってきたようです」

わたしは首をかしげた。どうして厨房に直接かけてこないの？

「ここの電話で受けられるかしら？」

彼は首を振った。「いえ、シークレット・サービスのオフィスまで行ってください」

ジョシュアが顔をしかめた。「またトラブルなの、オリー？」

ため息がでた。少年までがそんなことをいうなんて……。

「違うと思うわよ」エプロンで手を拭きながらドアへ向かった。「すぐもどってくるわね」

シークレット・サービスのオフィスに行くと、デスク前の女性が奥の部屋を指さし、入るとローズナウ捜査官が立ち上がった。

「お電話です」受話器のボタンを押しながら、わたしに差し出す。

「もしもし？」

「クィンです」

ローズナウ捜査官をちらっと見ると、興味津々の顔つきだ。

「ずいぶん早く連絡がついたわね」わたしはクィンにいった。

「用件というのは？」

クィンのほうから電話があるとは思ってもいなかったので、ほかの人がいる前でどう切り出せばよいのかわからない。急いで考え、「連絡をとりたい人がいるんだけど」と、いった。

「仲介してもらえないかと思って」

「もっと具体的に」

ローズナウ捜査官は席をはずす気がまったくなさそうだから、ヤブロンスキの名前を口にするわけにはいかない。

「共通の友人よ。ほら、このまえお世話になったお友だちに連絡をとりたいの」

しばしの沈黙。「なぜ彼に？」

正直に話せないので困った。「とても大切な用件なの」

「でしょうね」

もっと説明しないとだめらしい。心臓をどきどきさせながら、お願い、ひとりにさせてという目でローズナウ捜査官を見たけれど、彼女は悠然とわたしを見返すだけだ。シークレット・サービスは、ときにプライバシー侵害をまったく気にしない。電話の相手は捜査官なのよ、と叫びたくなった。怪しい相手でもなんでもないのよ。

「あのね、わたしたちの共通の友人と、五分でいいから話したいの。ううん、二分でもいいわ。連絡をとってくれないかしら？」

「それはできません。〝友人〟はいま国外にいて、それも私用ではなく公用なので、わたしでも連絡をとることができない」

「そんな……」

「力になれずに申し訳ない」

だったらギャヴの居場所を調べてもらおうか。一瞬そう思ったけれど、やはりやめておく。ローズナウ捜査官はわたしから視線をそらさず、タイリー捜査官からは他言無用と厳しくいわれたのだ。

「だったら仕方がないわね。わざわざ電話してくれてありがとう」

クィンは何もいわずに電話を切った。

「わたしたちでできることが、もし何かあれば？」ローズナウ捜査官がいった。

初対面のときから、わたしは彼女を信頼している。シークレット・サービスの一員として、とても厳格で忠実でもある。彼女になら打ち明けてもいいかもしれない……けれど、何であれ、ギャヴの承認を得なければだめだ。そうなると、正直に話せるのはヤブロンスキしかいない。

「ありがとう。でもプライベートなことだから」

「プライベート？」彼女の眉が上がった。「何か困ったことがあれば、遠慮なくいってください」

「ええ、そうさせてもらうわね。ほんとにありがとう」

ヤブロンスキに相談できないとわかり、厨房にもどる足どりが重くなった。ヤブロンスキの魔法の力があれば、ギャヴのいまの状況がかならずわかる。でも、もはや手詰まり、袋小路だ。はがゆく、もどかしく、悲しい。

「待たせてごめんね、ジョシュア！」厨房に入り、精一杯明るい声でいった。気持ちを切り替えよう。ギャヴに関して自分にできることは何もないのだ。時計を見ながらいじいじと連絡を待つだけなんてとんでもない。料理が大好きな少年に、少しでも楽しい時間を過ごしてもらわなくては。

さっきよりは前向きな気分が伝わったのか、ジョシュアはにっこりした。

「なかなかだよ、オリー。ほら、見てみて」

わたしは少年の頭に手をのせた。「あら、おいしそうねえ」

携帯電話を百回くらいチェックして、地下鉄の下りエスカレータでまたチェックした。気持ちもエスカレータも、どんどん地下へ沈んでいく。不安を遠ざけるよう、いつもより遅くまで仕事をして、厨房にいるあいだはまだましだったのだけど。

地下鉄に乗り、窓際の席にすわった。これで何もない真っ暗なトンネルを見ていられる。地下鉄は徐々に加速し、揺れる車両と暗いトンネルが現実からの逃避を促してくれた。地下鉄ではいやな体験を何度もしたから、警戒心をなくしてはいけないのだけど、今夜くらいはよしとしよう。一日じゅう、ぴりぴりしつづけていたのだから。

駅に着いて、ホームにおりて、地上に出る。アパートまで歩きながら、ずいぶん風が強いなと思った。髪は乱れ、ほっぺたは冷たい。昼間の気温はたしか二十五℃以上だったと思うけど、頭上の黒雲のかたまりは大きな波になって流れていく。すると雷が鳴り、空がぴかっと光った。まるで悪魔がわたしの写真を撮ったみたいだ。アパートまであと少し。わたしは駆けだした。

バケツをひっくり返したような雨が降りはじめ、なんとかぎりぎりアパートの玄関にとびこんだけど背中は濡れた。体を揺すって滴《しずく》を払い、フロントのジェイムズに挨拶の手をあげる。

「お帰り」と、ジェイムズ。「今夜は大雨らしいから、間に合ってよかったな」

「ええ、なんとかね」

「また出かけたりはしないだろう？　こんな夜は部屋でおとなしくしていたほうがいい」ジェイムズは笑った。

玄関のほうを見ると、ガラスの扉は激しい雨に濡れそぼり、外の世界は見えない。こんななか、もしギャヴが来たら……。わたしはジェイムズをふりかえった。

「彼が来たら、待たせずにすぐ上へ通してくれる？」

「ここ何日か姿を見ないが……。万事順調かい？」

「ええ、順調よ」と、嘘をつく。「彼はまだ仕事中なの。今夜じゅうに終わるかどうかわからないわ」

ジェイムズはウィンクした。

エレベータであがると、ウェントワースさんが廊下で待っていた。彼女の部屋のドアはほんの少し開いている。

「お母さんたちに知らせた？」

「はい。母も祖母もとても喜んでくれました」

ウェントワースさんはにこっとし、部屋の奥に向かって声をあげた。

「スタンリー！　お母さんに連絡したって。喜んでもらえたそうよ」

わたしはほほえんだ。ウェントワースさんはわたしを監視しているようだけど、いつも愛情いっぱいで、娘のように（もしかすると孫のように）気遣ってくれる。アパートの住人の平均年齢は六十歳前後だろうから、子どもはわたしひとりで、ほかはみんなお父さんお母さんといったところだ。感じのよい人たちばかりで、よけいな干渉もしない。わたしがホワイトハウスで働いていることに興味はあるらしいけれど、それくらいの興味ならべつに気にもならなかった。

ウェントワースさんが顔を寄せ、声をおとした。

「心ここにあらずのように見えるけど？」

「いいえ、とくに何も」きょうは嘘やごまかしばかりだ。「いろいろ忙しいんですけど、具体的にはお話しできないので」

「機密事項？」

「ええ、まあ」自分の部屋のほうに軽く手を振った。「くたびれてしまって、早く休みたいだけです」

ウェントワースさんは腕時計を見ようとした。でも手首が細くて、きれいなバンドを回さなくては盤面が見えない。

「きょうは土曜で、まだ時間は早いわ。家事をするより遊ぶ時間じゃない？」

「ええ。でも今夜はゆっくり過ごします」部屋に駆けこみたい気分だった。ウェントワースさんはいい人だけど、早くひとりきりになりたい。「では、おやすみなさい。スタンリーにもよろしくお伝えくださいね」

いつものことながら、ウェントワースさんはさぐるような目つきをした。わたしは部屋の鍵をあけながら、過去の騒動を考えれば、何でも疑ってかかる彼女を責めることはできないと思った。わたし自身、おなじ傾向があるのだし。

部屋に入って濡れたシャツを脱ぎ、新しいシャツを頭からかぶっているところでノックの音がした。急いで裾を引っ張って玄関へ行く。きっと〝最後にもうひとつだけ〟いいたいことがあるウェントワースさんだろう。

顔に微笑をはりつけてスライド錠をあけ、ドアをほんの少し開いて外をのぞいた。大きく開かないことで、彼女もこちらの気分を察してくれるだろう。

でもそこにいたのは、ウェントワースさんじゃなかった。

「やあ」

髪から雨水をしたたらせ、手にくいこむほど杖を握ったギャヴだった。わたしを見下ろし、弱々しくほほえむ。

「入ってもいいかな?」

# 10

ドアを思いっきり開き、彼の腕をつかんだ。うれしくて、体が熱くて、声がうわずる。

「さあ入って。急いで乾かさなきゃ。どこにいたの？　何があったの？」

「怒ってるみたいだな」

ギャヴは杖をつきながら顔をしかめた。歩くのが、いつもよりずっと遅い。

ドアを閉めかけると、ウェントワースさんの部屋のドアがかちっと音をたてて閉まった。

「何があったの？」おちついてもう一度訊いてみる。「怒ってなんかいないわよ、心配しただけで」いくら感情が高ぶっても、最低限の理性は保てる自信があった。なのにギャヴと知り合ってから、自分がいかにもろいかをひしひしと感じる。

「でもそうね、あなたに電話の一本もかけさせなかったやつには怒り心頭だわ」彼にタオルを渡しながら、充血した目のまわりに皺が刻まれているのに気づいた。そして服にも――。

「このまえ会ったときから着替えていないの？」

ギャヴはひらひらと手を振った。「平気だよ」

追及するような言い方をしてはいけないと反省した。

「さあ、すわって。何か飲みたいもの、食べたいものはない？」

ギャヴはリビングのソファにゆっくりと腰をおろした。横になりたいかのように、ソファの腕の近くにすわり、杖をそこに掛ける。

「ちょっと疲れていてね、飲み食いできる気分ではない。さあ、きみも――」ソファの隣を軽く叩いた。「すわってくれ」

わたしは横にすわると、片足を曲げてソファにあげ、ギャヴと向き合った。

「傷は大丈夫？」

ギャヴは腕をわたしにまわして引き寄せた。

「エヴァンの家で見たことを誰かに話したか？」

「サージェントには、あなたとふたりで出かけたら、事件現場らしいところを見たとはいったわ。でもそれ以上のことは何も話していない」

ギャヴは大きく息を吐いた。「よし、それでいい」

「だけど捜査官には聴取されたわ」

わたしの肩にまわした彼の腕が緊張した。「誰だ？　名前をいったか？」

「タイリーとラーセンよ。どちらもあのときガスマスクをつけていた捜査官でしょ？」

ギャヴはソファの背に頭をもたせかけ、天井を仰いだ。

「彼らにははっきりといったんだがな、きみにはかまうなと」

「何があったの？」

ギャヴは答えず、「ふたりはきみに――」といった。「被害者の誰かに話しかけられたかどうかを訊いたんじゃないか？」

「そうなの。あなたもおなじことを？」

ギャヴは同意のうめきを漏らした。「きみには何もするなと、あれほどいったんだが」

「お願い、どういうことなのか教えてちょうだい」

ギャヴは天井を仰いだまま、首を右に、左にひねった。

「とても大きなことだ」

「わたしたちも関係あるの？　聴取が終われば、もう関係なくなる？」

「とりあえず、放っておいてくれるだろう」

「とりあえず？」

「新聞はあるかな？」ギャヴは体を起こしかけ、わたしは押しとどめた。

「持ってくるわ」キッチンに走って新聞をとってくる。「はい、どうぞ」

彼は五面を開いた。「これを読んでごらん」と示したのは紙面の下のほう、マットレスのバーゲン広告の横にある小さな記事だ。

書き手の名前はダニエル・デイヴィーズ。

「サージェントの記者会見でひどい質問をした人だわ」ギャヴにそのときの状況を説明してからコラムを読む。「この人、事実把握できていないんじゃない？」コラムには五人が死亡したとあり、エヴァン・ボンダーほか四人の名前が記してあった。死亡原因は急性一酸化炭素中毒とのこと。「あれは殺人事件よ。口をふさがれ、縛られていたんだもの」

ギャヴはうなずいた。

「それにこの季節で一酸化炭素中毒なんて不自然だわ。寒い時期ならともかく」

彼は大きく深呼吸した。たぶん、傷跡が痛むのを隠したいのだろう。ああ、ギャヴ……。

「事実の隠蔽《いんぺい》だよ、明らかかな。ほかにもいろいろね、公表したくない事実がある。その点で、これを書いた記者がぐるなのか、偽情報を与えられただけなのかはわからないが」紙面を指で叩く。「タイリーはわたしに、近づくなといった。のぞき見もするなとね。この記事もおなじだよ。すべてを封印する大きな力が働いている」

「それであなたは、近づかないつもり？」

「エヴァンは友人だった。力を貸してほしいといわれた。その彼が亡くなって、見て見ぬふりなどできるわけもない。これが単なる偶然だというのか？　エヴァンは自分ひとりで解決できない問題だと思ったからこそ、わたしに助けを求めた。それからさして時間がたたないうちに、あのような殺され方をした」

「わたしたちが到着するどれくらいまえだったのかしら……」

「検死結果は教えてくれないだろうが、おそらく、たいして時間はたっていない」

沈黙がつづいた。

「解明することが」と、ギャヴ。「エヴァンへの供養だと思っている。タイリーたちは、わたしにはいっさい情報をよこしてこないだろうが」

「わたしに何かできることがある？」

ギャヴはかぶりを振った。「調査に関しては何もない。きみは基本情報をもっていないからね。セキュリティ関連の脅威だとみなせば、彼らは思いきった手を打ってくるだろう」

「それほど深刻なの？」

「いまはなんともいえない。個人的に……ひっそりと……調べるしかない」わたしの表情を読んだのだろう、「きみにはすべて報告するよ」とつづけた。「意見をいいあおう。オリーの直観は鋭いからね。わかったことは教えるから心配するな。ただし、きみを前線で戦わせる気はない」

わたしはじっくり考えてから尋ねた。「殺害された人が話しかけてきたかどうかに、なぜこだわるのかしら？　犯人の名前をいったかもしれないとか？」

「ああ、その類だろう。わたしたちが彼らの知らないことを知っていると考えたにちがいない。タイリーはきみを脅そうとしたんじゃないか？」

きみなら脅しに負けないだろうが、という含みを感じ、わたしはギャヴに信頼されているのがうれしかった。

「ほんのちょっぴりね」もしかするとギャヴも脅されたのかしら？　「あなたはまさか、荒っぽい真似をされたとか？」

ギャヴは横目でわたしをちらっと見て、その目は笑っているようだった。

「そんなことをするほど、タイリーは愚かではないよ。厳しい態度は定石どおりだ。わたしが彼らに歯向かう理由などない」

「どういう人たちなの？」

「友人だ、少なくともかつては」

「タイリーも？」

「まあね」もたれていた背中を起こす。「タイリーは頭がきれる。グリンコの訓練センターではトップクラスだった。頭脳だけでなく、肉体面でもね。彼は一流だ、何をやらせても」

「あなたは誰でもすごく誉めるわ。彼がほかの人と違うところは何？」

「名誉欲かな。それもかなりの……。だからといって、とくに気にはならないけどね。気持ちは理解できるからだ。誰だって、期待以上の成果をあげたい。その努力が認められ、報われればなおいい」

わたしは黙って聞くだけだ。

「最初のころ、タイリーとは親しくしていたんだよ。休日にいっしょに出かけるような友人ではなかったが、互いに認めあい、敬意をもった」

「それはいつごろまで？」

「初めてチームを組むまでだ。チーム作りの訓練だから生死がかかっているわけではないが、ほぼそれに近い設定で行なわれる。わたしと彼は五人グループの経験組で、ほかの三人は新人だった。全員、男だよ。そしてわたしたちが、その三人の評価報告書をつくることになっていた」強調するように人差し指を振る。「いいかい、三人とも新米なんだよ。多少のミスはあって当然なんだ。むしろ訓練では、ミスを犯してくれたほうがいい。失敗から学ぶことは大切だからね」

ギャヴは大きく息を吸い、表情が引き締まった。疲れきっているだろうに、それでも最後まで話そうと決めたらしい。

「新人はみな、よくやっていた。とても優秀だったよ。だが、支援する立場でありながら、タイリーはことあるごとに彼らをうちのめした」当時を思い出したかのように、天井を仰ぐ。

「厳しくすればそれだけ新人の力を引き出せると考えたのかもしれないが……。わたしの目には、びくついた反動のように見えた」

「びくつくって……新人に？」

「そうだ」わたしの顔をまっすぐに見る。「脅威の存在とみなしたのだろう。彼の先輩やわたしのような同期に対してはそれなりの価値を認めたが、新人に対しては違った。しかもそのうちひとりが、まるでコメディアンのようでね。わたしにいわせると、冷静さと理性を保つためにユーモアを利用していただけだろう。捜査官には恐怖への対処メカニズムが必要で、彼の場合はそれがユーモアだった」小さく首をすくめる。「だがタイリーは、そういうのが嫌いでね。あいつにはユーモアのセンスが皆無といっていい」どうしようもないというように片手をあげた。「自分自身をつきはなし、自嘲《じちょう》できない人間は、えてしてそういうものだよ。そして、それができる人間を不快に思う。いずれにしても、その新人が妙案を思いついたり、斬新な手法を提案すると、タイリーは顔を真っ赤にして怒った」

「よくわからないわね……。新人がいい働きをすれば、指導しているあなたたちの評価も上がるんじゃない？」

「わたしもそう思ったんだがね」首を横に振る。「タイリーは彼を不適格にするというんだよ。報告書でそう評価して、訓練課程からはずすと。わたしはもちろん反対した。頭脳明晰で俊敏で、ああいう人材こそ必要だといったんだ。たしかに、ふざけたことをいいはするが、それにはちゃんと理由があるとね。しかしタイリーは耳を貸さなかった。結果として彼は彼の、わたしはわたしの報告書を提出した」

「で、その新人は？」

「継続して訓練することになった。その後、わたしは上官に、タイリーにはアンガーマネジメントが必要かもしれないと伝え、しばらくして上層部は、タイリーに心理鑑定を受けさせた」

「でもそういう鑑定は、シークレット・サービスに入るまえに受けているんじゃない？」

「一度やればおしまいとはかぎらないよ」ギャヴはいくらかリラックスしてきたようだ。

「タイリーは鑑定後もシークレット・サービスに残ったが、順風満帆とはいかなくなった」

「新人に関する報告書ひとつが原因でそうなるの？」

ギャヴはわたしの目をじっと見つめた。「こういう仕事では、自制心が最低条件なんだよ。新人の件は警告の旗をひるがえらせ、タイリーは自分が崖っぷちに立っていることを自覚せざるをえなかったのだろう。なぜなら、この件を境にして彼は、規則に準ずることに徹したからだ。タイリーは、捜査官のお手本のようになった。行き過ぎた真似はいっさいせず、感情もあらわにしない」そこでため息をひとつ。「ただね、彼の心のなかではマグマがふつふつ沸いているような気が、わたしはしていた。そしてそれが、今回の件で証明されたよ。露骨なまでに、あからさまに」

「だけど、それも報告するなりなんなり、対処の方法はあるでしょう？」

「タイリーが国の安全保障を脅かす存在なら、どんな手を使ってでもシークレット・サービスから追放する。だが今回は、そのレベルのことではなかった」

「なんだか、厄介な人みたいね……」

「傲慢だからといって、大問題にはならないよ」わたしを抱く腕に力がこもった。「もしそうなら、このレナード・ギャヴィンだってとっくに追い出されていた」

「あなたは傲慢じゃないわ」

「そうかい？　初めて会ったときのことを忘れたかな？」

とんでもない――。わたしは彼の傷に気をつけながら、もっと体を寄せた。「あのときは、あのときよ」

ギャヴはわたしの頭にキスをした。「あのときは、こんな場面を想像できなかっただろ？」

わたしは笑った。

「ええ、夢にも思わなかったわ」

時間がたつにつれ、ギャヴのしゃべりはゆっくりになり、だんだん肩もさがってきた。

「少し休んだほうがいいわ」

わたしは体を離し、彼は眠そうな目をこじあけた。

「今夜、大統領の会見がある」

時計を見ると、予定時刻まであと十分ほどだ。大統領が週末に会見するのは珍しいけど、最近はわりと増えてきた。とくにハイデン大統領は、ニュースが一日二十四時間流れる時代になって、それを積極的に活用している。大統領によれば、フィルターなしで伝わるほうが市民のためになる、とのこと。

「少しでも眠ったら？」

「いや、大統領のスピーチを聞こう」ギャヴはあくびをこらえた。

わたしはリモコンをとって、地元のチャンネルに合わせた。リアリティ番組がまだ終わっていなかったので、ニュース専門チャンネルに替えてみると、政治評論家がスピーチの内容を推測していた。

わたしは立ち上がってキッチンへ向かった。

「何か食べるものを持ってくるわね」ひと眠りするのが先だとしても、用意だけはしておこう。あんな事件があって大怪我をして、ギャヴはいまも自宅療養中でなくてはいけないはずなのだ。

ありきたりだけど、ハムとチーズで手早く、ライ麦パンのホットサンドをつくった。大統領の会見までたいして時間はないから、残りもののパスタ・サラダを添えて、イチゴを洗いデザートにした。そしてリビングに持っていったら、テレビ画面では大統領が冒頭の挨拶をしているところで、ギャヴはといえば……眠りこけていた。

わたしはお皿をコーヒーテーブルに置くと、拍手が聞こえてくるテレビの音量を小さくした。大統領のスピーチはホワイトハウスの記者会見室——わたしがギャヴの厳しい訓練を受けた部屋——で行なわれているようだ。

大統領はこれまでのアメリカ／デュラシ関係、そして来る平和会談の趣旨について語った。お互い仲良くしましょうという会談なのだから、歓迎されて当然だと思うのだけれど、ホワイトハウスの外、ペンシルヴェニア通りのラファイエット・パークでは反デュラシの集会が開かれている。平和会談に反対してどうするというのだろう？　わたしにはよくわからないものの、集会は日に日に大きくなっていた。

大半の市民がデュラシ大統領の訪問を歓迎し、一部の人は反対集会で大声をあげる一方、もっと過激な行動をとる人たちもいた。平和会談と晩餐会のニュースが流れるや、暴力に訴えて反対する市民まで現われたのだ。

ハイデン大統領の今夜のスピーチは、そういう混乱を鎮める意味合いもあるのだろう。内容的には過去の発言の焼き直しが多く、違いといえば市民向けの公式演説ということくらいだ。わたしはテレビからギャヴへ目を向けた。仰向いて唇はゆるみ、彼にとってはいまがまさしく平和なひとときにちがいない。ソファに横になれるよう、彼の脚をあげようか——と、思ったとき、大統領の言葉が耳にとびこんできた。

「外交的によりふさわしい方針をとることとし、そのひとつとして、デュラシに派遣していた民間軍事会社を引き上げさせ――」

民間の軍事会社といえば、ローズナウ捜査官と打ち合わせていたカルトとか？

わたしは身を乗り出し、テレビの音量をほんのちょっぴり大きくした。

「どうした？」ギャヴが目をあけた。

「ごめんなさい、起こすつもりはなかったのだけど」

ギャヴは両手で顔をこすって背筋をのばし、膝の上で腕を組んだ。

「ずいぶん聞きのがしたかな」

わたしは画面を指さした。大統領は記者の質問に答えはじめたところだ。

「民間の軍事会社を撤退させるって」

ギャヴはうなずいた。

大統領は、軍事会社の他国への派遣は最終的に皆無にしたいと語った。現在は数社と契約があるものの、政府の計画が滞りなく実現されれば、契約更新はなくなるとのこと。

「なんだかおかしいわねえ……」

「ハイデン大統領は以前から、傭兵部隊には反対だったよ。きみはなぜおかしいと思う？」

わたしはローズナウ捜査官と話した内容、カルトはホワイトハウスで仕事をするらしいということを伝えた。

ギャヴは顔をしかめた。「軍事会社は比較的最近までありがたい存在だったが、数社が実力を誇示するせいで、政府軍は弱体化しているといわれるようになった。大半の会社が、国家の安全が最優先だと主張しながら、独自の規範で動いている」

「ぜんぜん知らなかったわ」

「国家にとってはもちろんだが、何より軍隊の士気にかかわるからね。大手のカルトであれどこであれ、企業である以上、利潤追求であることに変わりはない。それ自体は悪いことでもなんでもないがね、卑劣な手を使わないかぎりは」

「カルトはどうなの?」

ギャヴはかぶりを振った。「カルトに関し、悪い評判は聞いたことがない。きみはバランに会ったのだろう?」瞳がきらっとする。「じつは数年まえ、カルトに来ないかと誘われた。かなりの好条件で、正直なところ、心が揺れたよ」

「どうして断わったの?」

ギャヴの表情が険しくなった。といっても怒りの類ではなく、たぶん感情をこらえているのだろう。

「やりたい仕事につけていたからだ。シークレット・サービスの一員として、アメリカ合衆国を、大統領を守る任務につけている」

「義務感から断わったの?」

ギャヴは片手を横に振った。「どう表現するかはともかく、何倍もの報酬をもらったところで、おなじ満足感を得られるとは思えなかった。単純な話だよ。ただね、その後の人生にかかわることだから、バランに断わりの連絡をいれるまえ、ヤブロンスキには伝えた」

「それで彼は？」

「賛成してくれたよ。もともと軍事会社派遣には難色を示していたし、周囲が思うほど将来性はないという考えだった。結局、その予想どおりになったようだな」テレビのほうに顎を振る。「ハイデン大統領も軍事会社の支持派ではなく、その点では国防長官もね。今回の決定には、ジョー・ヤブロンスキと国防長官の意見も大きくかかわっただろう」

「コボールト国防長官も？」元陸軍大将で、現閣僚のなかでもっとも信望が厚いといっていい。わたしは二度ほど直接会うチャンスがあったけど、とてもやさしい、感じのいい人だった。

ギャヴはテレビ画面を指さした。「この会見も、コボールト国防長官の進言でやったんじゃないかな」

「そうなの？ 国防長官自身はマスコミ嫌いだと思っていたけど。外交危機のときに国防長官としてどうするんだってマスコミにしつこく質問されたときは言い合いになったでしょ。正確には覚えていないけど、たしか――〝わたしの見解を市民に知らせたいときは、広告を出して広めるよ。さあ、そこをどいてくれ、わたしに仕事をさせてくれ〟」

「そうだったな」ギャヴはにんまりした。「つい最近、ジョーと彼と三人で昼食をとったんだよ」

「国防長官と食事をしたの？ ぜんぜん知らなかったわ」

「話す必要はないと思ったからだ」やさしくほほえむ。「シークレット・サービスを辞めなかった理由はわかってくれるかな？　バランの申し出を受けいれていたら、重要な決定――将来世代のためにこの国を形づくる決定にまったくかかわることができなくなるからだ。カルトに入ればアメリカを離れ、はるか遠くの国々で過ごすしかなかった」わたしのほうに傾いて、肩と肩をくっつける。「それにシークレット・サービスを辞めていたら、きみとも出会えなかったよ」

「あなたの判断は間違っていなかった、ってことね」

# 11

姿を見せない夜の小悪魔は意地悪で、低い丘をエヴェレストのように見せ、わたしをなかなか眠らせてくれなかった。ギャヴは四十八時間おなじ服を着たまま、短いうたた寝だけでまぶたをこすりつつ、大統領のスピーチが終わるとまもなく自宅に帰った。ゆっくり眠ってちょうだいね、といって見送ったのだけれど、そのわたし自身がゆっくり眠れずにいる。

小悪魔がやりたい放題やるときは、眠るのをあきらめて、新しい一日を始めるのが得策なのは、すでに何度も経験ずみだ。ベッドから出て、電気をつけてシャワーを浴びるしか、小悪魔を撃退する術はない。

というわけで、わたしは早朝出勤しようと地下鉄に乗った。大統領家の朝食準備は必要ないからもっと遅くてもいいのだけれど、たまにはヴァージルを手伝おうかと思う。

彼がスタッフに加わってから、厨房の雰囲気をなごやかにするという難問は頭から離れたことがない。サージェントが彼を厨房スタッフからはずせなかった場合——その可能性はかなり高いだろう——怒りっぽい彼をなだめるのにまた苦労することになる。

今朝の地下鉄は、わびしいくらいがらんとしていた。憂鬱な気分を払いのけ、しっかりしなくては。小悪魔を仕事場に連れていくわけにはいかないのだから。と、自分にいいきかせる。

マクファーソン・スクエア駅に着くころ、ヴァージルに関する大胆な解決策を思いついた。彼は何のためなら最善の努力を尽くすか？　答えは、名声。そこに疑問の余地はない。スポットライトを浴びたい、メディアに注目されたい、注目されたらもっともっと注目されたい――。どうやれば目立つかがよくわかっているから、自分のキャッチコピーを引き出すのも上手だ。頭の冴えたシェフ。才能あふれるヴァージル。彼の望みはおそらく、〝ホワイトハウスのシェフと聞いて最初に思い浮かぶ〟存在になることだろう。

でも彼にとってくやしいことに、いまのところそれはエグゼクティブ・シェフのわたしなのだ。ただ、わたしに関するかぎり、有名人でなくてもぜんぜんかまわない。〝最初に思い浮かぶ〟座をいつだって彼に譲れるし、そのほうがマスコミに悩まされずに仕事にうちこめるだろう。でもだからといって、厨房における立場まで譲る気はない。いまのところは誰にも。ましてやヴァージルには。

最近の正餐が高い評価を得て（巻きこまれた事件も無事解決して）、わたしはこれまでにないほど、エグゼクティブ・シェフとしての矜持《きょうじ》をもつようになった。だけどそれでヴァージルとの関係がスムーズになるはずもないし……。

デュラシの大統領と高官たちを迎える晩餐会は、ホワイトハウスにはきわめて大きな意味をもつ。大統領たちがデュラシを出発して帰国するまで、一挙手一投足が新聞や雑誌、ニュースサイトやブログ、フェイスブック、ツイッターで注目されるだろう。その発言は単語一つひとつのニュアンスまで分析されて、些細なことが大きな見出しとなって広められる。

現在の厨房の役割分担では、国賓晩餐会の食材準備からSBAシェフの指揮管理、調理の終了までバッキーとシアン、わたしの三人で行ない、どうしても手が足りないときだけ、ヴァージルも加わる。

だけども……もし最初からヴァージルを加えたら？　彼が自分の存在価値は高い、晩餐会を成功させれば自分の名も上がると思えば、もっとチームプレイに徹するのでは？　でも仕事をひとつかふたつ担当させ、ほかのメンバーと同等に扱う程度ではそうならないだろう。各段階で、完全に彼をとりこむかたちでなくてはいけない。上辺だけでなく、掛け値なしに彼の力を必要とするような……。

もちろん、彼が引き受けるとはかぎらないし、引き受けたところでうまくいくともかぎらない。大きな賭けではあるけれど、スタッフの関係が少しでもよくなればそれで成功といえるだろう。

ホワイトハウスに着いて厨房に入ると、ヴァージルは朝食の準備に励んでいた。作業の音が響き、そばにはまだ洗っていない食材。それを除けば厨房は静まりかえり、きれいに片づけられていた。ヴァージルがオーヴンの扉を開き、わたしは漂ってくる卵の香りを胸いっぱいに吸いこんだ。これでしつこい小悪魔たちも、そそくさと退散――。

「おはよう、ヴァージル」

彼はぎょっとしてふりかえり、わたしをにらみつけた。

「あ、びっくりさせてごめんなさい。でもずいぶんおいしそうな香りだわ」

ヴァージルはオーヴンから出したキャセロール皿をカウンターに置いた。

「何がいいたい?」

調理服とエプロンを取りながら、わたしは小さなため息をついた。

「言葉どおりよ。すごくいい香りがするってこと。何をつくっているの?」

「朝食のキャセロールだ」

それだけなら、見ればすぐにわかるのだけど……。「ハイデン家のみなさんは喜ぶわね。とてもおいしそうだもの」

ヴァージルは疑惑のまなざしでわたしをじっと見た。だけどわたしはいつだって、おいしそうだと思えば正直にそういうし、荒波を鎮めるためならそれ以上のこともする。ヴァージルに関してはあまり効果がないようだけど、嫌味をいうよりはるかにましだと思うから。

「なんでこんなに早く来たんだ?」ヴァージルはわたしをにらんだまま訊いた。

「よく眠れなかったから」これは嘘でもなんでもない。

彼はキャセロール皿をつかんだ二枚の布巾の片方をカウンターに投げ、もう片方を肩に掛けた。

「サージェントとは仲良しだと思っていたが、記者会見ではきみをさらし者にしたらしいじゃないか」その目がきらっと輝いたように見えたのは、わたしの気のせい?

「ううん、そんなことはないわよ。あれはサージェントの記者会見で、無事に終了したわ」

「主役はいつもきみだ」

「ヴァージル……」明るい表情はくずさないように。「どうして朝からそんな話を？」

彼は肩から布巾を取って握りしめた。ほかに誰もいないのを確かめるように周囲を見まわしてから、一歩わたしに近づく。

「ずっと考えていたもんでね。サージェントが昇進して、ダグが追い出されたことを。わざわざ訊かなくたって、それくらいわかるだろう？　初の女性エグゼクティブ・シェフというだけで、みんな遠慮しまくる。きみは光り輝く有名人なんだよ」

わたしは唇を噛みしめた。いまが決着をつけるときなのかもしれない。でもこれを最初で最後にするためには、彼の気持ちがすっきりするまで、思いの丈を語らせなくてはだめだろう。しかも引きつづきおなじチームで仕事をするなら、わたしは彼のいいたい放題に耳を傾けなくてはならない。どうしよう……ここは正道を行くしかないか。

「ぼくはエグゼクティブ・シェフになるという前提で契約したんだよ」と、ヴァージル。

勝手な思い込みでしかなかったことを、いまここで指摘してもむなしいだけだろう。彼が最終的にいいたことは何なのか、わたしは黙って聞くことにした。声はどんどん大きくなっていく。

「結局、こんなに冷遇されてさ。ぼくのほうがエグゼクティブ・シェフにふさわしいという記事がごまんとあるのをどう思う？　そうか、なんとも思わないよな。きみは無茶な冒険で見出しになることしか考えないからな！」大声なのに気づいたらしく、音量を下げる。「そんなものは、料理人の才能でもなんでもない」

どれも過去にいわれたことで、わたしはいちいち反論しなかった。でもその沈黙が、ヴァージルをおちつかない気分にさせたようで、彼は腕を組むと、むっとした顔でわたしを見下ろした。

「冷遇中の冷遇は、副料理長でもないことだ。ぼくなのかバッキーなのか、いまだにはっきりしていない。それで厨房を仕切っているつもりか？」

「その点なら合意は得られるんじゃない？」

ヴァージルは驚いて目をまるくし、わたしは両手をあげた。

「とりあえずそれを念頭に置いて、新しい試みにチャレンジしてみない？」

「新しい試み？」いかにもつまらなそうに。

「わたしはね、バッキーを副料理長だとみなしているの」

ヴァージルは大袈裟なため息をついた。

「それはそれは――。アメリカ全土が悲しむ」

わたしは聞き流した。目先の口論に勝ったところで、ヴァージルとの今後の関係が改善するとは思えない。いまはじっくり、慎重に歩を進めるのだ。

「バッキーとはもう何年もいっしょに仕事をして、気心が知れてるの。だけどあなたは違うわ」ヴァージルが口を開く間もなくつづける。「きょうまでお互い、苦しい道のりだったと思わない?」

「何がいいたいんだ? ぼくに頭を下げろとでも? とんでもない。ごめんだね」

「誰もそんなことはいっていないわ」さあ、ここが正念場だ。「むしろ正反対のことをお願いしたいの。いまよりもっと中心的な存在になってほしいのよ」

「はあ?」

「信じてもらえないかもしれないけど、わたしはあなたのことを才能あふれるシェフだと思っているの。これは本心よ」

ヴァージルは口をゆがめた。「何をたくらんでいる?」

「あなたさえよければ、休戦にしない?」大小さまざまな正餐やイベントで、いまよりもっと大きな役どころで活躍してほしいのだ、と説明する。

「何か裏があるんだろ」

「そんなものないわよ。あなたがハイデン家に毎日おいしい食事を提供しているのは周知の事実だけど、国家レベルの正餐で腕を振るうところはまだ知られていないわ。そこでもうじき、デュラシの国賓を迎える晩餐会があるでしょ? これはビッグイベントで、マスコミはどんな小さなことも見逃さないわ。晩餐会で名を残すのは歴史に名を残すのと変わらないように思うのだけど?」

「きみは自分が批判の的になってもかまわないということか?」

「え? どういうこと?」

「ぼくが晩餐会も手がければ、確実にきみの影は薄くなり、批判にさらされる」

ほんとに、まったく、この人は……。だけどいまさら前言撤回はできない。協同で仕事をし、責任を分かち合えば、成果も名誉も分かち合うということを、ヴァージルはわかっていないらしい。でもまあ、仕方がない。チームワークを経験すれば、チームの一人ひとりが何かしらの新しい力を得るものだ。ヴァージルも晩餐会準備に参加することで、仲間意識というものをどうか少しでも感じとってくれますように――。

「これだけは忘れないでね」と、わたしはいった。「晩餐会の準備は、力を競い合うものじゃないの。あなたとわたしの、あなたとバッキーの腕比べではありませんからね。力を合わせて〝チーム〟として働くの。わたしたち全員――シアンもSBAシェフも、給仕も――総力をあげて取り組むのよ。あなたはそんなチームの一員になれる？」

「こういってはなんだが、ここよりずっと大きな厨房を仕切った経験がある」

「物理的な規模の問題じゃないわ。ここは狭くても、負っている責任は計り知れないの。もう一度訊きます、ヴァージル。あなたは〝チーム〟の一員になれる？」

彼は不満げな顔をした。「なれるに決まってるだろ。きみの挑戦を受けてたつよ。ホワイトハウスの厨房で、後にも先にも、ぼくほどチームプレイに長けた人間はいないことがわかるだろう」

ため息が出そうになるのをこらえた。だけど幕は上がったばかり、肝心なのはこれからだ、と気をとりなおした。

# 12

バッキーが喜ぶはずもなかった。

「ねえ、わかってちょうだい」わたしたちは冷蔵室で話していた。厨房の隣だけれど、ここなら会話を聞かれずにすむ。「これまでとおなじようなわけにはいかないでしょ。ヴァージルはいつだって喧嘩腰なんだから」

「だから褒美を与えるのか？　もっと仕事を分担させれば、きみは彼を頼りにしているというメッセージを送るのに等しいよ」

「そうでないことくらい、わかってるでしょ？」

バッキーは苛立ちを消すように、頭の禿げた部分をごしごし掻いた。

「彼は晩餐会のことがわかっているのか？　サージェントやハイデン夫人はどうする？　ヴァージルが大統領家の食事だけでなく正餐までやるとなると、もう彼を止められなくなるぞ。誰の目にも、きみの後任のように見える。気がつけば、ぼくの居場所はなくなっているかもしれない……」苦しげに天井を仰ぐ。「とっくになくなっているのかな」

「それはないわよ。わたしがそんなことをさせるわけないでしょ」

「いいかい、オリー。彼がぼくの後釜になれば、いずれきみの後釜になる」

「バッキー……」わたしは彼の腕に触れた。

その手を振り払い、バッキーは顔をそむけた。「きみは自分が何をやろうとしているのか、ちゃんとわかっているんだろうな」また頭をごしごし掻いて、肌色がピンクになった。「ヘンリーが退職して、きみがエグゼクティブ・シェフになってから、ここは混乱しっぱなしだよ」あわてて顔をもどしてわたしを見る。「言い方が悪かったな。べつに非難するつもりじゃなかった」

「じゃあ、どういう意味？」

バッキーは両手を広げて見せた。「ヘンリーは偉大なシェフだった。人格者であり、ぼくの知りうるなかで最高の上司だった。その彼がきみを後任に選んだときは、正直いって腹が立ったよ」

「ええ、知ってるわ」

「だけどね……」鼻に皺を寄せ、かぶりを振る。「ヘンリーは正しい選択をしたとわかったよ。ぼくはずいぶんきみに、いやな思いをさせた」

たしかにそうだった、と思いはしても、いまさらいうことでもない。

「それでもきみは、ぼくとうまくつきあってくれた。サージェントに対してもそうだよな。当時を思い出すと、いまのこの状態が不思議でならないよ」そして厨房のほうに手を振った。「ヴァージルに仕事をふりわけるのは反対だ。できれば彼に消えてもらいたいくらいでね。

あいつのことだ、ぼくの仕事にもいちいち口を出すに決まっている」

「どんな道にも小石はあるけど、ヴァージルの性格を考えたら、石の数は多いかも」

「間違いなくね」もっと何かいいたいことがあるようだった。「いいかい、オリー。ともかくぼくはきみの案には反対だ。だけどきみを……信頼している」首をすくめて。「きみは努力の人だから」

わたしはバッキーを抱きしめたかったけど、彼はどぎまぎするだけだろう。

「ありがとう、バッキー。胸がいっぱいになったわ」

彼はわたしの顔に人差し指をつきつけた。

「念のためにいっておくが、彼に対して寛大になる気なんかこれっぽっちもないからね」

「ヴァージルは最初から、何かあるたびにつっかかってくるものね。だけどわたしたちががんばって穏やかに接したら、彼もきっとわかってくれると思う」

バッキーは顔をしかめた。「ぼくは期待しないよ。きみにとっては、これまでにない試練になるはずだ」

シアンがペンで頭を叩きながら、カウンターの上の表を見ていった。

「ずいぶん情報が詰まってるわね。この表は……なんて呼ぶのだっけ？」

「楽しいことがひと目でわかる〝スプレッドシート〟よ」

シアンは目を上げた。きょうのコンタクトレンズの色はチョコレート・ブラウンだ。

「ほんと、オリーのユーモア・センスは人とちょっと違ってるわ。で、招待客リストに新しく加わった人を見た？　食事関連の情報がない人ばかりだわ」

わたしはシアンの肩ごしにリストをのぞいた。バッキーはコンピュータの前で、晩餐会の主菜の候補を検討中だ。そしてヴァージルは、大統領夫人とアシスタントたちのランチを給仕たちに渡すのに忙しい。まずはトマト・バジル・スープを大きな蓋つきの深皿につぎ、それを給仕が運んでいくと、つぎはウェッジサラダにブルーチーズを散らした。ヴァージルの食材の組み合わせ方は一風変わったところがあるけれど、きょうのランチはそうでもなかった。大統領は西棟にある海軍大食堂《メス》で昼食をとる予定だから、ヴァージルはいつもよりは気楽なはずで、厨房会議をするにはいいタイミングかもしれない。

シアンもわたしの計画には反対だった。怖い顔をして腕を組み、名案どころか無謀でしかないといいきったのだ。しかも口調はバッキーよりも厳しかった。

「わたしはチームの一員として」と、シアン。「全力を尽くして働くわ。だからもちろん協力はする。ああいう人には、何をしようと伝わらないでしょうけどね。オリーにそれが見えないのが不思議だわ」

でもこれで、とりあえずバッキーとシアンの協力はとりつけた。気短で、嫌味ばかりいうヴァージルにも、わたしたちの気持ちはいつかかならず伝わると信じよう――。

給仕たちがハイデン家の昼食を持っていなくなると、わたしは三人を呼び集めた。バッキーとシアンはひんやりするカウンターに肘をつき、晩餐会資料の束に身を乗り出す。かたやヴァージルはシアンの右横に立ち、フォークを拭きながら、ばかにしたような目で三人を見下ろすだけだ。

　わたしはまず、緊急打ち合わせの趣旨を説明することにした。

「目前に迫ったデュラシの国賓晩餐会は、ハイデン大統領の政権にとってはとりわけ大きな意味をもつ正餐になるでしょう」

「そんなのは、わざわざいわれるまでもないよ」と、ヴァージル。

「でも、しっかり意識を共有しておかないとね。そこで……まずは既知の情報を確認しましょうか。常連のほかに初めてのゲストもいるけれど、食事制限などのデータは？」

　シアンが資料の束から一枚を引き抜いた。「サージェントの話だと、初めてアメリカに来るデュラシの高官は四十人以上いるらしいわ。だけど詳しいデータが届いたのは三人だけなのよねえ……」眉間に皺が寄る。「三人にタブー食材がないのは助かるけど」

「じゃあ、残り四十人近くの情報が入ったらシアンがチェックしてくれる？」

「はい了解。それにしても、意外なことに、サージェントとは仕事がしやすいわ。もう何年も総務部長をやっているみたいよ。この表もたぶん……」

「楽しいことがひと目でわかるスプレッドシート？」

　シアンは苦笑いした。「サージェントは何でも自分でやってしまうわ。ダグがどうしようもなかったから、ひと安心ね」

　これにヴァージルが顔をしかめた。彼はわたしの向かいで、まだフォークを拭いている。

「ダグはここの古臭いやり方を変えようとしたんだよ」と、ヴァージル。「実力を発揮できないまま追い出されて、まったく——」

「いまはサージェントが総務部長なのを忘れないでね」と、わたしはいった。「さあ、話をもどしましょう。シアンがやりやすそうでよかったわ。サージェントはつねに全力投球の人だから。彼とわたしはよくぶつかったけど、最近は話し合えるようになったしね」シアンと目が合うのを待ってからつづける。「そんなふうになれるなんて、誰も予想していなかったでしょ?」

わたしの裏の意味をシアンは察したようで、唇を嚙み、ヴァージルに視線を向けた。だけど彼のほうは気づきもしない。

では、つぎはバッキーだ。

「献立に関して、話し合ったほうがいい変更点か何かある?」

「南部の農場でリステリア中毒の疑いがあるというニュースが流れたから、くだものの種類は変更したほうがいい。きょうじゅうに、ぼくのほうで調べておくよ」

「いやなニュースだわねえ……。くれぐれもよろしくね、バッキー」さて、つぎは最後のメンバーだ。「いまもまだフォークをごしごし拭いているのは、緊張しているのね」「ではヴァージル」、あなたにはハイデン夫人の献立試食会で、バッキーを手伝ってもらおうかと思うの。今回は通常の正餐よりスケジュールがかなり厳しくて、夫人はあしたの……」急いでメモをめくる。「三時なら大丈夫ということだから。夕食時間ぎりぎりになるだろうけど、今回は何もかもあわただしいから仕方がないわね」

ヴァージルは奥の壁まで行くと、異常に拭きまくったフォークを上のコンテナにしまい、こちらへもどってきた。そしてバッキーをちらっと見てから、わたしを見る。

「ハイデン夫人がファースト・レディになるまえ、ぼくは数えきれないほど彼女に試食をしてもらった。きみらがここでやっているような、ご立派な試食会ではないけどね。もっとざっくばらんで……いわせてもらえば、もっと知的興奮に満ちたやつを。あしたの試食会をぼくひとりでやったところで何の問題もないと断言しよう」

カウンターにもたれていたバッキーは体を離し、〝ほら、いったとおりだろ？〟という目でわたしを見た。

あわてずゆっくりと、着実に。わたしは自分にいいきかせた。

「ええ、あなたひとりでやれるのはみんなわかっているわよ」シアンが小さく鼻を鳴らしたのを無視する。「ただね、バッキーならここの仕事が――」

「いや、かまわない」バッキーがさえぎった。「ぼくに異論はない。やってくれ」言葉が詰まりがちで、懸命に自分を抑えているようだ。「ヴァージルひとりでやりきれるなら、じつにすばらしいと思う」シアンに目配せしたけれど、ヴァージルは気づかなかったようだ。

「大きな実績をひとつ残すことができる」

わたしはバッキーとシアンの両方が見えるよう、少し背をそらした。シアンはバッキーの目を見たまま、とまどいながらもなんとかしゃべった。

「ええ、まあね……そう、なかなかよ」そしてヴァージルをふりむくと、ぎこちなくうなず
いた。「どんな試食会だったか、報告を聞くのが楽しみだわ」
あら、シアンったら。わたしが目を細めて見つめると、彼女は顔をそむけ、あからさまに
わたしの視線を避けた。あとでふたりきりで話すしかなさそうだ。
「じゃあ、ヴァージル」と、わたしはいった。「あなたがそうしたいなら、ひとりで試食会
を進行してちょうだい。ほんとにそれでいいのね？」
「ああ、それこそ朝飯まえってやつだ」
「では、先に進めましょう」わたしは招待客リストを掲げた。「アメリカ人ゲストはこれで
全部？　このリストは最新版？」
「ううん、違うわ」と、シアン。「一時間ほどまえに、サージェントから追加のメールが来
たの。でもまだ増えそうだと書いてあったから、印刷しなかったのよ。いま確認してくるわ
ね」シアンはコンピュータのほうへ走っていき、わたしはバッキーに話しかけた。
「あしたの試食会をやらずにすむなら、ふたりで援助部隊を検討しましょうか。SBAシェ
フは何人くらい頼んだらいいと思う？」
「うーん」バッキーはこんな簡単な問いに、珍しくいいよどんだ。「考えてみたんだけどね、
最低……八人かな。十二人いれば助かる」
「十二人だと、厨房は満員電車とおなじね」とはいえ、これはよくあることだった。「一時
間くらいとって打ち合わせましょうか」わたしはスケジュール表を引っ張り出した。「試食

会はヴァージルに任せるから……バッキーもシアンも、正午から二時くらいまでは時間がとれるわよね？」

そこへシアンが、印刷したばかりの招待客リストを手にもどってきた。

「正午から？　だめよ、その時間は忙しいわ」

「忙しいって……」わたしはスケジュール表を指さした。「ここには試食会以外、何もないわよ」

シアンは鼻の頭を掻いた。「はい、これが最新の招待客リスト」

スケジュールについてもっと訊こうと思ったけれど、渡されたリストを見てびっくりし、思わず声が出た。

「タイリーも？」

「あら、知っている人？」

どう答えたらいいものか——。

「ちょっとだけ、会ったことがあるのよ」最新リストには、ほかにラーセンの名前ともうひとり。「当然、バランは来るわよね」

「バランって？」

「カルトのオーナーのアレック・バランよ」

「軍事会社のカルトか？」と、バッキー。「そのオーナーがデュラシの晩餐会に来るというのは……解せないな」

「国賓晩餐会の最新資料を見なかった？　バランはスピーチをするらしいわよ。カルトがデュラシの混乱状態を大幅に改善したから、もはや駐留の必要はなくなったという趣旨みたい。彼以外にも、カルトの社員が似たようなスピーチをするわ」

「演説は全部で五十人くらい？」と、シアン。

わたしは笑いながら、「そうね、最低でも十人かな」といった。「このまえ、バランと会ったとき——」

「彼と直接話したのか？」と、バッキー。「どんなやつだった？」

「感じがよくて、すてきな人だったわよ」晩餐会のセキュリティはどれくらい強化されるのだろう？　ちょっと不安になったけれど、できるだけ軽い調子でいった。「いずれカルトはデュラシから撤退するんだもの、スピーチはその点を強調するでしょう。契約期間が残っているから、カルトはホワイトハウスでも仕事をするらしいわ」

「へえ」

「ま、それはさておき……シアン、あしたのお昼以降、何が忙しいのかしら？　バッキーと三人で打ち合わせができない理由は？」

「ごめんなさい、すっかり忘れていたの。バッキーもわたしも、サージェントと話し合うことになっているのよ」

「話し合う？　何について？」

バッキーがシアンをちょっとにらんでから答えた。「サージェントは全部署の全職員と、一対一で話したいそうだ」

「あなたたちの場合は、一対二でもいいってこと？」

シアンが笑い、わたしは確信した――ふたりはわたしに何かを隠している。もしかしてヴァージルのこと？　彼を晩餐会の準備に加えるというわたしの決断に対する不満？　ただでさえヴァージルに手を焼いているというのに、バッキーとシアンまで何かやらかしたらたまらない。真相解明を急がなくては。

サージェントのほうから、このふたりを同時に呼んで話し合うなど考えにくい。では、まずサージェントと話し、その後ふたりを追及しよう。できればヴァージルがいないときに――。

# 13

サージェントとは直接会って話そうと思った。メールですませるようなことではないし、電話だとほかの人に、とくにバッキーやシアンに聞かれかねない。そこでまず時間をとってもらえるかどうかを確認しに、総務部長室へ行った。すると、部長室の手前にあるデスクで、見知らぬ女性が顔をあげた。

「どのようなご用件でしょうか?」

「ピーター・サージェントに会いに……」答えながら部長室のドアへ行きかけると、彼女が立ち上がった。

「申し訳ありませんが、部長は不在です」

黒髪の彼女の年齢は四十代? 小柄で細身で、とてもおしゃれだ。小さな顔に大きなべっこう縁の眼鏡をかけている。そしてわたしの全身をざっと見てから、眼鏡を指先で軽く押しあげ、また椅子にすわった。

「わたしはサージェント部長のアシスタントで、マーガレットと申します」

「オリヴィア・パラスです。どうぞよろしく」彼女の細い手をとり握手した。「厨房のエグゼクティブ・シェフです」

彼女の口が〝あらっ〟というように開いた。でもそのあとの言葉は――。

「はい、存じあげています。こちらこそ、どうぞよろしくお願いいたします。部長がもどられたら、連絡するように伝えましょうか？」

どうしようか……。でもできるだけ内密で話したほうがいいだろう。

「だったら、ふたりきりで話したい用件があると伝えてもらえるかしら？」

マーガレットのきれいに整えた眉がひくついたけど、返事はとてもスムーズだ。

「はい、ではそのように」

「いまなら時間がある、ミズ・パラス」わたしの背後で、不在のはずのサージェントの声がした。それもびっくりするほど威厳たっぷりな低音だ。「ありがとう、マーガレット」彼はそういうと、部長室のドアをあけ、わたしに入るよう合図した。

なかに入って、サージェントがドアを閉めるとすぐわたしはいった。

「なかなかすてきなアシスタントね」

サージェントはデスクの前にすわり、わたしは向かいの椅子に腰をおろした。

「ポールが部長だったころは」と、サージェント。「アシスタントはみんな走り使いだったのなんだので、ほとんどここにはいなかったんだよ。その結果――」片手をゆらゆらと振る。「ポールに会いたければ、誰でも出入り自由の状態だった。ダグになってからは、それどころではないというか……」肩をぶるっと震わせる。「わたしはもっと厳格にやるつもりだ。

ポールは人格者で、有能な部長だったがね」

「ええ、ほんとに」

サージェントの唇がゆがんだ。といっても、これはたぶん微笑だ。

「わたしはね、もっと有能でありたいと思っているんだよ」両手をデスクについて身を乗り出す。「さて、きみの用件は？」

「総務部長として、職員と一対一の面談をするんでしょ？」

サージェントはうなずいた。「一人ひとりをしっかり把握するのも務めだと思っているからね。大半の職員の名前と顔はわかっているが、職務に対する考え方や姿勢を知っておいたほうがいいだろう」

「ええ、それでバッキーやシアンとも会うのね？」

サージェントはまばたきした。そして、もう一度。

「その予定だが」

「ひとりずつじゃなく、ふたりいっしょに？」

またサージェントはまばたきし、眉間に皺が寄った。

「なぜそんなことを訊く？」

「バッキーとシアンが、あしたふたりいっしょに総務部長に会うというから」

「だから、なんだ？」

「ちょっとへんね、と思ったの」

「へん？」

「だって、一対一じゃないから」

サージェントは首をすくめた。「へんでもなんでもない。三人で話し合うことはいくらでもある」

つまり、一対二なのは間違いないということだ。でも……その理由は？　外のマーガレットに聞かれるはずもないのに、わたしは声をおとした。

「もしかして、ヴァージルにからんだ話？」

「なぜ……」サージェントは口ごもった。「そう思う？」

「今度のデュラシの晩餐会では、準備段階からヴァージルにも加わってもらうことにしたの。ぎくしゃくするのはわかっていたけど、少なくともいま――今後はさておき――彼は厨房メンバーなのよ。目くじらをたてるより、距離を縮める努力をしたほうがいいと思ったの。彼も近づいてくれるかもしれないし」

サージェントの表情がやわらいだ。

「賛成だよ、ミズ・パラス。そのままつづけてくれたまえ」

「だったら、バッキーたちと話すとき、わたしも加えてくれない？」

サージェントは、さも思案するように眉根を寄せ、口をすぼめた。でも、見ていればわかる。答えは最初から〝ノー〟なのだ。

「ふむ。申し訳ないが、遠慮してくれ。総務部長として、彼らとの関係を築くのが目的だからね、ほかの者はいないほうがよいだろう」

なんだかよくわからないと思った。だけどサージェント自身がよくわからない人だし、バッキーとシアンのことをもっとよく知るというのが真の目的なら、たしかにわたしがいないほうがいいだろう。ただホワイトハウスには、不満を抱いた職員に対するガイドラインがある。もしバッキーとシアンがわたしに不満をもち、わたしがそれを解消できない場合、ふたりはサージェントに訴えるだろう。想像するだけでもつらいけど、現実には起こりうる。

「わかったわ。じゃあ何かあったら、もし気持ちが変わったら教えてちょうだい」

「そうしよう」

その日、帰りの地下鉄で最初に来た電車に乗りそこね、考え事をしながらうつむいて、プラットホームをのろのろ歩いた。帰宅する人たちにぶつからないよう、たまに顔をあげたけれど、人はどんどん増えるばかりだ。ため息をついて立ち止まり、冷たいコンクリートの壁や天井をながめることにする。平板なコンクリートは、わたしの心のなかを映しだすスクリーンのようでちょうどいい。

そして周囲に視線をもどすと、びっくりするほど混雑していた。早くアパートに帰りたい。早くギャヴに連絡したい。何か新しいことがわかったかしら。彼はエヴァンといっしょに殺害された人たちのことをもっと調べるといっていたけど……。

ホームレスらしい女の人が大きなビニール袋をいくつも抱え、わたしの背中にぶつかった。

もぐもぐ何かつぶやいたから、たぶんあやまったのだろう。

「気にしないで」といったものの、なぜか首の後ろがざわっとした。どうやら、ホームレスの女性がわたしの記憶の引き金をひいたらしい。といっても、具体的なことは何も思い出せなかった。そこでまた無骨なコンクリートを見つめ、エヴァンのエインズリ通り伝道所に行ったときのことを頭のなかで再現してみた。

あのとき、通り周辺は静まりかえっていた。ともかくわびしいかぎりだったけれど、近所で何か目撃した人はいないだろうか。いや、きっといるはずだ。だから一酸化炭素中毒という偽情報が流れたのだ。ギャヴが指摘したように、大きな力が働いて事実をゆがめた。だけど、何のためにそんなことを？

周辺地域をもっとよく思い出してみる。音、におい……。そして、うなじがざわっとした。さっきのホームレスの女性がひいた引き金。そうだ、けっして静まりかえってはいなかった……。両手で顔をこすって思い出す。伝道所の玄関に歩いていくときはどうだった？

ちょっと待って。時間を巻きもどして。

ホームレスの男。

車を駐車するとき、近づいてきた男。

上半身裸で、木の棒を杖にして――。

「逃げろと警告したわ」

思わず声に出してつぶやいていた。誰かに聞かれなかったか、あわててきょろきょろしたけれど、みんな先を急いでいる。

さっきのホームレス女性をさがしてみたら、少し先を歩いていた。何やらいっぱい詰まったビニール袋のほかに大きな紙袋までぶらさげて、足どりは重い。頭には紫色の模様があるスカーフを巻き、うつむいて歩いているから顔は見えなかった。いったい何歳くらいだろう？　きょうは暖かいのでみんな薄着だけれど、あれだけ荷物を運ぶなら、気温に関係なく薄着になる。すると彼女はこちらのほうへもどりはじめ、まわりの人たちは触れないように体をよけた。

といっても、彼女の服は汚れていないし、ぼろぼろでもない。背を丸めて歩く姿は老人っぽく見えるものの、足の運びはいやにしっかりしているような……。そんなことは気にしてもしようがない、と思いつつ、わたしの性分で目が離せなくなった。見れば見るほど、ホームレスとは違うような気がしてならない。でもだったらどうして、あんな？

顔をしっかり見てみたかった。だけどずっとうつむいて、数メートルは離れているから、顎と鼻の頭しか見えない。電車を待つ人たちのあいだをぶつかるのも気にせず歩いているけど、途中でふと立ち止まり、到着予報のサインを見上げた――。

横顔がはっきり見えた。細面で頰骨が高く、なかなか魅力的で、老人とはほど遠い。ただ、小さい顔のわりに鼻は大きめで、口もとは考えこんでいるように険しかった。

彼女の視線を追い、わたしはサインを見上げた。つぎの電車まで二分。あと少しだ。女性を見るのをよして、暗いトンネルの奥に耳をそばだてる。電車の音がかすかに聞こえはじめて、頬がゆるんだ。少しでも早く、アパートに帰りたい。

わたしはホームの縁のほうへ行った。と、右にいた男性が「おいっ」と声をあげた。「ちゃんと前を見ろよ」と注意した相手は、あのホームレスだ。

でも彼女は無視して割りこんできた。電車のドアが開く正確な位置はわからないものの、みんな見当をつけて並んでいる。わたしは車内になだれこむのを避けたくて、人のかたまりからややはずれたところに立っていた。すると女性は背を丸めてうつむいたまま、わたしのすぐ脇で立ち止まり、注意した男性は不快げに少し離れた。

ホームレスの人はふつう、あまりいいにおいがしない。体と衣服の両方が汚れているからだろうけど、この女の人はぜんぜん違った。くさいどころか、ほんのりラベンダーの香りまでするような……。

電車がそろそろホームに入ってくる。わたしが暗いトンネルに顔を向けると、背中を押された。よろよろっと前に進んで、ホームの縁ぎりぎりまで行ってしまい、あわててそばの誰かの腕をつかんだ。でもその人は、反射的にわたしの手を払い——。

足もとに、すぐ目の前に線路が見えた。近づく電車の音が聞こえてくる。わたしはたぶん恐怖の声をあげたのだろう、まわりの人たちがぎょっとして、ひとりかふたりが腕をのばしてくれたとき、あのホームレスが思いきりわたしをつきとばした。

どさっと下の線路に落ちた。全身に痛みが走ったが、レールそのものにはぶつからずにすんだらしい。早くホームにあがらなくては。立ち上がろうにも背中が痛い。早くあの手をつかみたい。

電車のライトが見えた。轟音《ごうおん》が響き、地面が揺れて、頭上では悲鳴。すべてが混じりあい大きな恐怖となった。

人間の脳は休まない。コンピュータより速い。その脳がわたしに告げた――安全にホームによじのぼるのは無理だ。脳はさらにフル回転し、電車をくいとめることはできない、もう間に合わないと判断した。

ではどうすればいいか。脳は必死で計算したが、答えは見つからない。もうお手上げだ。身を委ねるしかない。

もはや、これまで――。

# 14

あと数秒でわたしは死ぬ。ギャヴはきっと苦しむだろう。こうなったのは自分のせいだと思いこみ、一生自分を許さないだろう。

このまま何もせず、身を委ねていいのか。上からのびてくる手をつかんでも、電車が来るまでに体全部は持ち上がらないだろう。脳がそれを確信した。ホームにぶらさがるだけでしかないのなら、手をつかむだけ時間のむだだ。

線路には踏み台になるようなものもない。心臓が破裂しかけた。いや、あそこに、ホームの下に小さな空洞が見える。

わたしはちびだ。あれくらいでも、もぐりこめるかも。

選択の余地はなかった。一か八かでやるしかない。

身をよじり、縮こまり、レールから少しでも離れて這って暗い空洞へ——。

肘が壁を打ち、膝が地面をこする。悲鳴をこらえ、頭を引っこめ、体を折り曲げる。

できるだけ小さく丸まり、外にはみでそうな左足をぐっと引き寄せると、地面が大きく揺れた。

目をつむり、両手で頭を押さえて絶叫した。電車の轟音がそれをかき消し、鼓膜が破れそうになる。熱い突風が吹き抜けて息もできない。だけどそれでもわたしは叫んだ。もっともっと大きな声で。黙って静かに死にたくはない。

電車の通過音に変化はなく、わたしはぎゅっと目をつむったまま、頭から手を離した。

車両が止まる音は、いつもと変わらないような気がした。衝突も、緊急停止もしなかった？　ガタンと重い音、そして扉が開く音。あれが聞こえるのだから、わたしは死んではいない？

ゆっくりと目をあけてみる。

車体が視界をふさぎ、何も見えない。金属の大怪物はわたしの真ん前に止まり、荒い息遣いをしていたものの、おとなしかった。

熱い空気が顔と体に吹きかかった。足首がちくっと痛み、つま先を揺すってみる。胃から苦いものがこみあげてきた。

でもこれでいい。わたしはまだ感じることができるのだ。死んで下界を見下ろしているわけじゃない。

気がつけば、わめいていた。助けてほしいと大声をあげていた。

足首がまたちくっとした。かすれ声で「あっちへ行って」といい、よせばいいのに反射的にふりかえった。こちらを見つめる小さな黒い目。ネズミが二匹、いや三匹。わたしはまたぎゅっと目をつむり、精一杯足を揺すった。「どきなさい！」

爪が紙かビニールをこする音がして、ペットボトルか何かのキュッという音がつづき、どうやらネズミは去ってくれたらしい。

「助けて！」両手を下のコンクリートについた。紙やべとべとしたものがある。サワーミルクのようなにおい、腐肉のにおい。だけどそんなことは気にならない。だってわたしは、生きているから。


車両が移動するのに二十分もかからなかっただろう。でもわたしには恐ろしい永遠の時に思え、寄ってくるネズミたちを追い払った。パニックへの対処メカニズムとして、ネズミへの愛情をかきたててみようとしたけどうまくいかない。

膝は痛み、エネルギーはほとんど残っていない。でもここでパニックになれば、エネルギーは完全に枯渇して、元も子もなくなるような気がした。

すぐそばでネズミの鳴き声がして、ここはネズミの国なのだ、わたしは招かれざる巨人なのだと考えた。わたしがおろおろしたら、ネズミたちはもっと怖がるにちがいない。侵入してごめんね、と思えるようになれば気持ちも自然とおちつくだろう。でもそれは、かなり高い目標だった。

殺人犯に正面から立ち向かったときでさえ、理性は働いた。裏をかこう、出し抜こうと、なんとか知恵をしぼることはできたのだ。だけどネズミを相手にした経験はない。「出ていきなさい！」と、わなわな震える声で叫んでしまう。こればかりはもう、どうしようもなかった。

子どものころに大好きだった『小公女』を思い出す。セーラは屋根裏で、ネズミと仲良くしていたのだ。セーラにできるなら、たぶんわたしにもできるはず……。

ばかばかしい。いまはそんなことを考えている場合じゃない。体が熱く、汗が出てきた。神経はすりきれ、肌はちくちくする。いや違う、いまこそばかばかしいことを考えなくては。セーラの友だちのネズミはメルキセデク。なんてかわいい名前だろう。

金属の触れ合う甲高い音がして、鼓膜が震え、目をつむる。わたしを閉じこめていた金属の怪物がゆっくりと動きはじめたけれど、湿った穴倉では体を動かしようもなく、目の前が開けるまでじっと待つほかなかった。

足や髪に爪を感じ、叫びたいのをこらえ、息が苦しい。メルキセデクとお仲間さんたち、どうかあっちに行ってちょうだいと、足をぶるぶる揺らし、頭を振ってお願いするしかなかった。

ようやく最後の車両が通っていき、わたしは新鮮な空気に包まれて外に飛び出した。

大勢の人が息をのむ音がして——たぶん、わたしは死んだと思っていたのだろう——直後に喚声と歓声が湧きあがった。

でも気にしていられない。早くここから出たい。

ホームから腕がのびてきて、見上げると制服警官だった。中年の太った男性で、ホームの縁ぎりぎりから身を乗り出し、わたしが何かいう間もなく、左右の手首をつかんだ。べつの警官がわたしのシャツの背中をつかみ、息の合った動作で引き上げてくれた。足がホームの床に着くなり、わたしはへたりこんだ。

まわりにたくさんの人が集まって、警官たちがどきなさいと追い払い、救急隊員が走ってくる。

わたしはまわりの人たちの顔をざっとながめたけれど、あのホームレスの女性がとっくにいないのは十分に想像がついた。寄ってきた人たちの最低四人が携帯電話でわたしの写真を撮ったけど、どうか、保存はしないでほしい。

中年の太った警官は、ローレンスと名乗った。わたしを引き上げるのはつらかったらしく、顔は真っ赤で、ほとんど毛のない頭には大粒の汗。

彼は皺の寄ったハンカチで汗を拭きながらいった。

「線路に飛び降りるなんて——」明らかに怒っている。「いったい何を考えていた?」

「もしわたしが自殺する気だったら、そんな訊き方をされたらたまらないわ」ついきつい言い方になり、この人もわたしとおなじように興奮状態なのだと思いなおして、しゃべり方に気をつけた。「違うの、後ろから押されて落ちたの」周囲でつづけざまに携帯電話の撮影音がして、わたしは片手で顔を覆い、うつむいた。

もうひとりの警官がわたしの横にしゃがんだ。黒い肌で細身で、相棒のローレンスより数歳若いだろうか。

「ダーソンといいます。救急隊員に病院まで連れていってもらいましょうか」

わたしは床のコンクリートを見つめたままいった。「怪我はしていないから」どうか、誰もわたしの顔に見覚えがありませんように――。「病院には行かなくてもいいわ」バッグは肩に斜めにかけていたから落ちてはいないものの、逆さになっている。中身がこぼれ出たようで、わたしはホームの縁から線路を見下ろし、携帯電話をさがした。

「どこへ行くつもりだ？」ローレンス警官は、また飛び降りると思ったのかもしれない。

「電話がないの。連絡したいところがあるのだけど……」

「あれかな？」

彼が指さしたところを見て、わたしはがっくりした。線路の間で完全に潰れているのだ。

「ええ、そうみたい」

横にいるダーソンが、「あなたのことは知っていますよ」と、おちついたやさしい顔つきでいうと、ローレンスを見上げた。「野次馬を追い払ってくれ。この人は大丈夫そうだから、これから事情を聞こう」そして救急隊員を手招きしてから、わたしにいった。「どうしてこうなったのかをうかがいたいので、早くここから出ましょう」

ダーソンが立ち上がると、野次馬たちはわたしのせいで電車が止まったとぶつぶついいながらも散っていった。わたしは彼の袖をつかみ、引き寄せた。

「ホームレスの女の人が、わたしを突き落としたの。たまたまじゃなく、わざとそうしたのは間違いないわ」

「ゆっくりうかがいますよ。ともかく場所を変えましょう」

「わかりました」

停車している救急車のなかで、ふたりの隊員がわたしの心拍数や血圧を調べ、近くの病院に知らせた。ダーソンはずっとわたしのそばにすわっている。

「あなたはホワイトハウスのシェフですよね？」

わたしはクッションにゆっくりもたれ、うなずいた。

「急いで連絡しなきゃいけないの」

ダーソンは自分の携帯電話をとりだした。「これを使ってください」

すると救急隊員が、「ちょっと待って」といった。「そのまえに何点か訊きたいので」

「電話は一件だけよ」と、わたし。

隊員は答えず、電話を差し出したダーソンの腕を横に押しやった。

「転落したとき、頭は打ちませんでしたか？　意識がなくなったことは？」

ダーソンが首をすくめ、「ぼくは外に出ていたほうがいいかな？」と、わたしに訊いた。

いまのところ彼くらいしか頼れそうな人はいないし、電話も貸してくれるから、そばにいてほしいと思った。

「ううん、ここにいてください」

それからしばらく救急隊員たちにあちこちいじられ、いろいろ訊かれ、最終的に問題はなしということになった。脈拍数はやや多く、血圧も若干高めながら、どちらも心配のない範囲らしい。

「病院には行かなくてもいいのよね？」しつこく何度も尋ねた。「行けばきっとマスコミに気づかれるわ。できるだけ早く自宅に帰りたいの」

ダーソンは救急車のリアウィンドウから外を見た。

「もう気づいたみたいですよ」

わたしはうめき声を漏らした。

「平気なんだな？」ダーソンは救急隊員に確認した。

「ええ。数値を病院に送信し、問題なしと返信がありました。頭をひどく打ったとか、自殺を図ったのでないかぎりはね」

「後ろから押されたのよ」

「では、こうしてくれないか」と、ダーソン。「マスコミにはぼくが、これから病院に行くと伝える。彼らが消えたところで、ぼくとローレンスがパトカーで彼女を自宅に送りとどける」

「それは……」隊員はわたしをふりむいた。「あなたはそれでいいですか？」

「ええ、いいわ」と答えてから、わたしはダーソンにお礼をいった。「ありがとう、ほんとにありがとう」

ダーソンはわたしをまず警察署に連れていきたかったようだけど、わたしはともかくアパートに帰らせてほしいと頼みこんだ。

警官ふたりはしばらく話しあい、ホワイトハウスの職員であることから、わたしの無理をきいれてくれた。ただし、できるだけ早く書類作成に協力するようにとのこと。

ようやくパトカーの後部座席にすわれた。なんだかちょっとくさいような気がしたけれど、プラットホーム下の穴倉に比べたらはるかにいい。ダーソンは彼の携帯電話を貸してくれ、わたしはギャヴに連絡した。

「どうした？」知らない番号からかけてきたのがわたしだとわかると、ギャヴはすぐに訊いた。「何があった？　きみはいま、インターネットで話題の人になっている。病院に向かっているらしいが、どこの病院だ？」わたしが答える間もなく、「電話ができるのだから、大きな怪我ではないのだろう？　わたしもこれから病院へ行く」といった。

「その必要はないわ」わたしは経緯を説明した。「ダーソン警官がアパートに送ってくれるの」

「だが、病院で診察を――」

「しなくても平気よ。お願い、ほんとうだから信じてちょうだい。もうじきアパートに着くから」

「では、そちらへ行こうか」大きな深呼吸の音がした。「もしきみの身に何かあったら――」

「何もありませんって。もうすぐアパートに着くから。ね？」おなじ言葉をくりかえすしかなかった。いまはまだ頭がまともに働かない。「会ってから詳しく話すわ。この電話はダーソン警官が貸してくれたのよ。早く返さなきゃ。じゃあ、またあとでね。わたしは元気だから」

電話を返すと、ダーソンはにっこりした。「ご主人ですか？」

わたしはウィンドウの外に目をやった。

「ええ、もうじきね」

# 15

アパートに着くと、わたしを待っていたのはギャヴひとりではなかった。彼のほかにウェントワースさん、スタンリー、ジェイムズがわたしをとりかこみ、無事なのか元気なのかとくりかえし訊いてきた。わたしは早く部屋に入りたいと思いつつも、みんなを安心させようと、どうってことないわという態度で答えていった。

かなり時間がかかったけれど、ようやく部屋にもどることができ、ギャヴがわたしの肩に腕をまわした。

「きみはじつに名女優だ。鋼《はがね》の神経の持ち主でもある」

「ネズミにいじられまくったときのわたしを見てほしかったわ」思い出してぶるっと震えた。「神経は鋼どころか、いつでもぽきっと折れそうよ」

「ソファで横になったらどうだ？　今夜はわたしがシェフになろう。何かほしいものは？」

「それよりシャワーを浴びたいわ。体の芯まで汚れたみたいで」

「ではそうしなさい。わたしは早速仕事にとりかかるから、何かあったら大声で呼ぶんだよ」

「はい、そうさせてもらいます」浴室に行こうとしたけど、彼はまだじっとわたしを見つめていた。

「オリー……」唇が小さく動くだけで言葉は出てこない。ギャヴはめったに感情を表に出さない人だけど、今度は歯が折れそうなほどくいしばり、わたしを見つめた。たくましい体の隅々までが震えているようにも見える。理由は不安や恐れではなく——怒りだ。ここで彼に触れようものなら、全身から火花が散りそうだったので、わたしは我慢して待った。きっと彼は、何かいいたいのだろう。

壁も天井も家具も、何もかもが消えてなくなり、わたしとギャヴと、彼の鋭い視線だけになった。そして、彼の瞳がきらりと光った。

「オリー」声はかすれている。「きみにこんなことをしたやつを、かならず見つけだしてやる」

「ええ、見つけたいわ」

恐ろしい形相で〝近くに誰がいた?〟と訊かれるかと思ったら、彼はこんなことをいった。

「見つけたら、絶対に許さない」

わたしは彼に近づいて、その腕に手をのせた。

「気持ちはおなじ」

彼はわたしを引き寄せて、痛くなるほど抱きしめた。心をおちつかせているのだろう、たくましい胸が、わたしの頬の下で大きく二度、三度とふくらんだ。

ギャヴはしばらくわたしを抱きしめたまま、頭のてっぺんにキスをした。

「けっして許しはしない。きみとわたしと、気持ちはおなじだ」

シャワーを浴びてすっきりして浴室から出ると、キッチンからいい香りが漂ってきた。

「あら、何をつくったの？」

「トーストサンドだ。野菜とチーズたっぷりのね。こんなものしかつくれないが……」

「お腹ぺこぺこよ」わたしはテーブルの椅子にすわり、彼はサンドイッチを置いてくれた。

「地下鉄が顔の真ん前を走っていったら、きっとあなたもそうなるわ」

ギャヴは固定電話を指さした。「鳴りっぱなしだから、音を切らせてもらったよ。マスコミはきみのにおいを嗅ぎつけるのが得意らしい」

「でももしシークレット・サービスだったら……」わたしは湿った髪をかきあげた。「ひどく怒るんじゃない？」

ギャヴは、さあね、という顔つきで半分だけふりむいた。

「シークレット・サービスとは、最初にけじめをつけておいたほうがいいわね」そこで固定電話の着信音をもとにもどしたら、たちまちうるさく鳴りはじめた。知らない発信番号だったので放っておくと、メッセージを残さずに切れ、わたしは受話器をとった。そしてホワイトハウスのシークレット・サービスのオフィスにかけたところ、電話がまわされた先はトムだった。

「いまアパートなのか？　無事か？」

「何があったのかはもう知っているのね？」

そばにいたギャヴが、あたりまえだろう、という目をわたしに向けた。

「ニュースメディアはどこも、きみが電車の前に飛び降りたという話でもちきりだよ。ツイッターにはきみのハッシュタグまである」

わたしは目をつむり、「いいかげんにしてほしいわ」とつぶやいた。そしてまぶたを開くとギャヴと目が合い、声には出さず口だけで〝ツイッター〟だと教える。ギャヴはうんざりしたように頭を振った。「もっと早くに連絡すべきだったのだけど」わたしはトムにいった。

「携帯電話が壊れてしまって――」

「すぐに代わりを用意するよ」トムは電話の向こうで誰かに、ホワイトハウス支給の電話を届けるよう指示した。「今夜はずっとアパートにいるんだろ？」

「ええ」

「一時間以内には届くよ」

電話をなくしたのはこれが初めてではなかった。以前、事件に巻きこまれたときも電話を奪われ、その後すぐに代替品が支給されたのだ。「助かるわ、ありがとう」

「きみが自分から飛び降りるはずはない。いったい何があった？」

「突き落とされたの」

トムが息を詰めたのがわかった。「……誰に？」

「女の人。顔はちょっとしか見えなかったわ。ただ、ホームレスに見せかけていたのは間違いないと思うの。荷物を入れた袋をいくつも持って、いかにもホームレスふうだったけど、どこかへんだったのよね……」

「突き落とされる理由に心当たりは？」

トムの質問が聞こえたかのように、ギャヴがまたわたしの顔をじっと見た。

「ぜんぜんないわ」

「怪我もなく無事なんだな？」

「気持ちがちょっと不安なだけ」

「当面、仕事を休むか？」

あら、とんでもない。わたしは笑った。

「デュラシの大晩餐会があるんだもの、休みたくても休めないわ」

電話の向こうでも小さな笑い声がした。

「問題なさそうでよかったよ。しかし明日、ホワイトハウスで少し時間をとってほしい。いくつか訊きたいことがあるからね。いまは――」ため息の音。「急ぎ、プレスリリースを出さなくてはいけない。きみはアクシデントにあったが、無事で元気だという内容のね。マスコミに釘を刺しておかないと、エグゼクティブ・シェフは責任の重さに耐えかねて自殺を図ったなんて憶測が乱れ飛ぶ」

「まったくね、勘弁してほしいわ。わたしが突き落とされたのを目撃した人はいると思うけど」

「いや、そっちのほうも新聞の見出しにはなってほしくない」

「まあ……ね」

「では明日、ゆっくり話そう」


夕食後、新しい携帯電話が届いた。ありがたいことに、番号はまえとおなじだ。ギャヴとふたりでソファにすわり、彼に肩を抱かれながら顔を見上げた。

「今夜はずっと静かにこうしていたいが……」

「わかってるわよ。まず、落ちたときの状況を説明するんでしょ？」

「いいかな？」

「わたしはホームレスの女の人が突き落としたと確信しているわ。それも、あえてわたしを狙ってね。でも理由がわからないのよ、いくら考えても」

ギャヴは目を細め、わたしはつづけた。

「あのときのことと関係が……」ひとつ大きく息を吸う。「エヴァンの伝道所で目撃したことと関係はないかしら？　あなたもわたしも、おかしな質問をされたでしょ？　殺された人たちが何か最期に話さなかったかと？」

ギャヴは黙ったままだ。

「釈然としないのよね。報道では、殺害された五人は一酸化炭素中毒で亡くなったことになっているし、タイリー捜査官たちはいやに早く現場に来たわ。まるでシナリオが出来上がっていたみたい」

「ああ、同感だよ」

「エヴァンの殺害犯がわたしたちを追っている可能性はあるかしら？」

「タイリーとラーセンはあの現場でお手上げ状態だった。と、少なくとも彼らはそういっている」

「え？　そうなの？」

「全体像が見えていないのはたしかだろう」腿に肘をつき、広げた膝の間で両手を組む。「タイリーもラーセンも有害物質を警戒していた。タリアもね」

「彼と話したの？」

「きょう、問い詰めたんだよ。わたしと話すのはいやそうだったが、真面目なやつだからね。つねに正しい道を進もうとする。だから話せることは話してくれた」

「このまえとは違うのね」

ギャヴは横目でちらっとこちらを見てからいった。

「わたしの取り調べ後は、協力する気になったらしい。タイリーたちのやり方はひどすぎると思ったのだろう。きみまで呼び出して詰問したんだ。これには何か大きな裏がある。ただ、タリアも全体像は知らないようだ」

「殺されたほかの四人のことはわかったの？」

ギャヴはうなずいた。「名前を聞いてもまったく知らなくてね、個人的に調べたところ、三人の情報は手に入ったよ。伝道所を尋ねる背景はあって、三人とも前科をもち、ほとんどがドラッグ関係だ。ふたりは自力で立ち直ろうとし、ひとりは解毒プログラムを始めた。調べた住所などから、不運なことに、あの日たまたま伝道所を尋ねたと考えられる。痛ましいことだよ」

「四人めの人は?」

「ジェイソン・チャフという名前でね」両手を広げる。「合衆国に同姓同名の人間は何人もいるが、DCには見当たらない。まるで透明人間のように、いっさいの情報がないんだよ」

「だったら偽名とか?」

「いまのところ、そうとしか考えられない」

ギャヴのことだから、それでも個人調査はつづけるだろう。でも、わたしはわたしで気になって仕方がない。

「あした、線路に落ちたときの状況をトムに話すとき——」

「警察にも早いうちに報告するんだよ」

「あの女の人はとっくに姿をくらましてるわよね」

「決めつけてはいけない」

「トムと会ったとき、伝道所で目撃したことはどの程度話していいの?」

ギャヴはソファにもたれて考えこんだ。

「うむ……何も話さないほうがいいだろう」

「トムのことは信頼しているでしょ？」

ギャヴはほんの少し悲しげにわたしの髪を撫でた。

「もちろんだよ。しかし彼は指揮官の立場にある。誰に担当させるかわからず、わたしがその捜査官を知っているかどうか、信頼できるかどうかは別問題だ。あと何点か調べてから、わたしが直接トム・マッケンジーに伝えよう。ほんとうはべつの者のほうがいいのだろうが……。もし彼がきみに何か尋ねたら、ギャヴィン捜査官に連絡しろといってくれ。エインズリ通り伝道所の件は、とりあえず、きみとわたしだけの秘密にしておこう」

# 16

「突き落とした女に心当たりはないんだな？」

翌朝、トムはオフィスでわたしに訊いた。

「ええ、まったくないわ。袋をいくつも持って、いかにもホームレスふうだったけど、あれは見せかけでしかないと思う」

トムはデスクに身を乗り出して両手を組むと、声をおとした。ほかには誰もいないのに――。

「なぜだ、オリー？　なぜ、いつもきみなんだ？」

わたしは彼に合わせてデスクに身を乗り出し、声をひそめた。

「わからない？　わたしもまったくおなじことを自問しつづけているのが？」

トムは椅子の背にもたれた。

「しかし、今度はなぜだ？」

「わたしのほうが教えてほしいわ」

彼はじっとわたしを見つめた。「何が進行している？」

「いろいろとね……。でもわたしじゃなく、ギャヴに訊いてもらえないかしら」

トムは唇をゆがめた。「わかった、早速きょう尋ねよう。ところでギャヴといえば――」

ふうっと息を吐く。「きみにおめでとうをいわなくちゃな」

これにはびっくりした。ホワイトハウスでは噂があっという間に広まるけれど、早くも西棟にまで届いているなんて。

「あ、ありがとう、トム」

「ギャヴィン捜査官はしあわせ者だよ」

別れてしまったとはいえ、トムとわたしは一時期楽しい時間を過ごし、楽しい思い出を共有している。彼にとって〝おめでとう〟は重い言葉だろうし、わたしにとってもそうだった。

「ほんとにありがとう」

トムはうなずいた。「さて、最後の話題はきみのボディガードだ」

「え？」わたしはがっくりした。「できればよしてほしいんだけど……」

彼の目つきが鋭くなった。

「選択の余地はないよ、決定済みだから」

「今度は誰？」

「人選はまだだ。決まったらすぐ知らせるよ。問題があれば、ぼくに直接連絡するように」

「了解」

立ち上がったわたしに、トムはなかばしかめ面でほほえんだ。

「頼むから、オリー、今後はもっと用心してくれ」

厨房にもどると、バッキーが握りしめた木のスプーンを、ぶるぶる震えながら頭の上に振りあげていた。顔は真っ赤で、嚙みしめた白い歯が唇の隙間から見える。「ここでは……そんな……」ひと言しゃべるたびに、耳から火が噴き出しそうだ。「やり方は……しない」

彼と向きあい、こちらに背を向けているのはヴァージルだ。両手をげんこつにしてカウンターの上についている。

「そっちこそ、そろそろ先入観を捨てたらどうだ？」

「ファースト・レディの試食会をたかだか一回仕切るくらいで、この厨房まで仕切れないぞ」バッキーはわたしに気づいたようだけれど、視線を合わせようとはしなかった。

「びくついてるんだろ」と、ヴァージル。「ぼくがここのシェフになってからずっとね。あんたは過去の人なんだよ」そこで若干声をおとした。「あっという間に、彼女もそうなる」

わたしは口をはさんだほうがいいと感じた。

「彼女って誰のこと？」ほほえみながらヴァージルに訊く。「シアンのことじゃないでしょ？だって、彼女はずっとここで働くんだもの」

ヴァージルは驚きと怒りのまじった顔でわたしをふりかえると、すぐにバッキーをにらみつけた。わたしが入ってきたことを教えなかったからだろう。

「シアンを追い出す気なんかさらさらありませんからね。彼女はこの厨房になくてはならない人だから」そこでわたしは胸に手を当て、びっくりしたふりをした。「もしかして、彼女ってわたしのこと？」ヴァージルの脇を通り過ぎ、バッキーと並んで彼に向き合う。「裏で何かまた画策しているわけじゃないでしょうね？」わたしは横を向き、バッキーに尋ねた。

「いったい何があったの？」

バッキーは握りしめていた木のスプーンをカウンターに乱暴に置き、ステンレスが甲高い音をたてた。

「ヴァージルは試食会をここで、厨房で、やるというんだ」

「え？　冗談でしょ？」

ヴァージルは〝あんたに冗談なんかいわないよ〟という顔をした。

「それはだめよ、ヴァージル。場所はファミリー・ダイニング・ルームにしてちょうだい。ハイデン夫人もそのほうがいいはずよ」

「どうしてそんなことがいえる？」

「わかりきったことをいわせてもらえば、ハイデン夫人はアメリカ合衆国のファースト・レディなの。作業用のカウンターをまわりながら食事をさせることなんてできません。立ったまま食べることもね。試食会には、ハイデン夫人が招いた人たちも来るのよ。そのほとんどが職員でしょう。忘れたわけじゃないわよね？　ここは狭いうえ、調理や作業であわただしいの。それがあなたのやりたい試食会？」

「頭からだめだと決めつけるのは——」

「ヴァージル」ゆっくり、さとすようにいう。「まえにも話したでしょう？　協力して、チームでやるの。いいわね？」

彼は返事をしなかった。代わりに腕を組み、「どうぞお好きなように」とだけいうと、荒々しい足どりで厨房を出ていった。

ヴァージルの姿が見えなくなってから、バッキーがつぶやいた。

「ほら、いったとおりだろう？　といいたいところだが、ぼくは大人だから我慢するよ」

「ええ、我慢してちょうだい」でも心のなかでは、あなたのいったとおりね、とうなずきかけていた。

ヴァージルはオーヴンでひとつ、べつのオーヴンで二種類の料理をつくり、いまはコンロの前で、よい香りのする鍋をかきまぜている。でもわたしの視線に気づくと鍋に蓋をし、オーヴンの前にやってきた。そして「ちょっと失礼」というと、背中でオーヴンの中を隠すようにして扉をあけた。

「給仕はまだ来ていないの？」わたしはヴァージルに訊いた。給仕長のジャクソンにはわたしから直接、きょうの段取りに関して念押ししておいたのだ。

「問題ないよ。きみはここにいなくていい」

「いる必要があるからいるのよ」

　バッキーとシアンとわたしは献立を練りに練り、どの料理もファースト・レディの了解を得られれば——ぜひそうあってほしいのだけど——食材の確保をしなくてはいけない。その手配は早いに越したことがないのだ。わたしはヴァージルの脇を通ってコンロまで行き、料理の出来具合を見たくて鍋の蓋を取ろうとした。

「さわるな」

「え？　どうして？」彼をふりかえる。

「給仕直前まで蓋をしておかなくてはだめなんだ」

　わたしはどの料理の手順もしっかり頭に刻みこんでいる。この鍋にはロブスターテール用の野菜ソースが入っているはずだ。

「それはおかしいわ」

「いや、おかしくない」

　息を大きく吸って気持ちを鎮めた。もしこれがソースであれば、蓋なしでぐつぐつ煮なくてはいけないのだ。

「混ぜなくてもいいの？」

「手伝いは不要だ」オーヴンの扉をばたんと閉じると、彼は鍋つかみをわたしの手にのせた。何もするなという意味だろう。

「わたしがソースの具合を見るのもだめということ？」

「きみはぼくに任せた。責任者はぼくなんだ。なのになぜ、横から口を出す？」

と、そのとき、ハイデン夫人がやってきた。ジョシュアもいっしょで、ほかにアシスタントが七人とシークレット・サービスもいる。

「こんにちは、みなさん」

ヴァージルはあわててエプロンで手を拭いた。

「やあ、デニス!」

わたしは目をまるくした。〝デニス〟?

「さ、こっちへ」ヴァージルは夫人の手をとって歩き、ほかの者たちも並んでついてくる。

「みんな、よく来てくれたな」

いつもはしかめ面で文句ばかりのヴァージルが、いきなり陽気で感じのいい人になった。夫人たちが彼にうながされてカウンターに集まるなか、ジョシュアだけはわたしの横に来た。

「こんちは、オリー!」はじけんばかりの笑顔。「ヴァージルから聞いた? ぼくね、きょうの朝ご飯、みんなのぶんも全部ひとりでつくったんだよ」

いまヴァージルはにこにこおしゃべりしながら、夫人たちをカウンターの周囲に配置している――「べつにここでも窮屈じゃないでしょう?」

「あら、それは知らなかったわ。すごいわねえ、ジョシュア」

わたしは少年にそういいながら、ヴァージルはほかにも無断で何かしたのでは、と疑った。

一時間後、試食会は終了し、ハイデン夫人はヴァージルにいった。

「いくつか注文をつけましたけど、それ以外はどれもすばらしかったわ。この献立でお願いしますね」

わたしはドアのすぐ外に立っていた。シークレット・サービスが夫人とジョシュアを待ち、まずは夫人のアシスタントたちが出てきて、それからジョシュアだ。

「サヤマメとビーツは好きじゃなかった」少年は小さな声でわたしに告げた。「まえに食べたやつと違うよね？　あれはおいしかったのに、ヴァージルはレシピを変えたの？」

「さすがね、ジョシュア」わたしは拍手したいのをこらえた。「きょうはほんの少し変えてみたの」

「ふうん。どんなふうに？」

残念ながら知らないのよ……。わたしはジョシュアにウィンクした。

「彼の秘密のレシピだから、あとでこっそりつきとめておくわね」

「なんだかわからないけど」少年はかぶりを振った。「ヴァージルに、余計なものを加えさせちゃだめだよ」

「そうね。これからは気をつけるようにするわ」

ハイデン夫人が厨房から出てきてわたしの腕に触れ、耳もとでささやいた。

「今度の試食会はとても……異例だわね」

ドアの向こうから、ヴァージルが後片づけをする音が響いてきた。いつもなら洗い場のスタッフが来るまでほったらかしなのに、珍しいこともあるものだ。理由はおそらく、ここに夫人がいるからだろう。彼らしいといえば彼らしい。

どうしようか迷ったけれど、夫人には正直に話したほうがよいだろう。

「おちつかない、失礼な設定で申し訳ありません。ヴァージルに一任したわたしの責任です。通常とは違う仕事を任せたら、彼にとって良い経験になると思ったので」

ハイデン夫人は軽く眉間に皺を寄せ、「献立も?」といった。

「一部について、彼は独自に手を加えたようです」まさかそこまでやるとはわたし自身、想像もしなかった。

夫人は複雑な顔をした。困惑しているのは確かだし、わたしの言葉を受けとめてくれたとは思うのだけれど――。奥からヴァージルの鼻歌が聞こえ、ハイデン夫人はため息をついた。

「ではその一部について、オリジナルのレシピでつくったものをあらためて試食したほうがよければそうしますよ。わたしはふだん忙しくしているけれど、あなたが設定する試食会はいつもいいタイミングでスムーズだったわ。やはり今回はヴァージルの主導だったのですね」

つまり夫人は、ヴァージルが混乱を招きがちだということを認識している? でももしそうなら、どうして彼を厨房のスタッフに、それもハイデン家の食事担当という重要な立場に置きつづけているのだろう?

「厨房のみなさんは――」と、夫人はいった。「いつもすばらしい仕事をしてくれます。正餐の献立も、試食会なんて不要なくらいよ。このあとも、何かあれば試食はしますが、あなたのオリジナル・レシピに不満などないでしょう」

「ありがとうございます。そうおっしゃっていただけるだけで、たいへん光栄です」

「だったら、サヤマメのやつ――」ジョシュアがいった。「まえとおんなじレシピにしてくれる？」

思わず笑みがこぼれた。「はい、もちろん」

夫人たちがいなくなり、わたしは心を決めた。ヴァージルと結着をつけるときがきたらしい。

# 17

わたしがハイデン夫人と話しているあいだに、ヴァージルは後片づけの支援部隊を数人呼びつけていたようだ。びっくり仰天、さすがヴァージルというべきか。ほかの職員がいる前で、彼に厳しいことをいうわけにはいかない。

「ヴァージル、ちょっといいかしら」わたしは彼を厨房の外から呼んだ。

ここまで勝手なことをしながら、ヴァージルは悪びれたふうもなくふりかえると、洗い場のスタッフたちにいくつか指示を出してからこちらへ来た。

「試食会は大成功だったよ」

彼はそれしかいわない。

「ミズ・パラス?」声がしてふりむくと、アレック・バランだった。それにしてもこの人は、ほんとに背が高い。「そろそろ話せるだろうか?」

わたしは記憶をたどったけれど、彼と約束をした覚えはなかった。

「お目にかかる約束があったのなら、申し訳ありません、失念していました」

バランはヴァージルに目をやった。

「長くはかからないから」バランは廊下の先に手を振った。

「すぐもどってくるわ」わたしはヴァージルにそういうと、バランについていき、チャイナ・ルームに入った。

ここは過去の事件で何度も尋問された部屋で、たいていはシークレット・サービスだったけれど、バランもいまはシークレット・サービスの仕事をしている。何か問題が発生したのかしら？

美しい陶器のコレクションが並ぶ部屋には、もうひとり男性がいた。

バランがドアを閉め、「ミズ・パラス、こちらはアーリック護衛官だ」と紹介した。「あなたのボディガードを担当する」

この人もずいぶん背が高く、年齢はわたしより五、六歳上だろうか。薄くなった髪の色は白に近く、目つきは鋭い。全身これ筋肉、といった印象だ。

「護衛官というと、シークレット・サービスですか？」

「カルトでは――」と、バラン。「政府の派遣に応じられる優秀な職員を護衛官と呼ぶことがあってね」

「そうなんですか」シークレット・サービスと区別がつかず、ずいぶんまぎらわしいと思った。「はじめまして、アーリック護衛官」

「よろしくお願いいたします、ミズ・パラス」

「昨日の地下鉄ホーム突き落とし事件に関し――」バランがいった。「アーリックはすでにシークレット・サービスから説明を受けている。捜査は地元警察とシークレット・サービスが連携して行なうことになった」

「そこで最初に一点だけ、うかがいたいのですが」アーリックがわたしにいった。

「オリーと呼んでちょうだい」

「はい」彼はうなずいた。「ではオリー、突き落とした犯人、もしくは突き落とされるような理由に心当たりは？」

どうしようか……。ギャヴからはエインズリ通り伝道所の件について誰にも話すなといわれている。そのなかにはボディガードも含まれるわよね？　ここは嘘をつくしかないだろう。

「いいえ」わたしはかぶりを振った。「心当たりはひとつもないわ」

「わかりました。何か思い当たったら教えてください。今後は自分が護衛しますので、安心していただいてかまいません。シークレット・サービスは、トム・マッケンジー捜査官を窓口として警察と連携しています。警察は監視カメラを分析中ですが、犯人と思われるホームレスの女はカメラの場所を知っていたらしく、つねに顔をそらしています。また、逃亡するときは偽装を変えていたと考えられます。所持していた紙袋に着替えの衣類を入れていたのでしょう。頭に巻かれていたスカーフは、売店の裏で発見されましたが、監視カメラではそれらしい女は見当たりませんでした」

「わりと若い人だったような気がするの。歩き方とかの印象だけど」

バランがほほえんだ。「貴重な証言をありがとう。では、あとはアーリックに任せるとして、わたしはそろそろ失礼しよう。何かあればいつでも連絡を、ミズ・パラス」

バランがいなくなると、アーリックは両手を差し出し、「場合によっては家事も手伝いますからね」といった。「これからはすべて協力体制で」

「わたしから一分一秒も目を離さないの？」前回、ボディガードがついたときのことを思い出す。「たまには誰かと話したいでしょ？」

「その必要がある場合にかぎり」

「ボディガードなんて、退屈でうんざりする任務じゃない？」

アーリックはにっこりした。「さあ、それはどうでしょう。あなた関連の報告書類を読みましたから」

わたしは目を閉じた。過去の事件で、セキュリティ報告書にわたしの行動が記されているのは知っていたけど、あまり気分のよいものではない。

「わたしがギャヴィン捜査官といっしょにいるときは、ガードする必要はないわよね？」

「はい、マッケンジー捜査官から聞きました。ギャヴィン特別捜査官はシークレット・サービスでも優秀な方として知られています。護衛任務を正確に申し上げると、あなたがひとりでおおやけの場所にいるときの護衛です。自分の任務は、あなたがホワイトハウスに出勤し、ホワイトハウスから帰宅する際は日々欠かさず護衛し、あなたがホワイトハウス内、もしくはアパートにいるあいだは護衛しません。ただし、スケジュールに変更がある場合は知らせてください。その点はよろしいですね？」

アーリックはそれから何点か、彼いうところの〝ガイドライン〟を確認した。

「ひとつ教えて」彼が話しおわったところで訊いてみた。「あなたはいつまでわたしのボディガードを？」

彼の表情にごくわずか、それもほんの一瞬、苦しみや痛みに似たものがよぎった。

「自分もそれを知りたいと思います」

「ええ、わかったわ」

「まいったわよ」つぶやくと、バッキーとシアンはもっとよく聞こうと身を乗り出した。「試食会はね、最悪といっていいかも」ヴァージルは料理を勝手にアレンジし、参加者はカウンター前に並ばされ、気楽に感想をいいあうどころか、肘をぶつけながら食べたことをふたりに報告する。そしてハイデン夫人とどんな話をしたかも。

わたしたち三人は静かな厨房で身を寄せ合うようにして立っていたけれど、バッキーとシアンはしきりにドアをうかがっている。だからわたしは安心させた。

「気にしなくていいわよ。ヴァージルはもう帰宅したから。極度の疲労、という理由でね」

「それはどうかな」と、バッキー。「こそこそするのが得意だからね。どこかで聞き耳をたてているかもしれない」

「彼にはちゃんと話したの？」と、シアン。

「本人は大成功だと思っているわ。でも、彼に注意するまえに、新しいボディガードがやってきたの」

「きのう、地下鉄であんなことがあったから？」

「そう。また監視がつくってことよ」シアンとバッキーは地下鉄の件を知ってかなりショックだったようなので、あまり触れないほうがよいだろう。「そのあと厨房にもどってみたら、もうヴァージルはいなかったの」わたしは話題を変えた。「ところで、サージェントとの面談はどうだった？」

「楽しかったよ」バッキーはシアンをふりむき、彼女はうなずいた。

「ええ、楽しかったわ」

わたしは目を細めた。「何かいやなことがあったのね？」

「ぜんぜん」ふたりは同時に答えた。

「サージェントのことが苦手なくせに、にこにこして楽しい面談だったなんていうのは、いやなことがあったとしか思えないけど」

「そんなことはまったくないよ」バッキーは大袈裟なため息をついた。「わざわざいうまでもないだろうが、ぼくらはヴァージルに対する不満をサージェントにぶちまけた」

これにシアンはびっくりした顔をし、わたしは彼女に訊いた。

「サージェントは親身になって聞いてくれたでしょ？」

「え、ええ……。そうだ！」彼女は人差し指を立てた。「わたし、やらなきゃいけないことがあったわ。ごめん、またあとでね」

シアンはそそくさとその場を去り、わたしはゆっくりとバッキーをふりむいた。

「正直に話してくれないことがあるみたいね」

口を開きかけた彼を制してつづけた。

「わたしはあなたを信頼しているわ。シアンのこともね。サージェントとの面談に関して、いまはいいたくないことがあるのでしょう。いつでもいいから、話す気になったら話してちょうだい」

バッキーはにやっとした。

「了解しました、ボス」

## 18

新しい携帯電話を持って配膳室に行き、ギャヴに電話した。ボディガードの件はあのあとすぐ報告できたけど、今回は留守番電話になった。メッセージは残さず、時間ができたら連絡してほしいとメールを送る。

アーリックから、警察がホームレス女性のスカーフを見つけたと聞いたとき、頭の隅で何かがカチッと音をたてたのだけど、具体的にはわからなかった。でもその後、思いつくことがあり、早くギャヴに知らせたかったのだ。

突き落とされる寸前、わたしはエインズリ通りの駐車場にいたホームレスの男性を思い出していた。でも直後に恐怖の体験をし、命拾いして胸を撫でおろし、彼のことはすっかり忘れていたのだけれど、いまになってそうだ、と思い出した。また忘れないうちに、早くギャヴに伝えたい。

そしてもうひとつ、はっきりさせておきたいことがある。

総務部長室では、手前のデスクでキーボードを叩いていたマーガレットがわたしに気づき、顔をあげた。サージェントのオフィスのドアは少し開いているから、彼がいるのはわかったけれど、礼儀は守ったほうがよいだろう。

「こんにちは、マーガレット。サージェント部長と話したいのだけど、入ってもいいかしら?」

マーガレットはほほえんだ。といっても、その目は〝勝手なことはするな〟と警告している。「部長にうかがってきますね。でも、かなり予定が詰まっていますし――」〝かなり〟に力をこめる。「いまは電話中ですから、すわってお待ちいただけますか?」笑顔で小さく首をすくめたけれど、目は笑っていなかった。「電話は長引きそうですので」

「だったら、わたしと話す時間を予定に入れてもらえるかしら? スケジューリングはあなたのお仕事?」

「ええ」マーガレットはコンピュータに向かい、マウスを何度かクリックした。「そうですねえ……」二度クリック。さらにもう一度。「では……」彼女は背筋をのばした。「八月の三日ではどうでしょう?」

「八月?」まるで歯医者の予約だ。「それは遅すぎるわ」

「緊急でない場合、この日がいちばん早いんですよ」

「ごめんなさい、それはだめ」わたしは頭を横に振った。「サージェント部長に、電話がほしいと伝言してもらえる? あとは直接話してみるから」

マーガレットは満面の笑みを浮かべた。といっても、やはり目は笑っていない。

「いらっしゃったことはかならず伝えますので」

と、そのとき、ドアが開いた。

「やあ、ミズ・パラス。会いに行こうと思っていたところだ。ちょっといいかな？」

マーガレットは目をまるくした。「でも部長……」いまにも泣き出しそうな子どもみたいだ。「わたし……」

「ミズ・パラスがわざわざ会いに来るのは、何か問題があるときだけだ」けっして嫌味な言い方ではない。「相当の理由があるからだよ」

わたしは背中にマーガレットの視線をちくちく感じながらオフィスに入り、サージェントがドアを閉めてくれてほっとした。でも彼女は、興味津々のことがあれば、外で聞き耳をたてるような気がした。わたしもその種のタイプだから、同類かどうかはぴんとくる。

「わたしに会いに来るつもりだったの？」

サージェントはデスクの椅子にすわらず、立ったまま声をおとした。たぶん彼も、マーガレットを警戒しているのだろう。

「ゆうべ、地下鉄のホームで起きたことを聞いたよ」

「面白いニュースはあっという間に広まるわね」

サージェントはいつもの、あのリスのような目つきになった。ただし今回は、好奇心ではなく怒りの表情だ。

「冗談もほどほどにしなさい。トラブルを招くきみの性癖を考えれば、面白いニュースどころではない」

わたしはいい返すことができず、「ええ、そうね」とだけいった。

「あたりまえだ」鼻をふんと鳴らす。「捜査が進むあいだ、何か必要なことはないか？　きみはいずれ警察に呼ばれるだろう」小さな舌打ち。「仕事から離れるように要求される可能性もある」

「シークレット・サービスが調整してくれているわ。ボディガードがついたのよ」漠然と厨房のほうへ手を振る。「今回もまたね」

「それを聞いて安心したよ」そこでようやくデスクをまわって椅子に腰をおろし、わたしは向かいの椅子にすわった。「身の安全にはくれぐれも気をつけるように」

サージェントにしてはずいぶんやさしいわ、と思ったら、やっぱり続きがあった。

「きみの代わりを見つけるのはたいへんだからな。ヴァージルに厨房を任せるわけにはいかない」

笑いそうになるのをこらえた。それでこそサージェント。嫌味ばかりいう不快なやつ。

「ええ、なんとか生き延びるようがんばるわ、ピーターのためにもね」

彼の目がきらりと光った。「ああ、そうしなさい」

「ところで――」わたしは話題を変えた。「ソーラは元気？」

サージェントの反応は予想どおりで、ほっぺたがピンクになった。そして口をもぐもぐさせてから、ようやく「元気だよ」と答えた。

ソーラはジョシュアがフード・エキスポに行くとき、わたしたち付添人も含めて全員の変装を担当した女性だ。この優雅でつねにほがらかな女性が、当時式事室の室長だったサージエントを見初め、わたしは彼女に頼まれて仲介役をした。そしてどうやら、ふたりの仲はとても順調に進展しているらしい。

「きみはそれを訊きたくてここまで来たわけではないだろう」サージェントはいつもの怖い顔にもどった。「そうでないことを心から願う」

「ええ、ヴァージルのことを相談しに来たの」

サージェントは首を横に振った。

「あら。わたしはまだ何も話していないわ」

「いや、聞かなくてもわかる」

椅子の背にもたれ、わたしは腕を組んだ。「だったら何なのか、いってみて」

サージェントは眉をつりあげ、頰をすぼめた。わたしの言い方にむっとしたか、でなければ心の準備か。

「ミズ・パラス」見下したように首をかしげる。「きみはバッキーこそ副料理長にふさわしいとくりかえすためにここに来た。そしてその理由のひとつとして、ヴァージルはファースト・レディの試食会を台無しにしたと、わたしに報告するつもりだ」最後まで聞きなさいと、人差し指を立てる。「また試食会に関し、きみはまだヴァージルと話し合えていない。その理由は……」言葉を切って考える。「わたしの想像では、きみに時間的余裕がなかったからだ。しかしいずれにせよ、バッキーを副料理長として認めるよう、わたしに催促するためにここに来た。同時に、ヴァージルの処遇に関するハイデン夫人とわたしの打ち合わせ結果も知りたかった」そこで間をおく。「どうだ？　こんなところではないか？」

いつの間にか、わたしは組んでいた腕をほどいて身を乗り出し、デスクの縁に片肘をついていた。サージェントはその肘をじっと見たから、たぶん気にくわないのだろう。

「ピーターは厨房に監視カメラでもつけているのかしら？」

彼はいかにも満足げに、「ハイデン夫人から聞いたのだよ」といった。

「いま話したことを全部？」

「一部はわたしの推測だがね」

「だったらファースト・レディも、ヴァージルは困り者だとわかってくれたのね？」

「まあな」

「そういうことなら……今後はどうなるの？　ヴァージルは厨房からいなくなる？」

「残念だが、それはない。また現状では、バッキーをすぐ副料理長にすることもないだろう」

「どうして？」

「なぜなら——」首をのばして顔を近づけ、目でちらっとドアを示してから声をおとす。「ちなみに、マーガレットのことは気にするな。多少過激なところはあるが、秘書として、見張り番としては有能だ」

「みたいね。あなたと話したいといったら、すごく怖い目で見られたわ」

サージェントはどうでもよさそうに片手を振った。

「で、ヴァージルのことなんだけど……ハイデン夫人はそれでも彼を専属シェフとして置いておきたいの？」

「わたしは総務部長だからね、ごく内輪の情報も耳にする。これから話すことは、けっして他言しないでほしい」頬がぴくぴくっとひくついた。

「はい、わかりました」

「じつはヴァージルは、ハイデン家の親族なのだよ」

「えっ……」

サージェントは唇を噛んだ。「ファースト・レディのほうの遠縁でね」

「マスコミはかぎつけていないの？」

「ヴァージルはスポットライトを浴びたいわりに、親族についてはいっさい語っていない。縁故を利用するより、料理人としての実力で名をあげたいのだろう。それにどのみち――」首をすくめる。「遠縁でしかないからね。マスコミもよほどその気にならなければ気づかないだろう。さいわいというべきか、マスコミはそれよりもっと面白いネタを追いかける」

たとえば《ピープルズ・ジャーナル》のダニエル・デイヴィーズのように？　とはいわずにおいた。

「要するに、わたしたちは今後もずっとヴァージルにつきあっていくということね？」

サージェントはうなずいた。「バッキーを副料理長にする働きかけは継続するがね」苦虫を嚙みつぶしたような顔。「念のためにいっておくが、ハイデン夫人はその点に関し、いまのところあまり積極的ではない」

わたしは椅子から立ち上がった。

「お忙しいところ、ありがとうございました、ピーター」ドアへ向かいながら、マーガレットの不満げな顔が見えるような気がした。そしてサージェントをふりむき、もしかするとソーラが彼をいくらか丸くしたのかも、と思った。

「マーガレットは独身なの？」

サージェントは意外な質問に驚いたらしい。「いや、それは知らない」頭を右に、つぎに左にかしげる。「これまでかわした会話から、独身だとは思うが。なぜそんなことを訊く？」

わたしはにっこりした。「ヴァージルとマーガレットが並んでいるところを想像できる？」

「また、ばかなことを。ここはホワイトハウスであり、結婚相談所ではない」

わたしは笑いながらいった。「ピーターにもユーモアセンスがあったのね」

「ユーモアセンス？」サージェントはわたしをにらみつけた。「きみはわたしを傷つけることばかりいう」

仕事が終わったあと、思いがけずギャヴがレジデンスの南の出口まで来てくれた。

「びっくりしたわ。一日じゅう連絡がとれないから、また事情聴取かしらと心配していたの」

「きょうは違うよ」

ギャヴはわたしを自宅に送る予定のアーリックに会釈し、アーリックは「ミズ・パラスに同行しますか？」と尋ねた。

「彼女とは夕食の約束があってね」

アーリックはとまどったようにわたしにいった。「外食の予定は聞いていませんが」

今度はわたしがとまどう番だ。「ええ、わたしもいま知ったの」

「では、自分のきょうの任務はこれで終了で――」

「いや」と、ギャヴ。「わたしはミズ・パラスを自宅まで送ることができない。すまないが、一時間半後にまたここでおちあえるだろうか」

アーリックは悩んだようすで頭をぽりぽり掻いた。

「人の多いおおやけの場に行くんだよ」と、ギャヴ。「その後はわたしが彼女をホワイトハウスのここまで送りとどける。きみには予定外のことで申し訳ないが、その手順でやってもらえないだろうか」そこでひと呼吸。「やむを得ない事態なものでね」

「了解です」アーリックは首をすくめ、「ではそのように」というと、わたしをふりむいた。

「もどってくるときに連絡してください」

ギャヴは杖を使っているわりに速いペースで歩きはじめ、わたしはしばらくしてから「何があったの？」と訊いた。

「人に聞かれない、ふたりきりになれたところで説明する」

ホワイトハウスの北西ゲートからペンシルヴェニア通りに出て東へ向かう。

「わたしのアパートまでは行けないの？　アパートならふたりきりで、誰にも聞かれないわ」

「二時間以内にもどらなくてはいけない。やるべきことが多すぎて、時間がいくらあっても足りないんだよ。それにホワイトハウス内部でも話せない。訓練を積んだ者がそこらじゅうにいるからね」

「なんだか怖い言い方ね。大きな事件でもあったの？」

ギャヴはほほえんでわたしを見下ろした。「おいおい。きみは危うく死ぬところだったんだ。それだけで十分大きな事件だよ」

「かもしれないけど……。急に夕食をいっしょに食べるとか、人に聞かれない場所でとか、きょうのあなたは謎だらけだわ」

ギャヴはまたわたしを見下ろし、さびしげな笑みを浮かべた。

「謎や事件しか思いつかないのか？　きみとふたりきりで過ごしたかっただけなんだがな」

わたしは何もいえなくなった。

「謎はないよ。安心しなさい」彼はわたしの手を握り、わたしはほほえんで彼を見上げた。

「ええ、あなたといっしょなら」

つぎの交差点で信号が変わりかけたので、わたしは歩をゆるめた。でもギャヴは左右を確認しただけで、わたしの手を握ったままペースをおとさず交差点を渡り、わたしは急いでついていく。

こうしてギャヴがそばにいるとほっとした。大怪我を負った直後は、現場復帰は無理かもしれないと不安になり、彼はわたし以上に不安だっただろう。でもあとは時間の問題。完治までに数週間はかかるだろうけど。

彼は地元の人気レストランの前で立ち止まった。

「ここはどうだ？」

「ええ、賛成」

お店に入ると、入口近くのふたり用のテーブルに案内された。周囲のテーブルはお客さんでいっぱいだ。ギャヴは奥のほうを指さし、店員に訊いた。

「もっと静かなところはないかな？」

案内されたのは奥の隅のテーブルで、ギャヴは壁側、わたしは窓際にすわった。ここなら店内全体が見渡せて、なかなかいい。

料理はすぐ決まり、ギャヴはウエイトレスに注文すると、ゆっくりとわたしに顔を向けた。

「何か知らせたいことがあったのだろう？」

わたしは彼に、エインズリ通りで近づいてきたホームレスの男に会ってみてはどうかといった。

「わたしたちに逃げろといったでしょ。あのときはドラッグか何かでおかしいだけだと相手にしなかったけど、もしかしたら……」

「事件の目撃者、かもしれない？　たしかに、可能性としては否定できないな」

「ええ」

「会うといっても、どこに行けばつかまえられるか――」

「そうなのよね」

ギャヴは店内を見まわし、わたしは彼の視線を追った。黒い壁、やわらかな照明、リネンのテーブルクロス。ここは商談などをする類のレストランだった。いちばん近いお客さんは、三つ先のテーブルにいるスーツ姿の男性ふたりだ。でも徐々に混みあってきてはいる。

「試す価値はありそうだな」

「ジェイソン・チャフのことは何かわかった？」

ギャヴは水をごくごく飲むと、かぶりを振った。

「透明人間にたとえたのは、当たらずといえども遠からずだ」

彼は意味ありげなまなざしで声をおとし、わたしは椅子をテーブルに近づけて顔を寄せた。

「心して聞いてくれ、オリー。きみには話せないこともあり、機密事項がどういうものかは、いまさらいうまでもないだろう」

わたしはうなずいた。

「きみに話せるのは、独自調査で得たものにかぎられる」

ウェイトレスがやってきて、サラダとドレッシングの小瓶を置いていった。でも食べるより先に話を聞きたい。

「ジェイソン・チャフの本名はジョーダン・カンポで、以前はシークレット・サービスに所属していた」

「あなたの知っている人？」

「いや、顔を合わせたことはあるかもしれないが、記憶にはない。ただ、カルトに移籍したことはわかった」

「カルト？　いまホワイトハウスでシークレット・サービスを手伝っている、アレック・バランがオーナーのカルト？」

「そうだ」

「エヴァンもシークレット・サービスに所属していたでしょ？　そういうふたりがあそこで殺されたなんて……偶然とは考えにくいわ」

「そのとおり」

わたしは〝心して聞け〟といったギャヴの目を見つめた。

「エヴァンは社会からはぐれた人を救うためにあの伝道所をつくったのでしょ？　だけど、そのジョーダン・カンポという人ははぐれ者ではなかった。ということは、べつの何かがからんでいるのね？」

「ジョーダンはカルトの現役社員だった。エヴァンと彼は共同で何らかの仕事をしていた可能性が高い。ただし極秘裏に、ひっそりとね」

「ほかの三人は？」

「おそらく巻き添えにあったのだろう」声が沈んだ。「エヴァンとジョーダンを狙った犯人は、ほかの三人の命など気にもとめなかったということだ」

「ひどいわ……」食欲がなくなり、持っていたフォークをテーブルに置いた。「いったい誰がそこまで？」

ギャヴは人差し指を唇の近くに立てた。「それはここで話せないことのひとつだ」

「あなたは見当がついているのね？」

「どういえばいいかな……。わたしは〝信頼できる人間は誰か〟がわかっている。たくさんいるわけではないが、それでもみんな協力しあって任務に当たる。問題は、信頼できない人間は誰かがわからないことだ。ともかく、きみはつねに気を引き締め、慎重でいてほしい」

「ええ、そうするわ」彼の話に背筋が寒くなったものの、精一杯元気よく答える。「あのとき、タイリー捜査官たちがすぐ現われた理由はわかったの？　ガスマスクまでつけていたわ。ああいう地域なのに、ずいぶん手回しがいいわね」

「それならきみにも話せる」

そこへウェイトレスが来て、わたしの前にパスタ・プリマベーラを、ギャヴの前にソーセージとピーマンのグリルを置いた。

「ほかにご注文は？」ウェイトレスはわたしの食べかけのサラダを下げながら訊いた。

「持ち帰り用に包んでもらえるかしら？」食べものを無駄にするのはいやだった。

「はい、ではそのように」ウェイトレスはほほえんだ。

彼女がいなくなると、わたしはギャヴに話の続きを催促した。

彼はソーセージをカットしながら、「すまない、腹が減っているものでね」といった。「きょうはまともに食べていないんだよ」

「ええ、どうぞ。わたしもいただくわ」といいながら、話の続きが気になって、あまり食べる気にはなれない。サラダのパックを持ってきたウェイトレスに、パスタも包んでほしいと頼みたいくらいだった。

「タイリーたちがあそこに来たのは、密告があったからだよ」

わたしはフォークをお皿に置いた。「ほんとに？」

ギャヴはソーセージを口に入れた。「嘘をいってどうする？　密告者の情報は具体的で、信憑《しんぴょう》性を担保する情報まであったらしい」

「密告した理由は何かしら？　誰がどんな動機であそこまで残酷なことを？」

ギャヴは黙って食べつづけるだけだ。つまり、わたしには話せないということだろう。

パスタのお皿を少し押し、わたしはテーブルに両肘をついた。

「あなたが答えられないのを承知のうえで、勝手な推測をしてみましょうか」

彼は口を動かしながら、「どうぞ」とだけいった。

「五人の被害者のうちふたりは元シークレット・サービスで、そのうちひとりがあなたに援助を求める連絡をした」それがどんなものだったかを考えると、ちょっと怖い気がする。

「それで？」

「エヴァンはしばらくまえに退職し、ジョーダンもカルトに転職した」爪で額を掻きながら、時系列で考えてみる。「カルトは軍事会社で、政府からデュラシに派遣されている」

「そこまでは明快な事実で、秘密でもなければ機密情報でもない」

「大統領はカルトも含む民間軍事会社をデュラシから引き上げると公表したわ。その結果、一部の職員はここDCでべつの仕事につくことになった」ギャヴは無言だけれど、目つきが鋭くなったような……。「もし、それを不満に思う人がいたら？」

ギャヴは何もいわない。

「では、それは誰か？　もしジョーダン・カンポがカルトの職員でありながら、エヴァンとふたりで隠密の活動をしていたとしたら、それは何か？」わたしはフォークを持って、ギャヴの視線を感じながらパスタを巻いた。「ふたりが成し遂げようとした、もしくは阻止しようとしたことは何か？」

ギャヴは料理をきれいに食べおえた。

「きみはほんとに勘がいいな、オリー」

「《ピープルズ・ジャーナル》の記事では事件じゃなく事故扱いだったわ。書いた記者はサージェントの記者会見でわたしをやり玉にあげた人で、会見場にはタイリーとラーセンもいたの」

「関係があるといいたいのか？」

「ううん、無視できないと思っているだけ」

ギャヴはナプキンで口を拭き、ウエイトレスがお皿を下げに来た。パスタも包んでちょうだいといいかけたら、彼女はわかっていますというようにほほえんだ。「きょうはお腹がすいていらっしゃらないのですね」

ウエイトレスがいなくなると、ギャヴは身を乗り出した。

「話は変わるが、そろそろ結婚許可証が発行される」

わたしは今夜初めて心からにっこりした。「忘れたりしませんよ」

彼は腕をのばしてわたしの手を握った。「心変わりは？　ほんとにいいんだね？」

「これまでの人生で、確信をもてたことなんてひとつもないわ」

ギャヴは笑った。「確信をもったせいで、何度も危険な目にあったんじゃないか？」と、そこで真顔になる。「あの事件以来、今後についてゆっくり話す時間がなかったな」

「そうね……」

「お母さんとおばあちゃんにはDCに来てもらいたいだろう？」

「ええ、できれば。母も祖母もとても喜んでいるから」

「だったら、たとえ司式者が見つかっても、お母さんたちがここに来るまで待てるね？」

わたしはため息をついた。「もともとこんなはずじゃなかったのよね」

「わかっている。だが、最高のかたちで式をやるとしたら、どうすればいい？」

「やっぱり、母たちには来てほしいわ」

ギャヴは納得したようにうなずいた。

「八週間なんてあっという間だよ。がんばって待とう」

わたしは彼に握られた手をこぶしにした。

「ほんとうは、きょうにでも式を挙げたいくらい」

ギャヴの手に力がこもった。「気持ちはおなじだ」

# 19

あくる日の午後、わたしはシアンに訊いた。

「きょうのあなたたちは、いったいどうなってるの？」

シアンは持っていたベルギーエシャロットの袋を作業場に置いた。

「何の話？」

わたしは鶏がらスープを混ぜていたスプーンをあげ、ドアを示した。

「あなたとバッキーはちょくちょく姿を消すでしょ」つぎにスプーンでベルギーエシャロットを示し、「それをいつ、取りに行ったかしら？」と訊いた。「五分もあればもどってこられるのに、三十分以上かかったんじゃない？」

「おやおや――」ヴァージルがサツマイモを入れたミキサーの前でいった。「ようやく、怠け者たちを責める気になったか」顔に嫌味な笑みが浮かんだ。「ぼくひとりをいじめるのに飽きたらしい」

きょうの朝、わたしはヴァージルを叱責《しっせき》した。試食会後に話があるといったのに、わたしにひと言もいわず帰宅したからだ。すると彼は憤慨し、なぜいつも自分ばかり責めるのかと声を荒らげた。

シアンは壁の時計を見上げると、「そんなにかかった?」とつぶやき、小さなベルギーエシャロットをひとつずつ確かめはじめた。顔をしかめ、よくないものをはじいていく。「三十分も?」

そこへバッキーが口笛を吹きながらもどってきた。わたしの顔を見てにこっとし、洗濯が終わったエプロンの山から一枚とる。

「三日後には国賓晩餐会があるのよ」わたしはバッキーとシアンにいった。「ハイデン大統領にとってはこれまでにない大きな意味をもつ晩餐会なの」

「それくらいわかっているよ」バッキーはヴァージルの後ろまで行くと、肩ごしにミキサーをのぞきこんだ。「厨房は効率よく準備を進めている」

「近づきすぎだ。離れろ」と、ヴァージル。

バッキーはにやっとした。「はい、はい。現在の厨房の持ち駒では、これが精一杯だよな」

「おい!」ヴァージルがふりかえった。「ぼくが晩餐会準備に加わった以上、目の色がころころ変わる彼女もきみも、たいして役には立っていないんだよ。ふたりがやることといったら、ぼくを攻撃することくらいだ」

それはいいすぎだと思った。バッキーとシアンはいやにちょくちょく姿を消すけど、だからといってふたりの仕事が滞っているわけではない。ヴァージルが準備に加わり、常時厨房にいることで、いつも以上に気分転換が必要になったのかも……。わたしは自分の決断を後悔しはじめた。

「いいかげんにしてくれ」と、バッキー。「きみが仕切った試食会は、厨房の歴史上、最悪だったと聞いたよ。晩餐会で役に立たないのはどっちのほうかな？」

「おや。これは――」ヴァージルはミキサーを指さした。「二度めなんだよ。せっかく、ひと工夫加えたというのに、彼女が――」今度はわたしを指さす。「古臭い、もとのレシピにもどしてつくりなおせというからね」

「へえ！」バッキーは胸に手を当てた。「心臓が止まるかと思ったよ。きみが人にいわれたとおりのことをするなんて、夢でも見ているような気がするね」

ヴァージルはバッキーの顔を正面から見すえた。

「ぼくのことが怖くて仕方ないんだろう？　正直に認めろよ。ぼくが晩餐会の責任者になったら、きみはここからいなくなる」

これ以上は危険だと思った。何かいわなくてはと口を開きかけたとき、バッキーがびっくりすることをいった。

「うん、ヴァージル、いいところを突いたよ。きみが力を見せつければそれだけ、オリーはぼくを必要としなくなるだろう」彼はわたしをふりかえり、ウィンクした。「履歴書を新しくつくったほうがいいかな？」

「冗談もほどほどにね、バッキー。わたしをあまりいじめないで」

ヴァージルは顔をゆがめた。「ぼくなら彼に、そんな期待はしない」

「さあ、もうよしましょう。チームで仕事をするときは、みんなプロになるの。いい？」

バッキーは変わらずにやにやし、わたしは不安になった。彼は信頼できる同僚だけど、不愛想で気むずかしいところがある。こんなににやつく人ではないのだ。何かがある、と感じた。それも大きな何かが。ヴァージルはわたしの言葉を無視し、シアンだけが返事をしてくれた。

「ええ、オリーのいうとおりよ」

わたしがありがとうという間もなく、彼女はつづけた。「今回は予定より早めに進行しているし、これまでずっと忙しかったから、多少はくつろぐ時間があってもいいわよね？」やさしくほほえんではいるけれど、その口調には有無をいわせぬ強いものがあった。「心配しないで、オリー。あなたをがっかりさせたりはしないから」

その点は信頼している。だけど不安はぬぐえなかった。

「わかったわ。ではプロに徹して仕事をしましょう。ハイデン大統領とゲストに、ホワイトハウスの厨房がつくる最高の料理を味わってもらうの」

ヴァージルがばかにしたように鼻を鳴らし、わたしは気持ちをぐっとこらえて彼をふりむいた。

「ねえ、ヴァージル」おちついた声で話すのがつらい。彼を準備メンバーに加えたのは、大切なスタッフであることを自覚してほしかったからだ。でもこんな態度をとられては、エグゼクティブ・シェフとして、ひとりの人間として、気持ちを踏みにじられた気がする。「あなたが準備メンバーに加わるのを了解したとき、協調姿勢をとってくれるものとばかり思ったのだけど」

「問題なのは、ぼくの姿勢じゃないだろう？」彼はバッキーをにらみつけた。

もう一度、ぐっと気持ちをこらえる。これはわたしの責任だ。ヴァージルを加えよう、そうすればスタッフ間の距離が縮むと考えたわたしの失敗だ。湧き上がる怒りを抑えつつ、自分を戒める——晩餐会の準備は終わっていないのよ、あなたは厨房の責任者でしょ。ヴァージルには存分に腕を振るってもらおう。そしてこの実験が失敗に終わったら、わたしは負けを認め、二度とおなじ失敗はくりかえさない。

ファイルの更新をするのだろう、シアンがわたしの横のコンピュータに向かった。画面ではローカル・ニュースが流れている。

わたしは気持ちをおちつけ声をかけた。「さあ、みんな——」

「ちょっと待って」シアンがわたしの腕をつかんだ。「ねえ、これ……とんでもないわ」

「どうしたの？」

「とんでもないわよ……」彼女はまたおなじ台詞をいった。

ヴァージルがうんざりした声をあげた。「当ててみようか。彼女お気に入りの役者が舞台からおろされたんだろ」

画面に流れるニュースを見て、わたしは目を疑った。

「少し黙ってて、ヴァージル」

バッキーがシアンの右後ろに来て、わたしたちは三角形で画面に見入った。

例の記者、ダニエル・デイヴィーズがマイクを手に語っている。どうしてだろう？　彼は出版社の記者ではないの？

「わたしはいま、セオドア・コボールト国防長官の自宅前にいます」悪いニュースであるのは間違いないのに、彼の瞳は輝いていた。「警察も政府も、いまだ正式な発表を行なっていません。しかし目撃者の証言によると、救急車とパトカーが呼ばれたものの、コボールト家の使用人が気づいたときはすでに、国防長官は亡くなっていたようです」

「とんでもないわ……」

わたしがつぶやくと、後ろのほうで画面の見えないヴァージルの声がした。「きみらは何かのひとつ覚えみたいに〝とんでもない〟しかいえないのか？」

わたしは彼を無視し、シアンを、バッキーを、そして画面を見た。「いったいどうして？」まるでわたしの声が聞こえたかのように、カメラの向こうでデイヴィーズがいった。「現時点で、詳細はわかっていません。国防長官が自宅のどこで発見されたのか、死亡時刻はいつごろなのかも不明です。重ねて申し上げますが、公式発表はいっさいなされていません」

「だったら、報道ももう少し自重すべきじゃないか？」と、バッキー。「公式発表があるまで、すでに亡くなっていたとかどうとかはいうべきじゃないよ。こいつ、いったい何者だ？」バッキーの声は震え、体も小さく震えている。それはわたしもおなじだった。

コボールト国防長官の姿はホワイトハウスで何度も見かけたことがある。礼儀正しく温厚な人柄で、いまの政権でも群を抜いて人気があった。愛され、尊敬される政治家だったのだ。

「なぜこんなことに?」ついこのまえ、ギャヴと国防長官の話をしたばかりだった。たしか、あのときの話題は――。

思わずシアンの肩をつかんだ。当然ながら、彼女はその意味を誤解して、「悲しいわね」と、わたしの手に両手を重ねた。「すばらしい政治家だったのに」

バッキーは画面の向こうで話しつづけるデイヴィーズに手を振った。

「こいつの話していることは、なんだかおかしいよ。記者会見でオリーのことをとやかくいった記者だろう? このての人間は信用できないな。事実と違うような気がしてならない」

バッキーは画面に背を向け、カウンターのほうへ行った。置きっぱなしのボウルをふたつ手に取り、「なんで片づけないんだよ?」と文句をいう。感情を発散するには、それしかなかったのだろう。

「ほら」と、ヴァージル。「彼の態度はどうだ? これでもぼくのほうが態度が悪いというのか?」

「ぼやくのは、もうよして」と、わたしはいった。「バッキーにはかまわないでちょうだい」

ヴァージルはいい返さず、ミキサーに顔をもどした。

「デュラシの晩餐会に影響すると思う?」シアンがいい、わたしはかぶりを振った。

「見当もつかないわ」

その後、ほかの放送局でもコボールト国防長官の死は報じられ、わたしはサージェントのオフィスに行った。マーガレットにほほえみかけると、彼女はいささか不愉快な顔をして、わたしがサージェントに会いたいというより先にこういった。

「地下で仕事をなさっていたでしょうから、ニュースはご存じないかもしれませんけど――」

わたしは心のなかで、〝地下じゃなくグラウンドフロアよ、厨房は地上にあるの〟と正した。

「国防長官が亡くなったんです」彼女は悪いニュースを興奮ぎみにいった。「サージェント部長はその件で多忙ですので、調理関係の問題に対応する時間はないかと思います」

わたしはゆっくりと深呼吸した。

「ねえ、マーガレット、もう一度最初からやりなおさない？」

彼女はまばたきした。「どういう意味ですか？」

「ほかの人への接し方は知らないけれど、少なくともわたしは、冷たくあしらわれているような気がするの。あなたはわたしのことをほとんど知らないでしょ？　好き嫌いの感情をもつ関係ではないと思うのよ。なのに、どうして？」

マーガレットはあたりを見まわしたけれど、もちろんこんな狭い場所にほかの人はいない。

「とくに個人的な感情はありませんけど」と、彼女はいった。

その先の言葉を待って、わたしは何もいわない。

マーガレットはまたひややかな顔つきになり、「単純に理解できないだけです」と、わたしの全身を指で示した。「どうしてここに、そんな格好で来られるんですか？」

はっとした。料理人は厨房から出るとき、一般的な服装に見えるよう――可能な範囲で――気をつかう。でも服装くらいで、彼女の冷淡な態度の説明はつかない。

「これは仕事着だから、ホワイトハウスのなかにいるかぎり問題はないと思うけど」

「質問されたので答えたまでです」

新任のアシスタントだからといって、ここまで不機嫌な態度をとるのは不自然だ。何かの折に、サージェントにメールで尋ねてみなくては、と思った。

「とりあえず、総務部長にお目にかかりたいのだけど――」

そのとき、オフィスのドアが開いてサージェントが顔を見せた。「やあ、ミズ・パラス、ちょうどよかった」おそらくマーガレットとわたしの緊張した空気を感じとったのだろう、「何かあったのかな？」と訊いた。

「デュラシの国賓晩餐会の件で来たの」わたしはマーガレットより先にいった。「国防長官が亡くなったので、予定が変更されるかもと思って」

サージェントは耳たぶを引っ張ると、後ずさった。「なかで少し話せるかな？」

「ええ、もちろん」ちらっとマーガレットのほうを見ると、あからさまに不機嫌な顔つきだった。

サージェントはわたしが入るとドアを閉め、「きみに連絡するよう、マーガレットにいうつもりだったんだが」といった。「きみが現われるタイミングは、ときに超能力的というか不気味というか」

「何かあったの？」わたしは深刻な面持ちのサージェントに訊いた。

「大統領と顧問たちが現在、デュラシの晩餐会について検討している。きょうじゅうに結論が出てくれるといいのだが」時計に目をやる。「最悪のタイミングだよ」といってすぐ訂正した。「良いタイミングなどあるはずもないがね。デュラシの大統領たちを迎える晩餐会は平和な時代の到来を告げるものとなるはずだった。コボールト国防長官は大きな役割を担っていたんだが……」両手をあげる。「この影響は計り知れないだろう」

サージェントはみずから重責を担っているかのように考えこんだ。わたしにもその気持ちはよくわかる。ホワイトハウスで働く者は誰でも、大統領の計画や目標が実現するための一役を担うという思いで仕事に励むのだ。その思いに、役職の高低や責任の軽重は関係ない。

「で、わたしは何をしたらいいの？」

サージェントの表情が変わった。いま初めて、わたしがいるのに気づいたかのようだ。

「すぐにやることはない」きちんと閉まっているかどうか、ドアに視線を向ける。「しかしコボールト国防長官は――」サージェントはいいよどんだ。「自然死ではないのだよ」

えっ？　「ど、どういうこと？　ニュースでは……」

サージェントの恐ろしい顔つきに、わたしは黙った。そう、報道で流れる最新情報は、かならずしも真実とはかぎらないのだ。

「ダニエル・デイヴィーズとかいう記者は、国防長官は心臓発作におそわれたなどとほざいているだろう？　だが実際は、殺害されたのだ」

「殺され……た？」ほかに言葉が浮かばなかった。

「他言してはならない、オリヴィア。コボールト国防長官は、銃弾を二発撃ちこまれたのだ」サージェントは自分の額を、つぎに心臓を指さした。

「犯人は？」

「いまはまだ、犯人などいない。マスコミが心臓発作だと報じるのに任せているからね。デユラシとの平和交渉に影響しては困る」

「ほんとにそれでいいの？」

「上層部の判断だ」ぴしゃりと。「ここの職員で、事実を知っているのはわたしときみだけだからね。じきに公表されるとは思うが、内容がある程度固まるまでは無理だろう。これほど衝撃的な事件の場合、それも容易ではないだろうが」

「どうしてわたしに教えてくれたの？」

ほんの一瞬、サージェントの顔に薄い微笑が浮かんだ。

「ＰＰＤのトム・マッケンジーの熟慮による判断だ。彼もきみとわたしなら、けっして口外しないとわかっている。事実を知っているのは、大統領以下、ごくひと握りだ」

「了解」

ドアがノックされ、サージェントが応じると、マーガレットが不安げな顔をのぞかせた。

「四時にお約束の方がいらっしゃいました。待っていただきますか？」

サージェントは彼女の顔を見て、現実にもどったかのようだった。

「いや、ミズ・パラスとの話は終了した。彼にはすぐ会える」

「ありがとう、ピーター」わたしはドアに向かった。「何かあったら連絡するわね」

部屋を出ると、すぐ外に男性がいた。カルトのアレック・バランだ。

「こんにちは、オリヴィア」たぶん、わたしがこのオフィスに来た理由を察したのだろう、「コボールト国防長官のことはじつに残念だ」といった。

「ええ、ほんとうに。とてもすてきな方でした」

「早すぎるよ。これからまだまだ活躍できる政治家だった」

サージェントの声がして、バランは部屋に入っていった。彼は事実を知らされているのだろうか？　サージェントは、ここの職員で知っているのはわたしたちふたりだけだといった。バランはカルトのオーナーだから職員ではないし、シークレット・サービスと同等でもない。

「何かほかにご用でも？」マーガレットが、立ったまま考えこんでいるわたしにいった。

「ええ、用事はいつもたくさんあるの」わたしは失礼しますといってホールへ出ると、厨房へ向かった。

# 20

その日の夜、アーリックといっしょに南西ゲートへ行くと、ギャヴが待っていた。ふたりはほとんどわたしを無視して話しはじめた。

「今夜はミズ・パラスを自宅まで？」アーリックがギャヴに訊いた。

「ああ、わたしが自宅まで彼女を護衛する」

アーリックはいまにも敬礼しそうな態度で、「よろしくお願いいたします」というと背を向けた。

彼がいなくなったところで、ギャヴがいった。

「コボールト国防長官のことは知っているな？」

「ええ、もちろん」サージェントから聞いたことをギャヴにも話してはいけないのよね？と思いながら彼の車に乗り、出発した。これからふたりで、エインズリ通りのあのホームレスをさがしにいくのだ。それにしても、ギャヴがわたしに情報を伏せることはあっても、その逆はほとんどない。なんだか悪いことをしているようで、気が重かった。

でもそれも、彼のこの言葉で解消された。

「トム・マッケンジーから、きみとサージェントは事実を知っていると聞いた」

ほっとして、ふうっと息を吐いた。

ギャヴはなかば笑い、なかばさぐるような目でわたしを見た。

「この話をしなかったら、わたしにも隠しているつもりだったか？」

ちょっとためらったものの、ここは正直に答えよう。

「ええ、まあね」

ギャヴはわたしの手を握った。「それでこそオリーだ」

いまあらためて、ギャヴとわたしは不思議なカップルだと思った。どちらも世界的リーダー、第一線の政治家たち、公表されない情報に触れる仕事をしている。信頼しあってはいても、お互いに包み隠さず何でも話すことはできないのだ。とくにギャヴはそうで、わたしはそれを理解し、受けいれている。そしていま、彼もおなじ思いだとわかってうれしい。

「ほかには何かあるの？　たとえば容疑者が浮かんだとか？」

横顔しか見えないけれど、表情が険しくなったのは感じた。

「いまは何も。しかし偶発的なものではなく、犯人はコボールト国防長官その人を狙ったと考えられる。周辺の貴重品は手つかずで、補佐官の話では、長官は人に会う約束があったらしい」

「相手は誰？」

ギャヴは横目でわたしを見た。「それさえわかれば……」大きく息を吸いこむ。「長官の自宅で起きたということは、犯人は事情をよく知り、長官がひとりきりなのを知っていたと考えていい。銃弾についてもね」

「銃弾？　サージェントは何もいわなかったけど……」

「べつに不思議ではないよ。彼にそこまでいう必要はないだろうから。回収された銃弾は通常のものとは違った」

「どういうふうに？」

「現在鑑定中だが、一次報告では徹甲弾《てっこうだん》──通常の拳銃の弾とは異なる特殊弾のようだ」ハンドルから片手を離し、指を一本立てる。「だからといって、一般市民に入手不能というわけではない。ただし、計画的なプロの犯行という仮定を裏づける要素にはなる」

「国防長官の命を狙うなんて、どういう人かしら」

「それがわかれば、事件は早期解決だよ。国防長官という立場では敵も多い。国の内外を問わずね。容疑者の範囲をせばめることすら簡単にはいかないよ」

「いつだったか、コボールト国防長官の話をしたとき、長官はデュラシから軍事会社を撤退させるという大統領の考えに賛成だといっていたでしょ？」

ギャヴはうなずいた。

「具体的には、カルトの派遣軍よね？」

これにもギャヴはうなずいた。

「伝道所で殺されたカンポもカルトの職員で、あの事件も計画的なものに思えるけど……」

話しながら事実をつなげていく。「国防長官の殺害と伝道所の殺害事件は関連があるんじゃない?」

ギャヴは息を吐いた。「なかなか説得力のある仮説だな」

「つまり、意見をいいあえないということね。はい、わかりました」

それからしばらく黙って車に揺られ、エインズリ通りの二キロほど手前で、ギャヴは速度をおとした。

「あの男が伝道所の近くにいたなら、このあたりもうろついている可能性がある。周囲に目を配っていてくれ」

さっきから、歩道や路地の人影は気にかけていたけど——。

「何度か周回したほうがいいんじゃない? 車で走っていると、路地の奥のほうまでは見えないから」

ギャヴはもっと速度をおとし、ライトをつけた。後ろにいた車二台が追い越していき、もう一台がずっとついてくるので、ギャヴはウィンドウを下げ、先に行ってくれと手を振った。横を走り過ぎるその車は、花柄の青い帽子をかぶった年配の女性が運転していた。十時十分の位置でハンドルを握り、まっすぐ前の道路を見ている。

「この車の後ろについていたほうがよかったかもしれないな」と、ギャヴ。年配女性の車はスピードが遅く、べつの車がクラクションを鳴らしたのだ。

女性はウィンカーを出してレーンを変え、わたしたちの前に入った。クラクションを鳴らした車のドライバーは若い男性で、何やらののしっているようだけど声は聞こえない。ぴかぴかの黒い車は名のある高級車で、彼は前方があくと、運転とはこういうもんだと見せつけるように猛スピードで走り去った。

「すてきな男性ドライバーね」わたしはつぶやいた。

ほかの車に気をとられていたのはせいぜい十五秒くらいだろうか、ふたたび周囲を見ると――。

「いたわ、あそこよ」

エインズリ通りで見た男が、助手席側の道の先にいた。北へ、この車とおなじ方向へ歩いている。上半身裸で背中しか見えないものの、彼に間違いない。かなり背が高く、ぼろぼろのジーンズに、杖がわりの棒も持っていた。歩き方はわりと速く、のび放題の白い顎ひげが風に吹かれて左へなびく。わたしたちが横を通りすぎるとき、彼は独り言をつぶやいているようだった。まともに会話できるといいのだけれど……。

ギャヴは駐車スペースをさがして減速した。一ブロック以上走っても見つからず、わたしは心配になってきた。あの人がべつの道に曲がるとか、建物のなかに入ったらどうしよう。

でもようやく駐車場を見つけ、そこに停めて外へ出て、わたしは南の方角をながめた。しばらくしてギャヴも、わたしの横に立つ。

「どこへ行ったのかしら？　目を離さないようにしていたのだけど、一瞬にして消えてしまったみたい」

「行ってみよう」ギャヴは南へ歩きはじめた。まえほど杖に頼らずにすみ、日に日に全快へ向かっている。

二十メートル以上歩いただろうか、わたしとギャヴは同時に立ち止まった。廃業した店舗の前に、あの男がいる。細い指で棒を握りしめ、地べたに両足を投げ出してすわりこんでいた。そして男のほうもすぐ、わたしたちに気づいた。

「あっちへ行け」

強い訛りはおなじだけれど、声はこのまえより小さい。見知らぬ男女に見つめられて不愉快なのだろうか、彼は棒を支えにしてつらそうに立ち上がった。覚えているよりもっと年配に見え、日に焼けた薄い皮膚が細い骨に貼りついて、歯は下側がほとんどない。そして立ち上がってもなお、腰は曲がっていた。体臭と、湿って汚れきった布のにおい。

「少し話したいことがあるんだが」

ギャヴが男に声をかけ、男は動物のうなり声のような音を漏らした。

「おれは番人だ。ここから出ていけ」

わたしとギャヴは顔を見合わせた。時間のむだのような気もしたけれど、あきらめるわけにはいかない。

「少し話したいだけなの。番人というのは、どこの？」

「警察とは話さない」

「わたしは料理人よ、刑事でも警官でもないわ」

男は驚いたようだった。そして「乱れを正す」というと、神か預言者のような仕草で、歩道に棒を突きたてた。背筋をまっすぐのばせば、たぶんギャヴより長身だろう。だからわたしと視線を合わすのに、曲がった腰をもっと曲げた。濁ったような目をしていたけれど、けっして気がふれた感じではない。

「あんた、食べものをつくるのか？」

「ええ」

男は脅すように棒を振った。でもこれは逆に、わたしたちを怖がっているからだろう。

「あんたのつくったものなど食べん。施しなど、いらん。おれは番人だ」

ギャヴがわたしをふりむいた。その目は〝それでいい、そのままつづけなさい〟といっている。

「そうよね、施しものなんかいらないわよね」ここは同意を示したほうがいいだろう。「それに改宗の誘いでもないわ。ここに来たのは、あなたと取引がしたかったからなの」

男は乾いた笑い声をあげた。「取引するもんなんかひとつもない。帰れ。あっちへ行け」

「ううん。あなたは情報をもっているんじゃない？」

笑い声と口臭の渦が舞い、男は棒で自分の頭を軽く叩いた。

「あんたのいうとおり、情報は捨てるほどある」この世を包みこむように両腕を広げ、老いてかさついた胸があらわになった。それでも語り口だけは老いを感じない。「おれの知らないことはない。おれは番人だ」

「では取引しよう」これはギャヴだ。「わたしたちは情報がほしい。あなたは何がほしい？」

男の答えは意外だった。

「求めているのは、悟り。誰もみな悟りを求める。あるとき、おれは光明と真理を見た。いずれふたたび見るときが来る」

いったいどういうこと？

「おまえのオーラ」男はわたしを指さした。「おまえもいずれ悟りの道を歩むだろう」そして目をすがめてギャヴを見たけど、何もいわない。

これは取引の了承だ、と前向きにうけとめていいような気がした。

「はい、じっくり考えてみますね。悟りを得るのは長い道のりでしょうけど。それも、つらい苦しい道のり」

男は棒の先をわたしに突きつけた。「まさしくそのとおり」

どうやれば、エヴァンの伝道所の件につなげることができるだろう？　ギャヴもおなじことを考えているのが顔つきからわかる。せっかくここまで来たのだから、あきらめたくはない——。そうだ、これでいってみよう。

「わたしたちといっしょに歩かない？」ここからエインズリ通りまで、六ブロック程度のはずだ。あの日あそこで目撃した云々と、言葉で訊くよりずっと楽だろう。

わたしを見る男の目に、疑惑の色がにじんだ。

「あなたのことを、わたしたちも〝番人〟と呼んでいい？」

男はうなずいた。

「わたしの友人にも、悟りを求める人がいたのだけど……」なんとか、つなげなくては。「いまは遠くへ行ってしまって。あなたなら、彼がどこへ行ったのかがわかるのではない？」

男は明らかにとまどっている。

「ねえ、いっしょに歩いてくれないかしら？」わたしは男がしたように、両腕を広げてみせた。「彼はここで、あなたが番人をしている場所で暮らしていたの。彼が求めていた悟りの道を見つけるのに力を貸してちょうだい」

うまくいったらしい。男はうなずき、足を一歩踏み出した。

「おれについて来い」

男は見た目の年齢からは考えられないほどしっかりした足どりで、それもかなりの速さで歩いた。六ブロックの距離をずっとそのペースで進み、エヴァンの伝道所がある通りに入るころには、わたしでさえ多少息をはずませるほどで、ギャヴのことが心配でたまらなかった。でも彼は大丈夫だと目で知らせ、わたしの耳もとで「なかなかいいぞ。その調子でやってくれ」とささやいた。

そして伝道所の隣の建物まで来たところで、わたしは指さした。

「友人はあの家で暮らしていたの」

男の体が固まった。目は見開かれている。

「あれは悪魔の家。闇の家だ」棒をかざして目を覆う。そしてくるりと背を向けるや、来た道をもどりはじめた。

「待ってちょうだい。何がいけないの?」

男はふりかえりもしなければ、立ち止まりもしなかった。

「悪魔の家だ」

ギャヴと顔を見合わせてから、男を追った。状況は異様というほかないけれど、男が何かを目撃したのは間違いなさそうだ。

「お願い、待って」わたしは初めて男の腕に触れた。つかんだりせずに、そっとやさしく。

「ね、お願いよ」

男は止まった。これまで以上に背をまるめて縮こまり、太い眉の下からわたしを見上げる。

「あそこが友人の家なの。あなたは知っているかしら、エヴァンという人なんだけど」

「友人はもういない」

「そうなのよ……。あそこで何があったのかを教えてくれない?」

男はギャヴに目をやった。

「警察には話さない」

ギャヴは静かにいった。「エヴァンはわたしの親友でもあったのだよ」

男は白い鬚を撫でながら、足もとの地面を見つめた。

「友人は悟りの道を示したか?」

ギャヴはうなずいた。「彼は示そうとしてくれた。そしてわたしに助けを求め、わたしは間に合わなかった」

男は体を震わせながら大きく息を吸い、「そうか」とつぶやいた。

心臓がどきどきした。「お願い、教えてちょうだい」

男は空を仰いだ。

「彼はまさしくボンダーだった」エヴァンの苗字がボンダーなのだ。「彼は人びとの絆《ボンド》をつくった。彼はわたしに温かかった」

「エヴァンと親しくしていたの?」

男は伝道所をふりむきかけて、また正面を向いた。

「彼はおれにコーヒーを飲ませ、パンを食べさせた。ときには肉も。おれは腹をすかせ、彼は温かかった」

追及はしたくなかった。でも彼が黙ってしまって、わたしは先を促した。

「あの日、あなたはあそこにいたの?」

男はうなずく。

「何かを見たりしたのかしら?」

男は杖がわりの棒を体の前に立て、両手をのせた。声はやっと聞きとれるほど小さい。

「あそこに悪魔がいた。彼らは悪魔だ」

「彼ら……というのは?」

男がわたしに向けたまなざしには、まぎれもない怒り、憤怒があった。

「陰と陽だ」

わたしの我慢は限界に近かった。でもこの人は、ふざけているわけでも気がふれているわけでもない。

「相反するもの、しかし等しいもの」男はわたしとギャヴを交互に見て、指さした。「おまえと、おまえ。等しくかつ異なるもの」

「男と女がいたのかしら？」

彼はうなずいた。

「ふたりがエヴァンの命を奪ったの？」

「そこにいた者たちのすべての命」

わたしもギャヴも凍りついた。

「ふたりの顔は覚えているかしら？　また見たら、この人だとわかる？」

男はしばらく無言で、ようやくこういった。

「悟りの道中で会うだろう。だが悪魔はそれをはばむにちがいない」棒を地面に突き、歩きはじめる。「去れ。闇を広げるな」

わたしは彼についていきながら頼んだ。

「お願い、いっしょに来てちょうだい。安全な場所に案内するわ。寝るところも食べるものもある場所に」

「ほしいものはすべてある」男は警戒するように周囲をゆっくりとうかがった。「行け。こここにいることを悪魔に知られたくはない」

わたしもギャヴも彼の視線を追った。歩行者は絶え間なくいて、ときおり車も通り過ぎるものの、こちらに注意を向ける人はいなかった。

「お願いよ、わたしたちといっしょに行きましょう」

男は指を振った。「話はおしまいだ。ここから立ち去れ。わたしは番人だ。悪魔を見つけたら、おまえたちにできることをしろ」

わたしは追うのをあきらめた。ギャヴもその場で立ち止まる。

「心配だわ……」

男は横道に入り、姿が見えなくなった。

「このあたりの古顔らしいから大丈夫だろう」

「でも、もっと何か……」

「できることがあるとすれば」わたしの肩に手をのせる。「悪魔を見つけ、つかまえることだ」

# 21

地下の食器保管室で、わたしはファースト・レディとジョシュアといっしょにいた。

「いいのかしらね?」ハイデン夫人がわたしにいった。「悲しいニュースのあとで、晩餐会の食器を選ぶようなことをしても」

「お気持ちはわかります。でも、コボールト国防長官がたいへんな努力をなさって……」言葉が途切れた。「いまは長官を偲《しの》んで準備をつづけることが何よりかと」

昨夜遅く、コボールト国防長官は病死ではなく、侵入者による殺害だと発表された。ホワイトハウスの報道官は記者の質問にたっぷり一時間は答えたものの、銃弾には言及しなかった。記者たちは興奮し、デュラシとの平和会談を阻止する陰謀説を唱えたが、報道官は〝ノーコメント〟を数えきれないほどくりかえした。

ホワイトハウスの職員は一様に息をひそめ、デュラシは平和会談も晩餐会もキャンセルするのではないかと考えたが、いまのところ、その兆候はない。サージェントはわたしに、特別の指示がないかぎり、準備を継続するようにといった。

ハイデン夫人は狭い部屋を歩きながらも、なかなか気持ちを集中できないようだった。

「オリーも意見をいってね。国賓晩餐会はわたしよりあなたのほうが経験豊富なのだから」

わたしの頭には、滞りなく進めたいということしかなかった。後任の式事室室長は未定で、いまのところサージェントが総務部長と兼任している。準備期間が何カ月もあるとか、サージェントが式事室の仕事に専念できれば、きょうの問題ももっと早くに解決できただろう。

わたしとハイデン夫人が朝からここに来たのは、デュラシの代表団を迎えるのは初めてなので、赤色の食器が使用不可なのを知らなかったからだ。デュラシの文化では、赤は死を意味するらしい。

これまでは、レーガン大統領時代の食器コレクションを使用することになっていた。当時のファースト・レディ、ナンシー・レーガンがデザインしたレノックス社の食器がとても美しいのだ。でもそれが、ゴールドの縁どりで、中央にゴールドの大統領紋章がある赤色だった。

晩餐会まで残り二日になって赤はタブーだと知り、急いで代わりを考えることになった。ジョシュアは食器を収めた灰色の大箱のあいだを歩きまわっている。わたしたちはチャイナ・ルームに展示されているコレクションをざっと見てから、実物を確かめにここへ来たのだ。ジョシュアはプラスチックの蓋をもちあげ、なかをのぞいた。

「ぼく、これは好きじゃないな。大きなピンクの花から料理をすくって食べたいとは思わないよ」

わたしは少年の肩ごしにのぞきこんだ。「それは第十八代のグラント大統領時代のデザインよ」少年は顔をしかめてべつの箱のほうへ行った。

「ぼくはシンプルなのがいい。そのほうが、料理がきれいに見えるもん」

同感だった。だからハイデン夫人がレーガン・コレクションを選んでくれたときはうれしかったのだけど、使えないとわかった以上、いくら愚痴っても仕方がない。

「古い時代のものは除外しましょうか。数もあまり残っていないから。比較的新しいものがいいと思うわ」

わたしはふたりを部屋の反対側に案内した。周囲の棚には大きな灰色のプラスチック箱がいくつも重ねられている。

ハイデン夫人はクリントン・コレクションの箱をあけた。ホワイトハウスが美しいゴールドでデザインされたものだ。そこでわたしはふと思いつき、トルーマン・コレクションの箱へ行った。

「これはどうでしょうか?」蓋をあけながら尋ねる。

ジョシュアが走ってきて、なかをのぞいた。深みのある緑色で、縁どりはゴールドのシンプルなデザインだ。

「いい感じだね」ジョシュアがいい、ハイデン夫人も頭をちょっと傾けて、「ええ、気に入ったわ」といった。

わたしは何かを強く推薦する立場にないのだけれど、先ほど夫人に、意見をいうようにいわれたから——。

「今回の晩餐会は、デュラシとの平和な時代の先駆けとなるものだと思います」ジョシュアがうなずき、ハイデン夫人は「ええ、そうね」といった。

「第二次世界大戦の終結後、トルーマン大統領は紋章にある鷲の顔の向きを変更する大統領令を出しました。鷲の顔は戦いを示す矢ではなく、平和を示すオリーヴの枝のほうに向けるようにと」

「その変更後の紋章を最初に使ったのが、この食器なのね」と、ハイデン夫人。

ジョシュアはにこにこした。「かっこいいなあ。それ、ほんとうの話だよね?」

わたしはハイデン夫人と目を見合わせ、「ええ、ほんとうの話よ」といった。

「数は足りるの?」

夫人に訊かれ、わたしは記憶を呼びもどした。

「はい、たぶん。でも念のため、スタッフに確認してもらいますね。もし数が十分であれば、これをお使いになりますか?」

「そうしましょう。すばらしいメッセージをこめることができますから」

ジョシュアは箱のなかの食器をじろじろ見ている。「これなら料理の邪魔をしないよね」

わたしはほほえんだ。「よかったわ、気に入ってくれて」

するとジョシュアは顔をあげ、「忘れてないよね?」といった。「ぼくも晩餐会の準備を手伝うんだからね」

「そんなに大切なことを忘れるもんですか」

ハイデン夫人は息子の肩に手を当てた。

「オリーを困らせてはいけませんよ。今度の晩餐会はお父さんにはとても重要だから、厨房のみんなにも苦労をかけているの」

「だからぼくも手伝うんだよ」少年は口をとがらせた。「それで少しは苦労が減るよね？」

「だけどね……」夫人はちらっとわたしを見た。「足手まといになってはいけないから、オリーが忙しいときは厨房から出なさい。いいわね？」

「ぼくは手伝いに行くんだって。足手まといになんかならないよ」少年は母親の表情を見て、すぐいいそえた。「うん、オリーに厨房から出るようにいわれたら、そのとおりにする。約束する」

ジョシュアが厨房にいると楽しいけれど、晩餐会当日の準備中となるとかなり厳しい。だけどわたしはすでに了解の返事をしたのだ。ジョシュアを邪険にすることなどできない。それにジョシュアのお姉さんのアビゲイルはサマーキャンプに出かけ、少年は二週間のあいだ、ひとりぼっちだ。

「みんなでうまくやれるよね、ジョシュア？」

「うん、晩餐会はきっと大成功だ」

わたしはにっこりした。「ええ、もちろん」

トルーマン・チャイナのお皿を一枚持って厨房にもどった。バッキー、シアン、ヴァージルは、狭い厨房でばらばらに離れて仕事にいそしんでいる。バッキーはあくびをかみころしながらお鍋を混ぜていた。今回にかぎらず、大きな晩餐会があると、なかなか休みがとれない。

「みんな、ちょっといいかしら」わたしは声をあげた。

三人が同時にこちらを向いて、いちばん近くにいたシアンの目は充血していた。コンタクトレンズの色より先にそれが気になることはめったにないのに。

「シアン、調子はどう?」

彼女は見ていたファイルを指さした。「SBAシェフを頼むと事務処理がたいへんだわ。みんな審査済みなのに、ひとり当たり十種類くらいの書類を埋めなくちゃ来てもらえないんだもの。それも毎回、毎回ね」

それはちょっとオーバーよ。と思ったけれど、口にはしなかった。基本的には彼女のいうとおりで、大きなイベントではすべての段階が事細かに記録されていく。だけどホワイトハウスはそういうところなのだから仕方がない。

「人選もむずかしいし」シアンはふうっと息を吐いた。「みんな腕のいいシェフだから、誰が適任かといわれても……」

「贅沢《ぜいたく》な悩みね」

シアンは笑った。「はい、おっしゃるとおり」

わたしはお皿をカウンターに置いた。

「ハイデン夫人が、金曜の晩餐会で使う食器にトルーマン・コレクションを選んだわ」

マンゴーをカットしていたヴァージルが——あれはたぶんファースト・ファミリーのランチ用だろう——身をよじってお皿を見た。

「色が最悪だな。グリーン系の皿は食欲をなくすんだ。赤のほうがずっといい。なんでそんな色にしたんだ」

「話はしたでしょ？」この件はすでに打ち合わせ済みなのだ。「デュラシの代表団に赤い色は使えないの」

ヴァージルは射るような視線を向けてきた。

「彼らはアメリカ合衆国に来るんだ。アメリカじゃ、赤は立派な食器の色だよ。ああいう国の困った点は、相手が自分たちのいうなりになると思いこんでいるところだ」

「ヴァージル」声に苛立ちがこもった。「わたしたちの仕事は、大統領とゲストに最高の料理を出すことなの。自分の好みを押しつけるのは仕事じゃないわ」

ヴァージルの唇がねじれた。「ゲストがまともな人間なら、訪問先の慣習を尊重すべきだ」

「赤い食器は〝慣習〟ではなく、色の選択肢のひとつにすぎないわ。配慮してはいけないの？　ゲストが不快な思いをしないように気遣うことの、どこがいけないのかしら？」声がだんだん大きくなった。「分別をもつというのは、そういうことじゃないの？」

彼は小馬鹿にしたような笑みを浮かべた。「きみには分別があるからね。最初からぼくを目の敵にしてきた。下らないことを偉そうにいわないでくれよ。料理は赤い食器で出し、ゲ

なんとかなる。ぎりぎり理性は保っている。

ストはそれで楽しむんだ！」

何年ぶりだろうか、わなわなと震えるほどの怒りを覚えたのは。顔はほてり、内臓は煮えくり返り、血が逆流する。シアンとバッキーがそばに寄ってくるのを感じた。わたしが怒鳴りだすまえに腕でもつかんで鎮める気なのだろう。わたしはふたりを手で追い払った。まだなんとかなる。ぎりぎり理性は保っている。

来るべき時が来たと思った。最初で最後の、決着をつける時――。

「わたしはあなたに対し、分別をもって接してきたつもりよ、ヴァージル」わめかず、しかし怒りをこめて。「あなたはわかっている？　なぜ自分がきょう、ここにいるのか？　それはわたしがあなたにチャンスを与えたからよ。あなたがあなたを、自分自身を、わたしたちに証明する場をつくりたかったからそうしたの。でも残念ながら、むだだったみたいね。いつまでもそんな態度をとりつづけるなら、ここにあなたの居場所はないわ」

彼はスプーンを置き、わたしに正面から向き合った。

「ここは自由の国だとばかり思っていたが、どうやら違うらしい。思っていることを口にする権利もないってことだろ？」

「いいえ、あるわよ」こぶしのなかで、爪が手のひらにくいこんだ。「誰にだって、思っていることを口にする権利はあるわよ。ただしあなたには、暴言を吐いて厨房を混乱させる権利はないの」彼がハイデン夫人の親戚だろうがどうでもいいと思った。「さあ、決めるのはあなた自身よ、ヴァージル」

彼は両手を腰に当て、わたしを見下ろした。「どういう意味だ？」

「過去のあなたの大失敗を、ハイデン夫人にはいわずにきたわ。あなたのためではなく、夫人のためにね。でももう、遠慮はしません。ここでの決まり事に関し、とやかくいわないでちょうだい。脅し文句みたいなことをいうんじゃないの。あなたがデュラシに対してどんな意見をもとうが、いっさい関係ないのよ。あなたの仕事は晩餐会の準備をすること。それも全力を尽くしてね。だけど見ているかぎり、そんな条件で働く気はなさそうよね？　だったら決めてもらうしかないわ。すぐに辞職願を出すか、でなければわたしはこれをサージェントに報告し、ハイデン夫人に伝えてもらいます」

ヴァージルは大笑いした。

バッキーとシアンが、つっと後ずさる。わたしの剣幕とヴァージルの笑いと、どちらにひるんだのかはわからない。

「ぼくをクビにはできないよ」

「そうかしら？」わたしは強気になっていた。長いあいだ抑えていた怒りをようやく解放できたのだ。分別はどこにいった？　良心のささやき声が聞こえたけれど、いまは自分を止められなかった。「わたしはエグゼクティブ・シェフなの。厨房のボスなのよ」しようがないわねえ、というように両手を広げる。「まえにもこの話はしなかったかしら？　わたしはいつでもあなたを追い出せるの」心のなかで彼をあおった。さあ、いい返してきなさいよ、いくらでも。

「ぼくをクビにはできない」ヴァージルはおなじ台詞をいった。顔はピンクに染まり、額には汗の粒。唇のあいだから白い歯がのぞき、うなり声をあげる獣のようだ。

「そうかしら?」わたしは気楽な調子でいった。「どうしてできないの?」

彼は目をぎらつかせながら胸を張った。怒りはもとより、正しいのは自分だ、おまえに身の程を思い知らせてやる、といわんばかりに。

「思ったとおりだわ。理由は答えられないのでしょう?」

彼は片足で、床をどすんと叩いた。

さあ、何と答えるか……。

「理由は」勝ち誇ったように。「ぼくはデニス・ハイデンの血縁だからだ」

背後でバッキーとシアンが息をのむのがわかった。

わたしは少し間をとってから、「ええ、知っているわよ」といった。

背後でまた息をのむ音。そして今度はヴァージルも。

「知っていることは、もうひとつあるわ。ハイデン大統領とハイデン夫人は、自分たちの利益より、国の、市民の利益のほうを優先するでしょう」ヴァージルの胸を指さす。「あなた個人の利益より、もっとずっとね。あなたがわたしたちの努力をどれだけ台無しにしているかを夫人が知ったら、即刻あなたは追い出されるでしょう」

「ええ、そのとおりよ、オリー」

びっくりしてふりかえると、入口にハイデン夫人がいた。腕を組んで立っているようすから、どうやらしばらくまえからそこにいたらしい。しかも夫人の後ろでは、サージェントのアシスタントのマーガレットが顔をこわばらせている。そしてバッキーとシアンは、ただ茫然と夫人を見つめるだけだ。

「申し訳ありません」わたしはハイデン夫人にあやまった。「こんなところをお見せしてしまって……」額に手を当て、うつむいた。「お恥ずかしいです。これはわたしの責任です」

夫人はなかに入ってきた。マーガレットがおどおどしながらついてくる。夫人はカウンターに置かれたトルーマン・チャイナを手で示した。

「総務部長室に行って食器の変更を伝えたら、マーガレットが実物をサージェント部長に見せたいというから、いっしょにここまで来たんです。選択結果に何か問題があってはいけないとも思ったからですが……」腕をまた胸前で組む。「やはり問題はあったようですね」

「ぼくがいかに忍耐を強いられているかが、わかってもらえましたか？」ヴァージルが夫人にいった。「エグゼクティブ・シェフがぼくだったら、ここまでひどいことにはならない。世界に誇れる厨房になる」

いまでも世界に誇れる厨房よ、といいたいのを我慢した。

「反省しています」わたしは夫人にいった。「大人げない、プロにはふさわしくない言動で、弁解の余地はありません。あんな場面を、もしジョシュアに見られていたらと思うと……」

「そうね、ジョシュアがいなかったのはさいわいですね」夫人はわたしとヴァージルのあいだに立った。

ヴァージルは表情をやわらげ、やさしい口調でいった。

「デニス——」

夫人は指を立てて彼を制した。

「もう何もいわなくていいわ。予想を超えた状況だというのはわかりましたから」そしてわたしに顔を向けた。「オリー、この件を総務部長に報告なさい。もちろん、あなたの都合がつけば、ですけどね。いまは晩餐会の準備でみんな忙しいでしょうから」

「はい、わかりました」

ヴァージルは笑みを浮かべた。「彼女の独裁ぶりを教えたかったのに、あなたもパーカーもなかなか聞いてくれようとしなかった」

大統領をファーストネームで呼ぶなんて……。遠縁だろうがなんだろうが、ホワイトハウスの職員がするべきことではない。

「ヴァージル」夫人が彼にいった。「あなたはこれからわたしといっしょに総務部長に会いに行きましょう」そしてマーガレットをふりむく。「かまいませんよね？　部長は時間をとってくれるでしょう？」

仕事ができてうれしかったのだろうか、マーガレットの顔が輝いた。

「はい、もちろんです！」急いでカウンターのお皿をとって戸口へ向かう。「すぐ部長に知らせてきます」

ハイデン夫人はまたわたしをふりかえった。

「オリー、いずれゆっくり話し合いましょう」

夫人が出ていくと、わたしは両手で顔を覆った。

バッキーがそばに来て、肩をぽんぽん叩く。

「いつでも何でもいってくれよ、ボス。あんな姿を見たのは初めてだ。ぼくはオリーを誇りに思う」そして低く短く、口笛を吹いた。「ファースト・レディに見られたのは計算外だったかもしれないが」

# 22

木曜の早朝、アーリックの迎えの車でホワイトハウスへ向かった。ボディガードがついたのはこれが初めてではないけれど、助手席にすわらせてくれたのも、車中で会話ができたのも彼が初めてだ。そこからわかったことは、アーリックが料理に無関心ということで、香りや食感、食材を比較検討するなど、理解の範囲を超えるらしい。彼にとって、食事は燃料補給でしかないようだ。もちろん、自分でつくることもない。離婚して現在は独身、ナオミという女性と交際中とのこと。

アーリックは四年まえにカルトに入社し、デュラシから撤退させるという大統領の決定には反対だが、あくまで個人的意見であり、命令には従うといった。

「アレック・バランはどう思っているのかしら？」わたしは彼に訊いてみた。「会社の収支には痛手でしょう？」

アーリックは前方の道路から目を離さずにいった。

「喜んではいないでしょうね。でも、どうしようもないことだから。政府とカルトがデュラシ派遣の契約をしたときは、平和会談があるなんて誰ひとり想像すらしていなかった。ぼくらはみんな、今後十年はデュラシに駐留すると考えていた」

「十年も?」いささか不快な声になった。「契約期間はそんなに長いの?」

「軍事会社のことをあまりお好きじゃないみたいですね」

「そんなことはないわ。あなたはいい人だと思うし――」

「気にしないでください。ぼくもべつに気にしませんから。残りの契約期間は二年なんですけどね、再契約されると思いこんでいただけです」

わたしは話題を変えることにした。

「あなたもデュラシに派遣されていたのでしょ?」

「ええ」にっこりする。「あそこは生活環境や技術や、何もかもが遅れているといわれますが、ぼくは好きなんですよね。いろんなものがシンプルでいい。デュラシにもどる日が待ち遠しいですよ」

「あら……。カルトは完全撤退するんじゃないの?」

「そうなんですけど、こういうことには時間がかかるから。召還の監視をする仕事につく予定なんです」

「大きな仕事だわね」

「はりきっています。じつは平和交渉はかなり以前から始まっていたようで、オーナーのバランはそれを一週間ほどまえに知ったみたいです」

意外な話に興味がわいた。「アレック・バランは方針変更に反対じゃないの?」

「ええ。撤退の話を聞いたとき、バランはぼくら数人をアメリカに呼びもどして、回避戦略を練ったんですが……」わたしのほうをちらっと見る。「カルトのようなちっぽけな会社は、政府の決定に対して無力ですからね」

「カルトはちっぽけな会社じゃないし、アレック・バランは無力でもないでしょ」

アーリックはさびしげに笑った。「この件に関しては無力ですよ。だけどバランは、そういつまでも肩をおとしてはいないでしょう。ああいう人はかならず這い上がって頂点に立つ」

会話は途切れ、数ブロックほど走ったところでわたしは訊いた。

「あなたはいつまで、わたしのボディガードを？」

アーリックは前方を見たまま考えこんだ。

「さあ、どうでしょうねえ……。マッケンジー捜査官からはとくに何も聞いていません」赤信号で速度をおとしながら、わたしをふりむく。「地下鉄の件で、悪夢にうなされたりしませんか？」

夜の小悪魔を思い出したけれど、少し違う気がした。

「うなされたりはしないわ。でも、どうして？」

「あんなことがあったのに、よくやっているなあと思うので」

「やるしかないからよ。今週は晩餐会の準備とか、ちょっとした揉め事まであって、いろいろたいへん」

「想像がつきますよ」そこでいったん言葉を切った。「報告書は読んだし噂も聞きました、あなたが過去どんな事件に遭遇したか。シークレット・サービスの捜査官に向いているんじゃないですか？　カルトの仕事でもいい」

「からかわないでちょうだい」

「からかってなんかいませんよ」

「まったく……。こんなに背が低かったら、書類審査ではじかれるわ。いまは大好きな仕事につけているから、転職なんて論外よ」ふとヴァージルの顔が浮かんだ。「石にかじりついても、この仕事をつづけるの」

アーリックは前を向いたままほほえんだ。

「気持ちはわかります。ぼくもそうだから。ただ、バランはつねに先のことを考えていますからね。つぎの計画は、いままで以上に困難でやりがいのあるものかもしれない」

そうするうちホワイトハウスの裏手に着いた。わたしは車を降りかけて、あることを思い出し、アーリックにいった。

「そういえば、きょうはちょっとした用事があるの。出かけなくてはいけないんだけど、いいかしら？」

「どちらへ？」

「ムールトリ裁判所」

「交通違反でも？」

結婚許可証をうけとりに行くとは、いいにくかった。どうせ式は何週間も先なのだ、きょうもらったところで意味はない。だけどやっぱり、一日でも早く手もとに置いておきたかった。

「ひとりで行っても平気よ。通勤ルートじゃないから、よほどわたしを監視しつづけないかぎり、ホワイトハウスから出るのに誰も気づかないわ」

「それはだめです。出かけるのは何時？」

「いつでもいいの。だけどきょうは仕事が忙しいから、間際にならないとわからないわ。それだとむずかしいでしょう？」

彼は頭のてっぺんを掻いた。「ではメールを送ってもらえますか。できるかぎりぼくが付き添いますが、無理な場合は代わりを頼みます」

車から降りてホワイトハウスに入りながら、裁判所にはひとりでも行けると思った。わたしを監視したり、ゲートの外で待ち伏せたりする人間がいるとは考えにくい。地下鉄でわたしを突き落とした犯人だって、護衛がついたことくらいわかっているはずだ。少なくともいまのところ、わたしはきわめて安全だといっていい。それにしても、いったい誰があんなことを？　わたしはため息をついた。アーリックのいう悪夢は、夜ではなく昼間ずっと見ているような気がする。こんな毎日は、早く終わってほしい。

厨房に入ると、バッキーとシアンはわきめもふらず仕事をしていた。

「ふたりとも、今週はずっと早出ね」壁の時計に目をやった。「でも、きょうはエンジンがかかるのがいやに早くない？　何かあったの？」ふたりのほうへ寄っていく。「あら、どうして朝食なんか？」

「数分まえに報告があってね」と、バッキー。「サージェントからメールが来なかったか？」

わたしは電話をとりだし、「ええ、ないわ」といった直後、受信の音がした。見ると総務部長室からで、〝連絡されたし〟。

「晩餐会の計画で何かあったのかしら……」鼓動が急加速した。「それで、ヴァージルはどこに？」

バッキーとシアンは顔を見合わせてにっこりし、シアンが声高らかに答えた。

「彼は休職になったの！」

「え？　休職？」

「数分まえ、サージェントがここに来たんだよ」と、バッキー。「早く知らせたくてたまらなかったらしい。彼の話だと、ハイデン夫人がヴァージルに休みをとらせ、夫人はそのあいだに今後のことを検討するつもりのようだ」

「あら、それは初耳だわ……。でもそうよね、わたしはまだサージェントと話していないんだもの」と、そこでまた受信の音がした。

サージェントからで〝すぐ連絡しろ〟とのこと。

「こっちのほうが早そうだわ」わたしは厨房の電話をとると、総務部長室にかけた。マーガレットが出て、サージェントにつないでくれる。

「ミズ・パラス――」最近はオリヴィアと呼ぶことが多いのだけど、ひょっとしていまは不機嫌?「ようやく連絡してくれたな。ヴァージルの件はスタッフから聞いたことと思う」

「またわたしたち三人でファースト・ファミリーの食事をつくるのね?」

「つぎの指示が出るまでは」

「ヴァージルとあんな口論をして、とても反省しているの」

「あたりまえだ」舌打ちのような音。「しかしどうやら、ファースト・レディはきみの意見のほうを支持しているようだ」

「あら、そうなの?」

「訊くまでもないだろう。きみは厨房にいて、ヴァージルはいない」

「でも、それぞれの陣地にもどして停戦状態にしただけかもしれないわ。デュラシの晩餐会を考えたら、わたしよりヴァージルのほうを休職にするでしょう。晩餐会後は、ファースト・レディも違う対応をするかもしれない」

「きみを安心させるのは、その……わたしの本意ではないのだが……」

ためらいがちな言い方から、たぶん良いニュースなのだと感じた。

「ハイデン夫人は実際、きみを支持している。夫人はきみとヴァージルの口論を聞き、その場で彼を解雇してもいいくらいだった、とわたしに語ったよ。ヴァージルが夫人の親族でなければ――彼はそれをきみたちに話したらしいな――ゆうべのうちにホワイトハウスを去っていただろう。だが結果的に、休職指示のみとなった。発効は本日だ」

わたしは大きく胸を撫でおろした。「ありがとう、ピーター」

「ファースト・レディの判断であって、わたしのではない」

「ピーターは不満なの？」

「いつわたしがそんなことをいった？」鼻を鳴らすような音。「では、ごきげんよう。デュラシの晩餐会で変更点があれば、かならず知らせるように」

電話が切れて、わたしはしばらく受話器を見つめてから置いた。

「どうだった、オリー？」シアンが不安そうに訊いた。「またトラブルあり？　それとも、なし？」

「いまのところ――」ヴァージルの件とサージェントの対応、そして結婚許可証の発行を考える。「トラブルなしよ。厨房もわたし個人も」

ところが、ほっとしたのもつかの間、携帯電話が鳴った。ギャヴからだ。

「どうしたの？」

「発砲事件があった」

「あなたは大丈夫？」

「大丈夫だ。撃たれたのは……」いいよどむ。「あの〝番人〟だ」

頭がくらっとした。そばのキャビネットにもたれて体を支える。

「そんな……」片手で目を覆った。「命は……彼は無事？」

「現在、手術中だ」息を吐く音。「撃たれた理由は想像がつくな？」

亡くなってはいないとわかり、ほっと息をつく。

シアンが目を見開いてわたしを見ていた。向こうのほうで、バッキーが仕事の手を止め、こちらをふりむく。いまこの場に、ふたりがいてくれてほんとうによかった……。

「わたしたちのせいなのね？」全身の血が床に流れ出てしまいそうだった。

「おそらく。だが、これ以上は電話で話せない。きみが仕事を終えたら迎えにいく」

「わかりました。でも、わたしたちのせいでそんなことに……」

「オリー、この件は誰にもいうな」

「ええ。だけどここにバッキーとシアンがいるの」ふたりは自分たちの名前が出て目をまるくした。

「具体的なことは話すな。何時に迎えにいけばいい？」

すぐには返事ができなかった。「六時以降……たぶん七時くらい。こちらから連絡するわ」

「行先に関しては口をつぐめ。誰にも何もいってはならない。どこへ行くかは、きみに会ったときに教える」


ヴァージルの休職は最悪のタイミングだった。晩餐会まえの数日は最後の追い込みでてんてこまい、かつ細心の注意を払わなくてはいけないのだ。準備期間が何週間あってもそうなのに、今回はそれが短いところへきて、良くも悪くもヴァージルがいないから、ファースト・ファミリーの食事もつくらなくてはいけない。

「困ったわねえ」シアンがぼやいた。「ヴァージルがどんな献立を予定していたのか、レシピがどこにもないのよ」両腕を大きく広げ、「彼のメモ類がぜんぜん見つからないの。朝食はある程度決まっているからなんとかなったけど」と、時計に目をやる。「ランチまで二時間半しかないのに、予定のメニューがわからなかったら、どうすればいいの？」

　わたしはサージェントのオフィスに電話をした。

「申し訳ありません」マーガレットが応答した。「部長はいま電話に出ることができません」

杓子定規なマーガレットにつきあっている暇はない。

「緊急でサージェントと話したいの。ヴァージルがホワイトハウスから出るときに持ち出したものを知りたいのよ」

「それならわたしがお答えできます。部長から、持ち出し物品のリストをつくるように指示されましたので。これには捜査官のご協力も得ています」

「捜査官って誰？」

「名前は存じあげませんが、女性です。ヴァージル・バランタイン氏が私物以外のものを持ち出していないかどうかを確認したかと」

さすがにヴァージルも、そこまではしないだろうと思いつつ訊いた。

「彼は何を持っていったの？」

「包丁、ナイフ類です。どれも私物とのことでした」

彼の作業場に目をやると、きれいに片づけられている。

「そうみたいね」

「何かおかしなことでも？」

「ううん、とくには。ほかに持っていったものは？」

「レシピのバインダーをふたつ。それも私物とのことでしたが……」疑わしげな声になる。

「ほんとうでしょうか？」

「ええ、彼のものだと思うわ。わたしはただ、確認したいだけなのよ」料理関係の書籍や印刷物は別室に保管し、ごく一部のみ手近な場所に置いていた。でもヴァージルのバインダーは消えていたのだ。「料理本とかは？」

「はい、一冊だけ。チェックした捜査官は興味をもったようで、自分もほしいといっていました」

たぶんあの本だ、とすぐ見当がついた。シアンが借りて、トマトソースをこぼし、ヴァージルに罵倒されたやつ。ほんの少し汚れたのは五十三ページだと、いまでも覚えている。なぜなら、彼はその後一週間も、ページ番号をいいながらののしりつづけたからだ。よく読まれる料理本は、汚れてぼろぼろになるのが常だと思うのだけど。

「問題なくスムーズだったようで、よかったわね」ヴァージルのことだから、騒ぎたてるのではと思ったけれど、そうでもなかったらしい。「ありがとう、マーガレット」

「厨房で何かなくなったものでも？」

「いいえ、大丈夫よ。時間をとらせてごめんなさいね」

電話を切って、バッキーとシアンをふりむいた。

「彼は自分のバインダーと本を一冊、持っていったみたい。きょうの食事のレシピは行方不明のままだわ」

シアンは唇を叩きながら考えた。「ランチはなんとかするしかないわね」

「ぼくらなりの解釈でやるとしよう」と、バッキー。「ヴァージルは夕食にポークとマンゴー、アプリコットのチャツネを考えていたようだから、ポークはこちらで独自に、特急で調理法を考えてつくる」

「そんなことができる？　大晩餐会の本番はあしたよ」

「この三人はこれまでも奇跡を起こしてきたじゃないか。今度もきっとできるさ」

「ええ、そうね。では奇跡を起こすとしましょう」

# 23

その日、仕事が完了したのは夕方の六時三十分だった。いつもより早い時間だったけれど、やるべきことはやれたので良しとする。

ヴァージルがいないため、わたしたち三人のチームワークはいつにも増して効率的だった。かつての三人のリズムがもどり、心配や懸念は最小限で、むだなくてきぱき、段どりよく仕上げられたのだ。じつに爽快、気分は最高だった。

わたしは中央のカウンターに消毒剤をスプレーして拭きながらいった。

「きょうは懐かしい日々にもどったような感じね」

バッキーはエプロンをとり、袖で眉毛をこすってにやりとした。

「この何カ月かで、とびきり出来がよかったな」

「きょう来てもらったSBAシェフも、いつもより明るくほがらかだったわね」と、シアン。

「このまえのときは、ヴァージルがひとり泣かせてしまったじゃない」

バッキーが鼻を鳴らした。「あのときはひとりでも、延べ人数は十人以上だ。男女合わせてね。彼は機会均等の原則を守るいじめっ子といったところだ」

「これからどうなるのかしら」と、シアン。

「〝休職〟って、どんな意味にもとれるわ」

「心配するようなことにはならないと思うけどね」バッキーはドアの前に立ち、照明のスイッチに触れた。「きょうはもう帰るだろ？」

わたしは布巾を洗濯籠に入れた。

「あしたはいよいよ本番ね。がんばりましょう」

シアンがバッグをつかみ、わたしもつかんだ。そしてバッキーが電気を消す。

「あしたは何時に来る予定だ？」

「四時前後かしらね。そうだ、すてきなボディガードに知らせておかなきゃ」

「きょうも車でアパートまで送ってくれるんじゃないの？」ここからシアンとバッキーは西の出口へ向かい、わたしは南だ。

「ううん、メールを送って帰宅の護衛はお休みにしてもらったの。べつにこっそり何かをするわけでも、彼を避けているわけでもなくて、ギャヴが迎えに来てくれるから。さすがにシークレット・サービスも――」にっこりする。「わたしたちふたりを監視するとはいわないわ」

「きょうは結婚許可証をもらいに行く予定じゃなかった？」

「だめだったのよ。わたしの時間がほんの少し空いたときはアーリックも誰も護衛できなくて、あちらが動けるときはわたしがだめで。あしたは晩餐会だからもちろん行けないし、来週まで延期かな」

「それは残念ね。で、今夜はギャヴとロマンチックな夜を過ごすわけ？　これからの人生をふたりで相談するのは楽しいでしょうねえ」

ギャヴには口止めされているから、わたしはウィンクして、「うらやましい？」とだけいった。

でもバッキーは鋭い視線をわたしに投げかけてから、西へ歩きはじめた。

「じゃあ、またあした、オリー。くれぐれも気をつけろよ」

「彼が撃たれたのをどうやって知ったの？」病院へ急ぐ車中で、わたしはギャヴに訊いた。今夜はギャヴの車ではなく公用車だ。彼は医療休暇中なのだけれど、トムの計らいで使わせてくれたとのこと。

「現在、トム・マッケンジーとごく小人数の政府高官で調査グループをつくっている。それ以外の者は信頼できないという前提で、表向き、わたしは相談役としての参加だ。そこで〝番人〟が病院に運ばれたとき、わたしに連絡が入った」

「よくわからないわ。どうしてあなたに連絡するの？　わたしたちが彼と話したことを知っているの？」

「いいや、知らない。今後も、誰にも話さないほうがいい」

ハンドルを握る彼の横顔を見て、最近は大切な会話をほとんど車の中でしていると思った。そしていっしょにいられる貴重な時間の大半は、殺人事件にからんだ話題で過ぎてゆく。

「だったらどうして電話を？」

「理由は、銃弾だ」

「銃弾？」

「コボールト国防長官が狙撃されたときの銃弾については話しただろう」

「ええ……」心臓がどきどきしはじめた。

「それと今回の銃弾がおなじ種類なんだよ」

「で、でも……」

「そこから何が考えられる？」

頭のなかで、事実が小さな磁石となっていくつも寄りあい、くっついていった。

「まず、〝番人〟の狙撃者は、わたしたちと彼が話したのを知っていたのね？」ギャヴの返事を待てずにつづける。「彼がわたしたちに何を話したのかがわかっているにちがいないわ。少なくとも、わたしたちが何らかの情報を得たと疑っている……」ギャヴの横顔を見つめた。

「何から何まで、偶然にしてはできすぎているわ」

「そのとおり」ギャヴは前を向いたままいった。

「わたしたちは尾行されていたのね」車の前後左右の窓から外をうかがう。「いまも、つけられているかしら？」

「その可能性を考えて公用車にした。この件は誰にもしゃべっていないな？」

「ええ、誰にも」

「トム・マッケンジーのところにはすべての情報が集まっている」横目でちらっとわたしを見た。「彼は周囲に疑念をもたれないよう慎重に、伝道所の五人殺害事件について調査している。トム以外には大統領と閣僚数人のみしか知らない。その点は胸に刻んでおいてくれ」

「サージェントは？」

「伝道所の件についてはいっさい話していない」

「タイリーとラーセンは？　あのときガスマスクをつけていた、ほかの捜査官たちは？　どんな事態なのかは知っているのでしょ？」

「いいや、知らない。情報はすべて分断、かつ秘匿されている」

「すべてを知る者が少なくて分断されていれば、犯人もしくは関係者が、それぞれに小さな情報を漏らす可能性が高まるわけね？」

「ああ、そうだ」

考えると背筋が寒くなるけれど、訊かずにはいられなかった。

「つまり、あなたやトムは、背後に内部の人間がいると疑っている？」

「わたしたちはその仮定で動いている」

「伝道所で五人を殺害した犯人は、〝番人〟の口封じをしようとしたと考えられるわ。そして銃弾が同種のものということは、〝番人〟を撃った犯人とコボールト国防長官を射殺した犯人はおなじ人間……」

「事態は大きく変わったんだよ、オリー」口もとが引き締まる。「タイリーとラーセンはわたしに事情聴取するとき、きみには教えられないような、ある情報を語った」

「そのことは聞いたわ」

ギャヴは頭を左右に振った。「いまもまだ、わたしは判断がつかないんだよ。ふたりはわたしに嘘の情報をいったのか、あるいは自分たち自身にも嘘をついていたのか」

「どういう意味？」

「一部だが、いまなら話せることがある」

わたしは静かに待った。

「タイリーとラーセンは、伝道所の事件の裏にはデュラシの政府関係者がいると推測した」

「デュラシが何のためにあんなことを？」わたしなりに考えてみてもわからなかった。「政府組織の一派が、犯行声明もなしにああいう殺害事件を起こすかしら？」

「そう、デュラシの政府関係者が事件について語ったという情報はいっさいなかった。だから当初、タイリーたちはわたしに嘘の情報を流したのだと考えた」

「あるいは、嘘を信じこまされたか」

「それもひとつ考えられる。そしてほかにもね」

「ほかにも？」

「わかっていることを整理すれば――」ギャヴの声はくぐもり、わたしは顔を寄せて聞いた。

「五人が殺害され、シークレット・サービスにたれこみがあり、捜査官は急行した」

「だから？」

「たれこんだのは誰か――」ハンドルを右にきり、運転に集中する。

「それがわかれば、エヴァンたちの殺害犯、もしくは殺害グループがわかるだろう」

「ひょっとして、シークレット・サービスの誰かを疑っているの？」

「全員を疑っている。もちろん、調査に携わっているごく少数を除いてね」

「でも、それはおかしくない？」

ギャヴはわたしの反応を予想していたように、ちらっとこちらを見た。

「だって、五人のうちふたり――エヴァンとカンポは、シークレット・サービスとカルトの仕事をしていたんでしょう？　そのどちらかの人間が、ふたりとも殺したりするかしら？」

「トム・マッケンジーとわたしが確信している点がひとつある。エヴァンとカンポは、カルトのデュラシ撤退を公表以前に知っていた、ということだ」

「カルトのオーナーのアレック・バランは、一週間くらいまえに知ったみたいよ」

ギャヴはうなずいた。「だろうね。エヴァンたちはおそらく、撤退を阻止しようとする計略、もしくは妨害活動が進行していることに気づいたのだろう。事件の背後には、デュラシからの撤退を阻止したい者がいる」

「阻止して得をする人は……アレック・バラン？　撤退したときの損失額はかなりでしょう」

「じつは数週間まえ、バランはタイリーとラーセンをカルトに引き抜こうとした。だがデュラシからの撤退を知り、引き抜きを断念した」

「でもそれで殺人まで犯さないわ」

「同感だよ。だが、わかっているのはその程度でしかない」病院に到着し、訪問者用の駐車場に入る。「〝番人〟が話してくれるといいんだが……」

〝番人〟は集中治療室にいた。名前は身元不明の〝ジョン・ドゥ〟だ。四階の女性職員はわたしたちをすぐに通さず、IDをチェックして注意事項を伝えた。そして身を乗り出し、「患者は何をしたんですか？」と小声で訊いた。「強盗殺人とか、指名手配をうけていたとか？」

ギャヴはやさしくほほえんだ。「病室はどちらかな？」

彼女は立ち上がり、「ご案内します」というと廊下を歩きはじめ、また小声でいった。「あいう患者さんをここまで厳しく警備することはないんですよ」ぶるっと肩を震わせる。「狂暴な人には見えないのに」

ギャヴは何も、ひと言もいわない。

廊下を進み、ガラス張りの集中治療室のふたつめに首都警察の警官がいた。

「こちらです」女性職員は、患者についてもっと知りたいのだろう、少しもじもじしてからいった。「面会時間は十分です。厳守してください」

彼女がいなくなると、ギャヴが警官をねぎらい、「ご苦労さま」といった。その警官の報告では、これまでに見舞客はなく、患者と接触したのは医者と看護師だけとのこと。

狭く明るい部屋で、〝番人〟は以前よりも小さくなったように見えた。伸び放題の鬚は剃られ、頭は白い布で覆われて、左腕には点滴。目は閉じていたけれど、胸は薄い入院着の下で膨らんではしぼみ、しぼんでは膨らんでいた。

「起こしたくないわね」わたしがささやくと、彼は片目を開いた。そして反対の目も。声はかすれていたものの、はっきりと聞きとれた。

「声が小さい。礼儀に反する」

「目が覚めていたのね」わたしはベッドの脇まで行った。「気分はどう？　苦しいところはない？」

「想像がつかないか？」包帯の巻かれた腕をあげ、頭を叩いた。「愚かなやつに撃たれ、病院にいるのがどんな気分か」

わたしは肩ごしにギャヴをふりかえった。彼もやはり〝番人〟がここまではっきり話せることに驚いているらしい。このまえ会ったときは、ドラッグか何かをやっていたとか？　それとも逆に、いまは薬品のおかげで意識がはっきりしている？

でも時間をむだにしたくはなかった。

「誰に撃たれたの？　犯人は誰？」

彼はわたしをにらむと、視線をギャヴへ、それからわたしへもどした。

「あんたらは、おれに話しかけてきたふたりだな？」

「ええ。あなたにその……悪魔について尋ねたわ。エヴァンたちの命を奪った悪魔について」

「彼らはまた来た。陰と陽。男と女。ふたりはまた来た」鬚のない顎をこすり、顔をしかめ、またわたしを見る。「ふたりはあんたたちのことを訊いた」

「それでどう答えたの？」

太い眉を寄せ、体がつらいのだろう、力のない声でいった。

「おれは何も答えなかった。彼らは悪魔だ。あんたは光り輝き、彼らは影に包まれていた。おれは何も答えなかった。何も、ひとつも」

「ありがとう、何も答えずにいてくれて」わたしはそっと彼の腕に触れた。「そのふたりは具体的に、どんなふうにわたしたちのことを訊いたのかしら？」

「いま、いわなかったか？」体を起こそうとしたけれど、低いうめき声をあげてあきらめる。「あんたたちが帰り、彼らが来た。おれに話しかけ、おれは無視した。意味がわからないふりをした。彼らは帰ると思った」頭を少しもたげ、また枕につける。「おれは彼らに背を向けた。彼らはおれを撃ち、去っていった」

「路上で出血して倒れているのを――」ギャヴがわたしに小声でいった。「べつのホームレスの男性が見つけてパトカーを止め、警官が救急車を呼んだらしい」

「ほんとにひどい人たちだわ」

「しかしおれは、やつらに一杯食わせてやった」黄色い歯を見せにやりとする。「やつらはおれの時間を終わらせることができなかった」

「その人たちの名前はわかる?」

彼は首を横に振った。

「どんな外見だったかしら?」

点滴のチューブがつながった手をあげ、彼はまた顎をこすった。鬚がないことに不満の声を漏らす。

「弾は頭を貫かなかった。骨をかすり、そこにとどまった」耳の上を指さす。「医者はそういった。幸運だった」

面会時間は残り少ないだろう。わたしは違う言い方をしてみた。

「その人たちのことをもう少し話してくれたら、つかまえることができるかもしれないわ」

「悪魔はずる賢い。おれたちとおなじように見せかける。ふつうの人間。うまくまぎれこむ」

「女性はどんな感じだった?」

「見えないようにしていた」

「ん? 見えない?」

男はほほえんだ。「あんたにはわからないだろう。あんたは悪魔に見えない」

看護師がギャヴの後ろに来た。「そろそろ終了です。患者が疲れますので」

「お願い。もう少し教えてちょうだい」わたしは〝番人〟に頼んだ。

「若い顔。若い体。覚えているのは青色。あれは花だろう。それから年寄りの服」

わたしは地下鉄のホームレスを思い出した。わたしを突き落とした女は、見た目は年配だったけれど、歩き方は若く、しっかりしていた。もう一度会ったら、彼女だとわかるかしら?

「男のほうはどんなだった?」

彼は苦しそうに咳をした。

「さあ、お帰りください」と、看護師。

「でも——」

「わたしたちがしっかりケアしますから」看護師はわたしとギャヴをドアのほうへ軽く押した。「続きは、あしたまたどうぞ」

晩餐会があるから、あしたは来ることができない。

「彼のことをよろしくお願いします」

看護師はにっこりした。「はい、お任せください。何も心配なさることはありませんよ」

# 24

翌日、空がまだ暗いうちに、アーリックが迎えにきた。

「ごめんなさいね、こんなに早い時間で」わたしは助手席に乗りながらいった。

「ぜんぜん。ぼくもきょうは忙しいので、早いほうがありがたいです」

「今夜、あなたもスピーチするのでしょ？」

「ええ。でもほかに、重要な用件がふたつあるんですよ」指を一本立てる。「午前中にアレック・バランとの打ち合わせがあるんです」横目でちらっとわたしを見た。「バランはいい上司なんですけどね、細かいことまで管理したがる。きょうもきっと、あれこれいわれるだろうから覚悟しないと」

わたしはほほえんだ。「がんばってね」

彼はうなずき、二本めの指を立てた。「もうひとつは、バランと会ったあとに、夜のスピーチを手伝ってくれる同僚との打ち合わせがある」

「その人とバランと、三人では会わないの？」

アーリックは顔をしかめた。「バランはほんとにいい上司なんですが、けっして仕事がしやすい相手じゃないんですよ」

厨房に入ると、きょうもバッキーとシアンのほうが先に来ていた。

「おはよう」わたしは薄手のジャケットを脱いだ。「ふたりともずいぶん早いのね」

バッキーはコーヒーをひと口飲むと、「ご不満かな?」と、マグカップを掲げた。

「とんでもありませんよ。うれしい驚きといったところかしら。あなたたちがこんな時間に出勤するのは珍しいから」

シアンが時計を指さした。「オリーは四時に来るといったじゃない? いまがちょうど四時よ」

「ええ、そうね」いつものふたりなら、わたしが四時といえば四時半くらいに現われるのだけれど……。でもヴァージルが欠けたうえ、晩餐会が控えているから、一分一秒でも早く来てくれるのはありがたい。

三人とも、きょうの具体的な作業はSBAシェフに割り当てずみだ。わたしはエグゼクティブ・シェフとして、実際の調理は最低限しかしない。準備は順調に進んでいるか、問題はないかなど、進行と仕上がり具合をチェックするのがメインの仕事になる。

とりわけ髪振り乱し、目の色が変わるのは、一品めを給仕するまえだ。そして最後の料理が運ばれるまで、神経は張り詰めっぱなしになる。でもそんな時間の一瞬一瞬が、わたしはとても好きだった。

「ジョシュアは正午くらいにここに来るわよ」わたしはふたりに伝えた。

「そんなに早いのか？」と、バッキー。「彼には長い一日になるだろうな。そしてぼくたちにも」

「ええ、たぶんね。でも、しっかりした子だから。粘り強いし」

シアンがわたしを肘でつついた。「オリーとジョシュアはほんとに仲がいいわねえ」


午前中、アーリックが厨房に顔を出した。

「あら、どうしたの？」

「予定が変更になって、これからすぐバランのオフィスへ行くことになったんです」

「何かあったの？」

アーリックは顔をしかめ、不満げにいった。「バランは何も説明してくれないんですよ、スピーチの確認をしたいというだけで。でもたぶん、それだけではないでしょう。きょうはずっと自分のそばにいて手伝えともいわれたんですけどね。いったい何を手伝うんだか……」

わたしにはなんともいいようがなかった。彼がバランにいらだっているのはまちがいないものの、それが理由で厨房に来たとは思えない。するとアーリックは、わたしの心を読んだかのようにいった。

「ここに来たのは、あなたに外出予定があるかどうかをうかがいたかったからです。もしあるなら、代わりの者に頼みますから」

洗いたてのホウレンソウを前に、きょうはからからと笑った。

「晩餐会があるんだもの、わたしは厨房から外に出たりしませんよ。どうかご安心を」

「わかりました。でも、その……裁判所は？」

「来週に延期するしかないわ。あなたは今夜のスピーチ、がんばってね。わたしは聞きに行けるかどうかわからないから」

アーリックは厨房全体をぐるっとながめた。でもその目は、何かを見ているようではない。

「かなり緊張しています。バランは一語一句、ニュアンスまでチェックしたがる。ぼくらのスピーチは歴史に残るというし」

「手伝ってくれる人と打ち合わせをするんじゃないの？」

「その予定でしたが――」声に怒りがにじんだ。「バランのおかげで、すべて水に流れた。どうしようもないですよね」首をすくめていうと、また厨房を見まわしてため息をつく。

「ではまたあとで、オリー」

アーリックが出ていくと、シアンがいった。

「彼、なかなかすてきじゃない？」

わたしは笑った。「まずひとつ。彼はあなたより、少なくとも十歳は年上だと思うわ。そしてふたつめ。彼にはガールフレンドがいるみたいよ。名前は……ナオミだったかしら」

シアンは鼻に皺をよせ、「だったら」と、壁に留めたゲストの一覧表に指を振った。「今夜はほかにも、すてきな人がふたりいるわ。タイリー捜査官とラーセン捜査官には会ったことがある?」

「シアンはあるの?」

「一度、ここに来たのよ。たしか、オリーはサージェントのところへ行っていたわね。ふたりとも、とても礼儀正しかったわ」

「何をしにここへ?」

シアンは首をすくめた。「ざっと厨房を見て、いくつか質問して……特別なことは何も。どうして?」

わたしは首を振っただけで答えなかった。シアンはまた一覧表を見て、真ん中あたりを指さした。

「アレック・バランはどう? とても魅力的な人だわ」

「お金持ちで実力者よね。いい選択かも」

「晩餐会のあとは、そう金持ちでもなくなるんじゃないか?」バッキーがいった。「大統領があんな発表をしたんだから。バランも今夜のスピーチで、デュラシから部隊を引き上げさせるという大統領の決定を支持するらしい。本音とは思えないけどね」

「同感よ」と、わたしはうなずいた。料理が運ばれると何人ものスピーチが始まり、バランもそのひとりだった。ふつうならわたしもわくわくするところだけど、きょうはなぜかそういう気分になれない。わけもなく、漠然とした不安が胸をよぎるのだ……。

何か小さな事実を見逃しているような気がしてならなかった。それも鍵となる重要な事実で、それさえわかれば、いくつもの疑問がとけるように思える。だけどいくら考えても、それが何なのかはわからなかった。

SBAシェフの第一弾が時間どおりに到着し、早速作業にとりかかった。わたしの下では、ふたりの女性シェフがキジ肉の骨抜きを始めた。このあと切り込みを入れ、そこにワイルドライスを詰めるのだ。スタッフィングはべつの作業場で調理中だった。

手順については、すでに細かい指示を出してある。もちろんふたりとも、作るのはこれが初めてではないはずだけど、すべて均一に、完璧におなじかたちに仕上がって晩餐会場に運ばれなくてはいけない。

女性シェフのひとりは、わが厨房で人気者のアグダだった。とても明るい性格で、作業に関してはすばらしく手際がいい。スウェーデン出身で英語はあまり得意ではないのだけれど、ともかく仕事熱心で、彼女が仕上げたものはどれも見事に美しかった。

もうひとりはサマンサで、アグダのペースについていくのに苦労していた。

「急がなくてもいいのよ」わたしは彼女にやさしくいった。深く切り込みすぎて、キジのムネ肉を三つだめにしたのだ。「スピード競争じゃないんだから。ね？」

「申し訳ありません」サマンサは二十代で、少しぽっちゃりし、栗色の髪をひっつめて、きつくまとめている。前回ここで手伝ってもらったときは、みんながいる前で、ヴァージルにひどく叱責された。そしてきょうは誰かが入ってくるたびに、おどおどした目を向けている。びくつく理由は想像にかたくない。

「ところで、サマンサ」わたしは気楽な調子でいった。「きょうはね、ヴァージルは来ないのよ」

「辞めたんですか？」見開かれた目は、もっとおどおどした。「まえに読んだ記事では、ホワイトハウスのシェフとなっていましたけど」

「きょうはお休みなの」話せるのはせいぜいそれくらいだ。「もっとリラックスしていいのよ。わたしたちみんな、ひとつのチームなんだから」

彼女は何度もうなずいた。「ありがとうございます」

全員が黙々と、てきぱきと、自分の担当作業に専念した。時間が進むにつれて空気はいっそう緊張し、さまざまな音がより大きくなっていく。わたしはシェフたちのあいだをまわりながら、着実に進行しているのがありがたかった。

「来たよ！」十二時ぴったりに、戸口でジョシュアの声がした。シークレット・サービスの護衛がふたりついている。

「よくいらっしゃいました、ジョシュア」多忙をきわめる厨房で少年が歩きまわることに、バッキーとシアンは難色を示した。だけど少年にとっては、とても大きな意味をもつことなのだ。「さ、こっちへ来て」

わたしは少年の後ろから肩に手をのせ、声をあげた。

「みなさん、聞いてちょうだい」

刻む音や混ぜる音がやみ、静かになった。全員の視線がこちらに集中する。

「みなさんご存じとは思うけど、こちらは大統領の息子さんのジョシュアです。きょうは厨房の仕事を手伝ってくれるので、なんでもどんどん頼みましょう。いまは料理の猛勉強中で、なかなか腕もいいですから。ただし、ふたつほどルールがあります。ひとつは、ジョシュアに手伝ってもらえることがあり、それを頼みたい場合、まずはわたしに話してください。実際に頼むかどうかは、わたしのほうで決めさせてもらいます。二点めは、どのような事情があっても、ジョシュアに関して他言しないこと。ここにジョシュアが来たことそのものも、部外者にはいっさい話さないでください。ホワイトハウスの原則として、内部で知り得たことはすべて部外秘です。万一、その原則を破ったことが判明した場合、SBAシェフの要注意人物となります。以上、ふたつのルールを守れそうにないと思う人がいたら、名乗ってください」

誰ひとり、声をあげなかった。

「ありがとうございます。ではみなさん、よろしくお願いしますね」これでみんな仕事にもどり、わたしはジョシュアにいった。「きょうは、かなりどたばたよ」

「うん。邪魔にならないようにする」

少年はにこにこし、逆にわたしは初めて不安を覚えた。こんな日にジョシュアを厨房に入れたことを後悔するような結果にならなければいいけれど……。

「ジョシュアのお父さんにとっては、とっても大切な晩餐会だからね」

少年は目をくるっと回したいのをこらえたようにいった。

「毎日毎日、おんなじことをお父さんからいわれたよ」

「ジョシュアにしてもらいたい仕事はたっぷり用意してあるわ。ニンジンをスライスするのだって、欠かせない重要な仕事だからね」

ジョシュアは厳粛《げんしゅく》な面持ちでうなずいた。でもたぶん、心のなかでは目をくるっと回しているだろう。

「ぼくはこのまえ、ひとりでお母さんやお父さんの食事をつくったんだよ」堂々と、自信たっぷりに。「きょうも、ちゃんとできるから」

わたしも真剣な顔をした。「ジョシュアならできるとわかっていますよ。では、始めましょうか？」

それからほどなくして、シアンがわたしの横にやってきた。

「シークレット・サービスは彼から離れないのね？」視線の先には、ドライアプリコットを切るジョシュアがいた。「ただでさえ——」周囲を見まわす。「満員電車なみなのに」

少年のすぐそばに、ふたりの大男が黙って静かに、しかし周囲とはなじむことなく立っている。鋭い視線はあたりの動きを逃さずチェックし、けっして休むことはない。

「大統領の息子の三メートル以内に、包丁や熱い道具を持った大人が大勢がいるのよ」わたしはシアンにいった。「たしかにシェフはみんな審査、検査済みだけど、安全第一でいかなくちゃ。あのふたりにはそれが仕事だもの。過去にはもっと厳しい状況もあったじゃない？これくらい、たいしたことないわ」

シアンは食料庫から持ってきた糖蜜の容器をふたつ掲げた。

「まあね……」

わたしはジョシュアの作業に目をやった。カットしたアプリコットの山はどんどん大きくなっている。

「飽きていないかな？」

「うん。でもこのアプリコット、ただ切ってるだけじゃなく、今夜ほんとに使うんだよね？」

わたしはナイフを持つ少年の手に自分の手を重ねた。

「もちろんよ。わたしのことが信じられない？」

「信じてるよ。だけど、シェフたちがしゃべってるのを聞いたんだ。ちゃんと仕上げないと、使ってもらえないって」

少年は、ムネ肉の処理をしているアグダとサマンサのほうを見た。

「あそこにあるのは、どれひとつとっても文句なし、完璧な仕上がりよ。それができる有能なシェフをふたり選んだんだもの」身をかがめ、そっとサマンサを指さしてジョシュアの耳にささやいた。「あのシェフは新人に近いんだけど、とても才能があるの。だから仕事をしてもらって、もっと自信をつけてもらいたいのよ。むずかしい作業とはいえないけれど、立派に仕上げているわ」

わたしはジョシュアが切ったアプリコットを少しつまんだ。

「どれもほぼおなじ大きさね。これなら、むらなく調理できるわ。ひと切れも残さず使わせてもらいましょう」つまんだものを山にもどし、「合格よ、ジョシュア」といった。「その調子でつづけてちょうだい」

わたしが肩を叩くと少年の背筋がのび、さっきよりも自信に満ちた明るい表情になった。

「うん、がんばる」

それからしばらくして、SBAシェフの第二弾が到着。わたしはそのうちふたりに、バッキーが指揮しているチームに加わるよう指示した。バッキーには、ジョシュアに関する注意事項を伝えるよう頼む。

残り三人のSBAシェフ——二十代の男性ふたり、女性ひとり——は以前にも来てもらったことがあるものの、わたしは隣接する食料庫へ案内しながら、仕事の基本ルールを再確認した。

そのとき、厨房の奥のドアからマーガレットが入ってくるのが見えた。

「キジのムネ肉は——」わたしは三人に、食料庫につくっておいた作業スペースを指さした。「あそこでスタッフィングしてちょうだい」

マーガレットは本を一冊、両手で胸に押しあてながら入ってきた。それも遅刻した女子生徒のように不安げな顔つきだ。明るいブルーのスーツを着ていなければ、ますます混雑する厨房でわたしの目にはとまらなかっただろう。

マーガレットはシェフたちのあいだを縫うようにして進み、シェフのほうも鍋やトレイを持ちながら彼女を避ける。わたしはひきつづき三人に、ジョシュアのことや守秘義務などを説明しながら、彼女のことが気になって仕方なかった。

若いシェフたちは作業のやり方についていくつか質問し、わたしがそれに答えると、早速準備にとりかかった。そしてわたしは……厨房に来た理由をマーガレットに訊くことにした。

# 25

厨房は、白とステンレスの海といっていい。その海ではこの一時間ほど、掛け合う声が大きさを増し、鍋やフライパンや小道具のぶつかる音が響きわたるようになった。

わたしは白い調理服のあいだに青いスーツをさがしたけれど、なかなか見つからない。いったい彼女はどこへ？

「ねえ、シアン」腕を叩いて注意を引く。「マーガレットが来ていたでしょう？」

シアンはトマトをスライスしていた手を止め、きょろきょろした。

「マーガレットって……SBAシェフ？」

「ううん、サージェントのアシスタントよ。ここに何をしに来たのかしら？」

「知らないわ。わたしは姿も見なかったもの」シアンはトマトのスライスを再開した。

バッキーも似たようなものだった。「見かけはしたが、邪魔だ、出ていけというまえにどこかへ行ったよ」

わたしは首をかしげた。だけど電話をかけたところで、こんなにうるさい厨房ではまともに話せないだろう。もっと静かなところに行こうと思い、そのまえにジョシュアのようすを見ることにした。

「調子はいかが？」

「もうすぐ終わるよ。見てみて」

たしかに少年の言葉どおりで、わたしは「すごいわねえ」といった。でもおそらく、あと三十分近くはかかるだろう。「ここにもどってきたら、つぎの仕事をお願いしてもいい？」

「うん、いいよ」

そばにいる大男ふたりは何の反応も示さず、何もいわない。

それでもとりあえず、「すぐもどってきますから」と声をかけておいた。

厨房をひと回りしてようすを見てから、食料庫に行った。若いシェフ三人はわたしがまた現われて驚いたようなので、気にしないでちょうだいと手を振ってから近くの電話をとった。

「もしもし、マーガレット？　オリーよ。厨房のオリヴィア・パラス」

「サージェント部長はいま執務室にいらっしゃいません」彼女はわたしが何もいわないうちに話しはじめた。「きょうは一日、きわめて多忙ですので」

「彼じゃなくて、あなたと話したくて電話をしたの。ついさっき、こちらに来たでしょう？」

「はい、うかがいました。あんなにたくさんの人が包丁を持って大声でわめいて、ほんとにびっくりしました」電話ごしでも、彼女が震えているのが見えるようだ。「あのような環境で、よく平気ですね」

「で、あなたは何をしに来たの？　気がついたときには、もういなくなっていたわ」

「こそこそするつもりはありませんでした。料理の本を返却にいっただけです」

どういうことだろう？　「厨房の蔵書はふつう、貸し出しはしないのだけど？」

「はい、わかっています。返却書籍は、ヴァージル・バランタイン氏がまちがって持ち出したものです。彼は私物ではなく厨房の蔵書を持ち帰ってしまい、今夜の晩餐会に欠かせない料理本ということで返却してきました」

ヴァージルが、晩餐会当日に欠かせない本だと考えた？　前日までに準備万端整えることを、彼は知らないの？　しかも、わたしたちのためを思って返してくるなんて……。

「ヴァージルと直接話したの、マーガレット？　彼自身がそんなことをあなたに？」

「いいえ、直接は話していません。彼が捜査官のひとりに預けて、彼女が少しまえ、ここに持ってきたんです。どうしてもきょう必要な本だとバランタイン氏がいっていた、とのことでした。書棚の場所はわかっていましたから、先ほど、わたしの手でもどしておきました」

片手で目を覆い、必死で考えた。ヴァージルはなぜそんなことをしたのだろう？

「わかったわ。ありがとう、マーガレット」

「はい、それでは」

受話器を置くと、シアンが声をかけてきた。

「オリー、ちょっといいかしら？」

三十分後、わたしとシアンはジョシュアのために新しい仕事をつくった。

「つぎもよろしくお願いね、ジョシュア」

「ぼくはお母さんのいってたような足手まといじゃない？」

「ええ、チームの貴重な一員よ。ところで、ベルギーエシャロットは使ったことがある？」

刻むとどうしても涙がでるので、ジョシュア用にフェイスマスクを用意した。タマネギの変種で味も香りもマイルドだけど、気をつけないと目にしみる。

ジョシュアが作業にとりかかると、わたしは厨房をもう一周した。晩餐会は七時の開始で、そろそろ五時になろうとしている。スケジュールどおりに進行しているかを確認するのが最優先だ。

そしてそれがすんでから、わたしはマーガレットがもどしたという本を見に、書棚へ行った。カラフルな背表紙をざっと目で追う。と、そこにヴァージルの例の本があるのに気づいて手にとった。

「どうしたんだ、オリー？」バッキーが心配そうに訊いた。「何か問題でも？」

わたしは笑顔を返して、彼を安心させた。この期に及んで料理本を読むなど、彼には信じられないことだろう。いまさらレシピを参考にしたり、やりなおしたりできるはずもない。すべての料理の下ごしらえから仕上げまで、段階ごとに記したものを印刷し、あちこちのステンレス・キャビネットや装置類に強力なマグネットで、おおよそ目の高さの位置に留めてあるのだ。

バッキーが不安になるのも責任感からで、この時間帯にはダブルチェックが欠かせない。

「何も問題ないわよ」わたしはヴァージルの分厚い本を掲げて見せた。「マーガレットがここに来たのは、これを返却するためだったみたい。ヴァージルが、きょうはこの本が必要だといったらしいの」

バッキーはわたしとおなじことを感じたのだろう、怪訝な顔をした。

「信じがたいな」

「でしょう？　ヴァージルにしては親切すぎるし、きょうは本なんか必要ないことくらい、彼だってわかっているはずよ。どうしてわざわざ返却したのかしら？　それも急ぎで？」

「いやな予感がするな」バッキーは後ずさった。「その本に爆弾が仕掛けられているとか？」

「悪い冗談はよしてちょうだい」

「しかし――」バッキーは首をすくめた。「ヴァージルがぼくらのことを心配するとはどうしても思えないよ。何かあるんじゃないか？」

「そうなのよねえ……」わたしは本を棚にもどした。「私物をここに残しておけば、職場復帰できると考えたとか？」

「あいつの頭のなかは想像もつかないよ」そのときアシスタントのＳＢＡシェフがバッキーを呼んだ。「すぐ行く！　なあ、オリー、心配するのはよそう。ただの料理本だから」

彼はアシスタントのところへ行き、わたしはまた作業のようすを見ながら歩いた。でもバッキーが口にした〝爆弾〟が頭の隅にいすわって動かない。うなじがざわっとし、わたしはまた料理本を手にとった。「きみはどうしてここにいるの？」

分厚い本のページをめくり、ひっくり返してためつすがめつし、何かが落ちてこないかと振ってみる。

何もない、ふつうの本だ。

背後のさまざまな音がいっそう大きくなって、こんなことをしている暇はないと思いつつ、本を手放すことができなかった。ヴァージルの返却理由がはっきりするまでは、どうしても——。

もう一度、ページをめくってみた。今度はゆっくり、ゆっくりと。だけど文字も写真も目に入らない。めくる手を速め、最初から見直してみる。時間のむだだとため息をつきながら、三十ページ、四十ページ、五十ページ……。

手が止まり、じっと見つめる。ページ番号は、五十三。

「シアン」あわただしいのを承知で声をあげた。「ちょっといい？」

彼女はすぐにやってきた。「どうしたの？」

「ヴァージルの本を汚したときのことを覚えている？　この本でしょ？」掲げて表紙を見せた。

「忘れるわけないわよ。死ぬまで〝五十三〟を恨みつづけるわ」

「そうよね、五十三ページだったわよね？」

「ええ。でもそれがどうしたの？」

わたしは広げたページを彼女に見せた。

「ほら」

シアンは紫色の瞳で、隅々までじっくり見ていった。

「染みがないわね？」

「おなじ本じゃないってことよね」

シアンは眉間に深い皺を寄せ、「どうも……そうみたいね」とゆっくりいうと、肩ごしに作業場をふりかえった。「ごめんなさい。本のことは気になるけど、やることをやらないと」壁の時計を指さす。「時間が迫っているから」

「ええ、そうね」わたしは本を棚にもどした。シアンはアシスタントたちがいる作業場にもどり、わたしは食料庫の若いシェフたちのところへ行く。

それにしても、ヴァージルはなぜ汚れていない本を？　わざわざそんなことをする意味がわからない。彼はその種の気をまわすタイプの人ではないのだ。どう考えても彼らしくなかった。でもだったら、本をとりかえたのは……。

……ヴァージルではない。

わたしは立ちすくんだ。

「シェフ？　どうかしましたか？　気分でも悪い？」ムネ肉のスタッフィングをしていたSBAシェフが心配そうに尋ねた。

「ううん、平気よ。仕事をつづけてちょうだい」

わたしは踵《きびす》を返し、棚から本を引き抜くと、冷蔵室へ向かった。そこならひとりきりで考えられる。五分くらいなら、わたしがいなくてもチームの作業に影響はないはず。

この本は、晩餐会当日に届けられた。これを偶然とみなしてよいか？　わたしの勘が、いや、だめだ、といっている。本を両手で握ったまま、じっと見つめた。

「何か隠していることがあるんでしょ？」わたしは本に語りかけた。「早く正直にいってしまいなさい」

# 26

本を見つめつづける。これはどういうことか？　誰がこの本をホワイトハウスに？　その理由は？

「オリー」冷蔵室の外からシアンの声がした。「ジョシュアがつぎの仕事をしたいって」

「すぐ行くわ」

わたしは本をひっくりかえしながらながめた。カバーには色とりどりの野菜が並び、主菜が置かれているのは戸外で、背景にトスカーナ様式の屋敷が見える。どうしてこの本が重要なのか？　サインやメモ書きがないか、表紙を開いてみる。

すると、カバーにテープが貼られていた。本からはずれないよう、わざわざここまでしたのだ。

心臓をどきどきさせながら、テープを下からゆっくりはがしていった。カバーは裏表紙についたままぶらさがり……妙に重さがある、と感じた。

呼吸が速まり、わたしは床にすわりこんだ。本を膝にのせてひっくり返し、カバーを調べようとめくってみる。

「えっ」わたしは口に手を当てた。カバーの内側に、たたまれた薄い紙が何枚か張りつけてある。

そのうち一枚をとって読みはじめ——。

最後までざっと目を通してから、つぎの紙をとりだした。晩餐会の準備中にゆっくり読んでいる暇はない。でも一分とたたないうちに、衝撃的な内容だとわかった。

一枚めはハイデン大統領に宛てた手紙で、紙はコボールト国防長官の執務室のものだった。日付は殺害される二日まえ、内容はデュラシから民間派遣軍を撤退させるなというものだった。国防長官は大統領の決断に失望し、強行実施すれば〝悲惨な結果をもたらす〟ことになる、と警告していた。大統領が発表した決断をすぐにでも撤回しなければ、国防長官はアメリカ市民に〝不愉快な事実〟を公表し、大統領は弾劾裁判にかけられるだろう……。これは誰が読んでも、実質的な脅迫状だった。

全身から汗が噴き出したようで、わたしは震え、手で顔を覆ってうつむいた。国防長官は民間の軍事会社派遣に反対だった、とギャヴはいわなかった？　でもこの書面は、それとまったく正反対だ。いったいどういうこと？　そしてなぜ、こんなものがここに？

二枚めは新聞記事のようだった。署名欄の名前は、ダニエル・デイヴィーズ。エインズリ通り伝道所の五人殺害と、コボールト国防長官の殺害はハイデン大統領が指示した、という暴露記事だ。それによれば、大統領はカルトの派遣軍がデュラシ安定の原動力になっている事実を認めず、歴史に名を残すには派遣軍撤退しかないと考えた——。

信じられなかった。いくら考えても、これはおかしいと思う。カルトは犠牲者として描かれていた。何事も完璧にこなし、ルールを順守し、高く評価された優秀な組織が、いまは大統領により不当な扱いをうけている、ハイデン大統領は権力に執着し、野望のためには手段を選ばない――。

記事の上部には、女性の手と思われる走り書きで〝彼はこちらがゴーサインを出すのを待っている。なかなかいい記事では？〟とあった。

両手の震えが止まらない。書かれているのは嘘っぱちだと思う。わたしの知っている大統領は誠実で、こんなことをする人ではないのだ。だけど、国防長官の手紙は……。

携帯電話をとりだし、ギャヴにかけたけれど留守番電話だ。それならトムに直接話そう。彼ならホワイトハウスのなかにいるはずだ。

手紙と記事をポケットにつっこみ、本を脇に抱えて厨房に駆けこむと、たちまち質問攻めにあった。盛りつけはこれでいいか、サツマイモの練り具合はどうか、ジョシュアのつぎの仕事はどうする。

一人ひとりに答えていき、ジョシュアにはもう少し待っててねと頼む。

バッキーがそばに来て小声で訊いた。「どうした？　なんだかようすがおかしいぞ」

わたしは本を抱えたまま、彼の手をつかんだ。

「わたしがいないあいだ、あなたが代理で統括してちょうだい」

「どうしたんだよ？」

「お願い。説明している暇がないの。もうすぐ晩餐会が始まるのに、勝手をいってごめんなさい。わたしの代わりに監督してちょうだい」

困惑していたバッキーが表情を引き締めた。

「了解、エグゼクティブ・シェフ。さあ、早くやるべきことをやってきてくれ」

わたしは本を胸前に抱き、唖然としているシェフたちのあいだを抜けて螺旋《らせん》階段へ走った。金属の階段を大きな音をたててのぼり、頭上からはレモン・プディングのかすかな香りが漂ってくる。上の配膳室で仕事をしているシェフたちがびっくりしながら挨拶してきても、わたしは無視して走りつづけた。

近道をしようと、ファミリー・ダイニング・ルームを抜けていく。ここでは厨房よりもっとたくさんのSBAシェフが、給仕に料理を渡す最終段階の仕事を担当していた。

総務部長室のドアをあけると、マーガレットがぎょっとして目をむいた。

「ゲストがいらっしゃるときは、調理服で歩きまわらないのでは？　イースト・ルームには、晩餐会のゲストが何百人といらっしゃいます」

「誰にも見られていないわよ。いまはそれよりもっと大事なことがあるの」分厚い本を差し出して見せる。「これを誰から渡されたの？」

むっとしながらも、マーガレットは答えた。

「バランタイン氏がホワイトハウスから出ていくときに付き添った捜査官だといいませんでしたか？」いきなり現われたわたしが乱暴な態度で尋ねたからだろう、彼女は慎重になった。

「捜査官は女性ですが、名前までは知りません」

「サージェントはどこ？」

彼女はわかりきったことを訊くなという顔をした。

「サージェント部長はイースト・ルーム、国賓晩餐会の会場です」わたしに指を一本向ける。

「あなたはその準備をしているはずでは？」

「その女性捜査官もここにいるの？」

「もちろんですよ。本を届けにきたのですから、ここにいるのはあたりまえでしょう？」

わたしはマーガレットのデスクに本を置くと、「いっしょに来てちょうだい」といった。

「どの人なのか教えてちょうだい」

「いいえ、できません。役目として、部屋を離れるわけにはいきません」

わたしは彼女のデスクに両手をつき、身を乗り出した。

「いまの仕事が気に入っている？」

「どうしてそんな——」

「このまえサージェントがいったことをあなたも聞いたでしょう？　わたしは何か問題がないかぎり、ここには来ないの。緊急事態に対処する気がないアシスタントを、サージェントはどう思うかしらね？　つぎの仕事を考えたほうがいいかもしれないわよ」いいすぎだとは思ったけれど、いまはなんとしてでも彼女に協力してもらわなくてはいけない。「だから本を持ってきた女性捜査官をわたしに教えてちょうだい」

ようやくマーガレットも緊迫した状況を察したらしい。

「その人が違反事項とか、やってはいけないことをやったとか？」

「ええ、そうなの。捜査官といっていたけど、シークレット・サービスの？　それともカルト？」

「そんなのは、わたしには区別がつきません」

「いまもここにいるのは確実？」

「断定まではちょっと……でも見ればすぐにわかるでしょう」

わたしはマーガレットの腕をつかんで、エントランス・ホールのほうへ引っぱった。

「その人を教えてちょうだい。でも、目立たないようにしてね」

「目立つのは、調理服を着ているあなたのほうでは？」

たしかにそうだ——。

「悪いんだけど、ひとりで見に行ってもらえるかしら？　そしてもし見つけたらここにもどって、そのあとふたりでそこまで行くの」

マーガレットは早足でイースト・ルームへ行くとなかをのぞき、また早足でエントランス・ホールをぐるっとまわってもどってきた。時間にしてほぼ三十秒。

「ブルー・ルームの外で、べつの捜査官と話している女性です。わたしは人探しをしているようにわざときょろきょろしてみせたから、あちらはわたしを見もしなかった。こんなものでいいかしら？」

ブルー・ルームの外なら、誰もいないステート・ダイニング・ルームの出入り口から見ることができる。ただしそれだと、外をこっそりのぞいているわたしを、隣のファミリー・ダイニング・ルームで働いている人たちに見とがめられる可能性があった。ふたつのダイニングをつなぐドアはあけはなしたままなのだ。

「では行きましょう、マーガレット。急いだほうがいいわ」

配備されているシークレット・サービスに、こんなところで何をしていると呼び止められてもおかしくなかった。だけどみんなわたしの奇行に慣れたのか、もしくはトムがあいつにはかまうなと通達したのか――。忙しくしているファミリー・ダイニング・ルームに入ることができ、そこからさらに薄暗いステート・ダイニング・ルームへ。

広い部屋を横切って、レッド・ルームに通じるドアまで行く。ここからブルー・ルームまでは、たいした距離ではない。ありがたいことに、どちらの部屋にも人はひとりもいなかった。

「ホールに出て行くつもり？」マーガレットが訊いた。

わたしは首を横に振った。「捜査官が部屋の出入りを禁止するために常駐しているでしょう。出入り口まで行って、外をのぞくしかないわ。運がよければしっかり顔を見ることができるだろうから、見えたらわたしに教えてちょうだい」

わたしたちは忍び足で、楕円形のブルー・ルームに入った。そこから外のホールに通じる出入り口へ行く。緊張しているせいだろうか、何キロもあるブーツを履いたように足が重かった。

「ほら、あそこ」すぐにマーガレットが、出入り口の外にいる女性を指さした。「上着もズボンも紺色の人」

じっくりながめてみたけれど、わたしの知っている捜査官ではなさそうだ。いったい誰だろう？　どうして厨房にあんなものを隠そうとした？　彼女の役割は？　ほかの捜査官とおなじように部屋の外を行ったり来たりしているけれど、わたしに見られているのを感じたかのように、こちらにはずっと背を向けている。

身長はわたしより高くて細身、髪はショートヘアだ。シークレット・サービスの女性捜査官ならたいてい知っているから、彼女はたぶんカルトの職員だろう。

「あの人は誰なの？」マーガレットが訊いた。

「わからないわ。わたしは会ったことがないような――」

そのとき、彼女が大階段を仰いだ。横顔がはっきり見えて、わたしの全身に鳥肌がたつ。

高い頬骨、小さい顔のわりに大きめの鼻。

地下鉄のホームから、わたしを線路へ突き落とした女だった。

# 27

わたしはたぶん、何か声を漏らしたのだろう。マーガレットが肘でつついた。

「わかったようね？　あの人は誰？　あなたはどうして彼女をさがしたかったの？」

女がこちらのほうをふりむき、わたしはあわててマーガレットを引っ張ってドアの陰に隠れた。早くここから去ったほうがいいだろう。いや、でも……どうせなら、欲ばってみようか。

「わたしは彼女を見張るわ」またそっと、ドアの外へ出る。

「どうして？　あの人は何をしたの？」

「トム・マッケンジーを知っている？」

マーガレットの口調に、気むずかしさがもどった。

「もちろん知っています。わたしは総務部長の下で働いているんですよ、それでどうして――」

「だったらトムを見つけてきて」といったものの、もしマーガレットがすぐに見つけられなかったらどうすればいいか。ギャヴとは連絡がとれなかったし、まさか大統領に近づいてこれを報告するわけにもいかない。そんなことをすればたちまち、大勢のシークレット・サービスにとりおさえられるだろう。料理人だろうとなんだろうと、事前通達なしに大統領の近くに寄ることはできないのだ。

ほかに考えられるのは、アーリックしかない。でも彼はいまイースト・ルームのなかだろう。任務中のシークレット・サービスに彼を呼び出してもらおうか？　だけどそんなことをすれば、暗殺者かもしれない者の注意をひく可能性がある。それにアーリックには、あまりいろんなことはしゃべれない。女捜査官の件だけでも伝えたら、何らかの手を打ってくれるだろうか。

何かしなくてはいけない。でもここではできない。あきらめて、ここから去るしかないか……。すると、女捜査官が同僚との会話を中断して離れ、携帯電話をとりだした。画面を見ているだけだから、たぶんメールが届いたのだろう。表情に大きな変化はないけれど、ほんのかすかにほほえんだのをわたしは見逃さなかった。電話をポケットにしまった彼女の姿は、満足しきったように見える。

マーガレットがわたしの腕を引き、わたしは払いのけた。女捜査官がつぎに何をするのか見届けるのだ。「三十秒だけ待って」わたしはマーガレットにささやいた。

でも女捜査官に変化はなく、マーガレットはうるさく腕を引っ張り、わたしは断念した。

「わかったわ、もどりましょう」そうして後ろを向きかけたとき、視界の隅で何かが動いた。

イースト・ルームから出てきたらしいアーリックが、ステート・ダイニング・ルームのほうへ歩いているのだ。じつにすばらしいタイミング。すぐに駆け寄って事の次第を伝え、警告したかった。いや、でもひっそり行動したほうがいい。彼はどこへ行くのだろう？　ステート・ダイニング・ルームよりもっと先なら、事情を説明するだけの時間が十分もてる。

女捜査官もアーリックに気づいたらしく、近づいていった。

よしてよ。やめて。

アーリックの注意をひくことを何かしなくてはと思った。でもそこで、体が凍りついた——女捜査官はこぼれるような笑みを浮かべているのだ。あれは同僚へのほほえみでも、上司へのほほえみでもない。心を許した、親密な相手にしか見せない笑顔。

アーリックのほうも温かい表情になり、わたしはぴんときた。

「彼女がナオミなんだわ……」

「え？　何？」

もっと声をおとすよう、わたしはマーガレットの肩に手をのせた。

アーリックとナオミは何やら話しだし、そのようすから、深刻な内容らしいと感じた。ただし、顔つきはどちらもやわらかい。明らかに、ふたりはひと組。一心同体。彼女はほほえみ、きょろきょろまわりをうかがってから、アーリックの腕に指を這わせた。

〝番人〟の言葉がよみがえった——陰と陽、男と女。悪魔はあのふたりだったのだ。わたしは確信した。間違いないと思った。〝番人〟のいうように、わたしは悟りの道を歩いてきたのかもしれない。まさかこんな方向に向かうとは予想もしなかったけれど。

そして悲しいことに、この先まだ歩かなくてはいけない道のりがある。ふたりが何かをたくらんでいるのは確実だろう。でもそれが何なのか、わたしにはまったく見えない。

「行きましょうか」そっとマーガレットにいい、レッド・ルームにもどると出入り口のドアを閉めた。一刻も早くもどらなくてはいけない。ナオミが文書を隠した本を、アーリックはこれから厨房にとりにいくかもしれないのだ。

「ねえ、マーガレット」わたしは声をおとした。「デスクにもどったら、あの本を誰にも見られないところに隠してちょうだい。もし誰かに訊かれたら、厨房に持っていったと答えて。わたしが本についてあなたに尋ねたことも内緒よ。あなたはただ本を厨房の棚に置いただけで、それ以外のことは何も知らない。それ以外のことは、誰にも何もしゃべらないの。いいかしら？」

彼女は目をまんまるにした。「サージェント部長が、あなたは変わった人だといっていたけど……」

「マーガレットにも、その傾向があるんじゃない？　さあ、行きましょう。わたしは早く厨房にもどらないと。それからお願い、トム・マッケンジーにわたしから緊急の用件があるとこっそり伝えてもらえない？」

わたしはひとりで、ほとんど走ってステート・ダイニング・ルームを抜け、ファミリー・ダイニング・ルームに入った。そこでいったんＳＢＡシェフたちの進捗状況を確認し、配膳室から階段を駆けおりて全速力で厨房へ。

厨房に着いたときは肩で息をし、頭はくらくらしていた。

シェフたちは二品めを仕上げる真っ最中で、蓋をしては給仕用エレベータに乗せていた。

時計を見ると七時二十分。ぴったりスケジュールどおりだ。

配膳室に入ると、バッキーがそばに来て、「どうした?」と訊いた。

わたしは彼の両腕をつかみ、その目をまっすぐに見つめていった。

「進行は?」

「まったく問題なしだよ。安心していい」

わたしはつかんでいた腕を放した。「ありがとう。ほんとうにありがとう」

「いったい何があったんだよ?」

いまここでバッキーに説明はできない。わたしのポケットのなかにある紙きれがおおやけになれば、平和会談どころか、デュラシとの関係が修復不能になるかもしれない、などとはいえない。

最初に読んだときから、書かれていることは嘘っぱちだとわかっていた。ギャヴはコボールト国防長官のことをよく知っていたし、わたしはギャヴの言葉を信じて疑わない。よしんば国防長官が心変わりをしたところで、大統領が殺害を指示するなどありえないのだ。

本に文書を忍ばせた女捜査官は、わたしを線路に突き落とした女だった。つまり彼女は伝道所で、五人を殺した犯人ということだ。そして共犯がアーリックなのは断言できる。さらにふたりは国防長官まで殺害し、〝番人〟の命も狙った。

まさにふたりは悪魔そのものだ。

でもそうすると、なぜアーリックはわたしを殺さなかったのか？　ボディガードなのだから、いくらでもチャンスはあったはず――。わたしを生かしておく理由は何だったのか？厨房を、見とがめられずに自由に出入りできる場所として確保するため？　だから秘密の文書も、厨房の本棚に隠そうと考えた？　もうよそう。いまはそんなことを考えている場合じゃない。

「ごめんなさい、バッキー。ここで説明はできないの」話しながらも必死で考える――アーリックは今夜スピーチをする、本に隠された文書はそれと関係があるにちがいない。

「まったくなあ。なんでいつもそうなんだよ？」バッキーは両手をあげた。「悪い悪い、忘れてくれ。ちょっといってみたかっただけだ」

わたしはうつむいて、額に手を当て考えた。もし今夜、国防長官の手紙がおおやけになったら？　ゲストは何百人といて、マスコミも取り囲んでいる。内容が真実であろうとなかろうと、天地がひっくりかえるほどの大スキャンダルになり、デュラシとの平和交渉など吹き飛んでしまう。アーリックの狙いはおそらくそれだ。平和を望まないなんて、いったい彼はどんな人間？

考えられるのは、彼もナオミも平和交渉で何かを失うということだ。だったら……それは何？　カルトの職位？　アーリックはデュラシ駐在が気に入っているといっていた。でもそれくらいで、ここまでのことをするだろうか。

バッキーの肩ごしに、ドアが開くのが見えた。ほほえみながら入ってきたのはアーリックだ。挨拶代わりに片手をあげ、わたしも反射的に手をあげた。

「ごめんなさい、このあともお願いね、バッキー。ただこの件は、誰にもいわないでちょうだい」

彼は怖い顔をした。「口が堅いのは知ってるだろ。ここはぼくがしっかりやるから、きみはきみの仕事を片づけろ」

バッキーがSBAシェフたちのところへもどっていくと、アーリックが近づいてきた。

「ずいぶんあわてているようですが、何か問題でも?」

わたしはむっとして見せた。「今夜の追い込み作業だもの、当然でしょ」

笑うような話ではないのに、彼は笑った。

「ところで、しばらくここにいてもいいですか? 少しぶらぶらして、気分をおちつかせたいんですよ。かなり緊張しているもので」気弱な表情。「今夜のようなスピーチは初めてなんです」

「気持ちはわかるわ」

彼はお腹をこすり、情けない顔をした。「腹は減っても、神経が高ぶりすぎて食べる気になれない。少しここにいさせてください」

「ええ、かまわないわよ。でも作業が忙しい場所には絶対に行かないでね」そちらのほうへ漠然と腕を振る。もしアーリックが本を回収しに来たのなら、あのあたりを通るしかない。

わたしはあからさまに大きなため息をついた。「あそこでは八人のシェフが大声をあげながら全力で仕事をしているの。熱いお鍋、熱気と緊張、デリケートな食器。近寄るだけでも危ないわよ」

大袈裟ではなくほんとうに。

わたしはほんの少し希望をもった。もし彼がすなおに了承すれば、本を回収しに来たのではなく、わたしの予感ははずれたことになる。はたして結果は――。

アーリックは悩んだように頭をぽりぽり掻いた。

「邪魔にならないようにしますから。ささっと通りすぎるだけで。あの先なら静かでゆっくりできる」わたしの返事も聞かず、そちらへ足を踏み出した。

「悪いけど、邪魔になるのよ」わたしは彼の腕に触れた。「こういうときだから、やっぱり外に出てくれない？」

「オリー」気さくな調子は消えていた。「あの先に行きたいんだよ」

「だめです。わたしはここの責任者なの。出ていってちょうだい」

ところがアーリックは無言で歩きだした。わたしは彼の腕をつかみ、彼はそれを振り払った。

「さわらないでくれ」

吐き捨てるようにいうと、アーリックはまっすぐ書棚へ歩きはじめた。

ギャヴもトムもいない。ここには事情をわかっている者がひとりもいない。わたしは必死で気持ちをおちつけ、考えをめぐらせた。目的の本が書棚にないことを彼が知るまで、たいして時間はかからないだろう。

わたしはジョシュアの作業場まで走った。

「さあ、そろそろ」少年の体をすぐそばのシンクに寄せる。「手を洗わなきゃ」

「ちょっとまえに洗ったよ」

「お願い、ジョシュア」わたしは真剣なまなざしで頼んだ。「手を洗ってちょうだい。いますぐ」

ここなら護衛官にも聞かれないだろう。わたしは大男ふたりに背を向け、さもジョシュアを手伝うような格好で少年の背後に立った。ジョシュアは仕方なさそうに手を洗いはじめる。

視界の隅で、アーリックが書棚の本に目を走らせていた。予想は的中。急がなくては。

「なんだかへんだよ、オリー？」少年がいった。

アーリックは苛立ったように本を一冊ずつ引き抜きはじめた。彼から目を離さないようにして、わたしは秘密の文書を入れたポケットに手をつっこんだ。

「じゃあ、タオルで拭いて、ジョシュア」

少年の手が乾くと、わたしは文書をさっと引き抜いて握らせた。

「お願い、助けて。とても大切なことなの」

ジョシュアの目がまんまるになった。「何かあったんだね？」

「まえにふたりで怖い思いをしたことがあるでしょ？」少年はうなずき、わたしは文書をもっと強く握らせた。「いまもそれとおなじなの」

ジョシュアは握らされたものに視線をおとした。

「見ちゃだめ。誰にも見られないようにして。その紙をいますぐ、お父さんのところに持っていってちょうだい」

ジョシュアは困った顔をした。「でも、晩餐会をやってるよ。邪魔をしちゃいけないんだ」

わたしはしゃがみ、目と目を合わせた。「これはね、いままでジョシュアに頼んだことがないような、すごく大切な仕事なの」

少年はうなずいた。

「ここにいる人たちは誰も、許可なしにお父さんのそばに行ってはいけないのよ。でもね、ジョシュアなら行けるわ。ジョシュアなら大丈夫」少年が意味を理解するのを待つ。「晩餐会はイースト・ルームなのを知っている？」

「うん」

「お願い、この紙をお父さんに渡してちょうだい。そしてすぐ読むようにいって。あとで読むんじゃなくて、渡してすぐ読むように。誰にも止められずに、まっすぐお父さんのところへ行くの」ジョシュアの目を見つめる。「できるかな？」

少年は見つめ返してきた。その目には決断と勇気、自負心があふれている。

「任しといてよ、オリー」

「よかった。ありがとう。もし護衛に止められそうになったら、お父さんに会わなきゃいけないんだって強くいえばいいわ。護衛はそれ以上、むりやり止めたりできないから。ね？」

「うん、わかった」ジョシュアは紙をジーンズのポケットに入れると、護衛たちをふりむいた。「ぼく、いまから上に行く。ここにいると、足手まといみたいだから」

護衛ふたりが少年について厨房から出ていくのを、わたしは不安と恐れで震えながら見送った。そしてアーリックに目をやると、まだ書棚の前にいた。忙しく立ち働くシェフたちの肩や腕がぶつかっても、彼はふりむくことすらしない。その姿は怒りと苛立ちに包まれているように見えた。腕に三冊抱えてしゃがみ、棚の空いた部分の奥をのぞきこむ。

「アーリック――」わたしは彼に近づいた。「さっきもいったけど、邪魔になるのよ。出ていってちょうだい」

「もう少ししたら出ていくよ」

彼はわたしを見上げ、わたしはいかにも心配そうな口調でいった。

「どうしたの？　何をさがしているの？」

「総務部長のアシスタントは、きょうここに来なかったのか？」

「マーガレットのこと？」わたしはとぼけた。「しばらく姿を見ないわね。彼女がどんな用事で厨房に来るのよ？」

アーリックは三冊を床に置くと、立ち上がってドアへ向かった。

そしてわたしは彼とは逆のドアへ――。ほとんど走りながらエプロンをはぎとって洗濯籠へ放り投げ、白い上着も脱いで籠に投げこむ。灰色のTシャツと紺色のパンツは正装にはほど遠いけど、これ以上はどうしようもない。

廊下に飛び出し、イースト・ルームの外に通じる階段を駆けあがった。

すると、のぼりきったところに警備のシークレット・サービスがいた。

「ローズナウ捜査官……」

彼女は調理服を着ていないわたしに驚いたらしい。

「どうしたんですか？」

「説明している暇はないの」イースト・ルームのほうに腕を振る。部屋からはにぎやかな会話やグラスの音、静かなBGMが漏れ聞こえた。「急ぎで入らなきゃいけないの」

「申し訳ありません」彼女は行く手をふさいだ。「お通しするわけにはいきません」

「お願いよ。騒ぎを起こすつもりはないから」

「あなたにそのつもりがなくても、騒ぎは起きます」

「だったら……なかをのぞくだけでもいいわ。あなたのそばから離れずに、目立たないようにするから」

ローズナウ捜査官は考えこみ、指を握って関節を鳴らした。

「いいでしょう。しかし、わたしのすぐ横にいるように。けっして動かないように」

そうしてなんとかイースト・ルームをのぞくことができた。ジョシュアがしっかりした足どりで、ふたりの護衛官をひきつれ、広い部屋を大統領のほうへ向かっている。大勢のゲストのなかに驚きの波が広がった。あれは大統領の息子だ、かわいいな、などという声も聞こえる。わたしはかたずをのんで見守った。

「ジョシュアがどうしてここへ?」

ローズナウ捜査官に訊かれたけれど、答えられない。

少年は華麗なテーブルに到着すると、銀の燭台を脇にどかして両肘をつき、父親のほうに身を乗り出した。

会場全体がざわめいたものの、少年は臆することがない。ポケットから紙を出して父親に渡し、何かしゃべった。息子の言葉を聞く大統領の眉間に皺が寄る。わたしのいる場所からだと声はもちろん聞こえないけど、ジョシュアが力をこめて話しているのはわかった。紙を何度か指さし、頼みをきいてほしいと懇願しているようだ。

「オリー、いったい何が?」

ローズナウ捜査官の声がかなり緊張していたので、わたしは何かいうしかないと感じた。

「ジョシュアには厨房の仕事を手伝ってもらったの。それでどうしても、大統領に届けなくてはいけないものがあって」曖昧にしか答えられない。「無事に届けるのを見届けたかったの」

ローズナウ捜査官はそれ以上は追及せず、わたしがその場にいつづけるのを許してくれたようだ。

ハイデン大統領は立ち上がると息子の肩を叩き、ゲストに向かっていった。

「みなさん、わたしは大統領であると同時に、一日二十四時間、父親の職務もこなさなくてはいけません」

会場が温かい笑いに包まれた。大統領はまた椅子にすわると、左右のゲストに笑顔で何か話しかけた。ジョシュアは父親が頼んだとおりにしてくれるのを待っているのだろう、その場から動こうとはしなかった。大統領は厳しい顔つきで息子を見ると、ようやくひとつうなずいた。

それから少しして、大統領はたたまれた紙をテーブルの下で広げ、読みはじめた。徐々に背筋がのびて、口もとが引き締まる。二度ほど顔をあげ、誰かをさがすように会場全体を見まわしてから、またテーブルの下の紙に視線をもどした。

わたしの鼓動が速まった。いつの間にか、ナオミがここに来ていたのだ。彼女は困惑と警戒の入り混じった顔つきでジョシュアを凝視し、やはり誰かをさがすように会場を見まわした。

ハイデン大統領が立ち上がった。そしてひとつ咳ばらいをする。と、会場全体が静まりかえった。

大統領は顎を撫でながら話しはじめた。「今夜の予定を多少変更せざるをえなくなったようで――」ゲストのあいだから低い声が漏れ、大統領は手をあげて制した。「災害や緊急事態ではなく」硬い笑みを浮かべる。「わたしの家族に何かあったわけでもないから」ジョシュアのほうへ身をかがめ、ドアを指さす。「さあ、上へもどりなさい。いいね?」

ジョシュアは納得しかねるように首を横に振ったものの、大統領に「ほら、行きなさい」とせかされて、しぶしぶ従った。

わたしはローズナウ捜査官に心からのお礼をいうと、ジョシュアに会いにエントランス・ホールへ急いだ。少年は部屋から出てきたところで、わたしはその両腕をつかむと、「ありがとう！　完璧だったわ！」といった。「でもお父さんのいうとおり、しばらく自分の部屋にいたほうがいいと思う」

「だけど晩餐会は終わってないんだよ。もっとほかにやることはないの？」

「ジョシュア……」わたしは胸がいっぱいになった。「あなたは今夜、誰よりも力になってくれたわ。とても大切なことをしてくれたのよ。でもね、このあとはお部屋にいてちょうだい。安全な場所にいたほうがいいから」

〝安全〟という言葉で、少年は納得したようだ。

「うん、わかった。だけどあしたも厨房に行っていい？」

「はい、いつでもお待ちしておりますよ」

わたしはほっとして、ジョシュアが護衛官といっしょに赤い絨緞《じゅうたん》の敷かれた階段をあがっていくのを見送った。これで少年は安全だ。そしてきっと大統領も……。

# 28

わたしはステート・ダイニング・ルーム経由で厨房にもどることにした。でもエントランス・ホールの大理石の床をなかば蹴るようにして進みながら、気持ちをおちつかせ、西棟に寄り道しようかと考える。マーガレットにトムを見つけるよう頼んだけれど、はたしてうまくいったかどうか——。このまま西棟に行けば、自分でトムを見つけることができるかもしれない。少なくとも、オフィスに常駐している捜査官は、トムの居場所を知っているだろう。

エントランス・ホールからクロス・ホールに出ると、赤い絨毯のおかげで靴音が響かずにすんだ。わたしはもっと歩を速めてステート・ダイニング・ルームに入った。さっき来たときよりも暗いのは、ファミリー・ダイニング・ルームに通じるドアが閉まっているからだ。どうしてだろう？　首をかしげながらドアノブを握った。

「どこにある？」背後の暗がりから声がした。

ぎょっとしてふりかえるとアーリックだった。

「おどかさないでよ」

「どこにある？」

わたしはしらばっくれた。

「どこって……何が？」

たとえ薄暗くても、彼の視線が疑惑でいっぱいなのはわかる。わたしがこのフロアでTシャツにパンツ姿なら、エグゼクティブ・シェフの立場で来たわけではないことくらい一目瞭然だろう。外にはシークレット・サービスが何人もいるから安心していい。と、思いつつも、わたしはじわりと後ずさった。

携帯電話が震えでもしたのだろうか、アーリックが少し脇にどき、わたしはそのすきにドアへ行こうとし——腕をがしっとつかまれた。

「本はどこにある？　あの本に何かしたんじゃないか？」

「いったい何の話？」つかまれた腕を引く。「さわらないで！」

隣のファミリー・ダイニング・ルームはまだ仕事中だから騒がしく、わたしの大きな声は聞こえなかっただろう。でも外のホールにいるシークレット・サービスには聞こえたらしい。

捜査官がひとり、部屋に入ってきた。

「何かありましたか？」

「トム・マッケンジーを呼んでちょうだい」わたしは彼に頼んだ。

アーリックは彼に出ていくよう手を振り、またわたしの腕をつかんだ。

「この女性が挙動不審だから、質問しようと思ってね」

入ってきた捜査官をわたしは知らなかった。たぶん向こうもわたしを知らないだろう。なんといっても、白い調理服を着ていないのだ。怪しい人間とみなされかねない。わたしはアーリックの手をふりほどこうともがき、捜査官は彼にちょっと待てと片手をあげて、顎下のマイクに口を向けた。

と、そのときナオミが入ってきて、捜査官は何もしゃべらないまま彼女をふりむいた。

「何か問題でもあったのかしら？」

捜査官が彼女に答えようとすると、アーリックがわたしの手を放し、ポケットからとりだした小瓶を彼の鼻の下に押しつけた。

つんとする臭いに、わたしは鼻と口を手でふさいだ。捜査官は白目をむき、二秒ほどで床にどさりと倒れた。でも絨緞が、その音を吸収する。

わたしが悲鳴をあげかけると、ナオミの汗ばんだ痩せた手に口をふさがれ、腕を背中のほうへねじられた。あまりの痛さに目がうるみ、頭を前後に揺らしたけれど逃れられない。

ナオミの外見はきゃしゃなのに、力はものすごかった。わたしがもがけばもがくほど、力はますます強くなっていく。このままでは激痛で意識を失いそうで、わたしは抵抗するのをあきらめた。

床に倒れた捜査官は、ぴくりとも動かない。うめき声すら漏らさなかった。呼吸をしているかどうかもわからず、わたしは心臓が動いていることを懸命に祈った。

「さて、どうする？」アーリックがナオミに訊いた。彼女はわたしの口をふさいだまま、腕をねじったまま強引に、乱暴にレッド・ルームのほうへ連れていった。そしてアーリックに、床の捜査官を引きずってくるよう指示した。

わたしは口をふさがれてもなお叫んだ。汗ばんだ手のひらに嚙みつこうとする。大きな声にならなくても、叫べば外のシークレット・サービスに何かが聞こえないか？　わたしたちのたてる音は、外にまったく聞こえない？

レッド・ルームへは、外のホールからいちばん遠い南側のドアから入った。ナオミはわたしより背が高く、はるかに力も強いけれど、お互いに汗がひどくなってきた。手のすべりを利用してあがき、声をふりしぼる。うなり声でもうめき声でもいいから、外に聞こえないだろうか。

アーリックがふたつのドアを閉めると、ナオミがわたしを彼のほうへ投げた。

「彼女を頼むわ。見かけよりタフなのよね」

悲鳴をあげる間もなく、口にハンカチを突っこまれた。アーリックはわたしのお腹に腕をまわして抱え、わたしの爪先は床につくかつかないくらいになった。

「おとなしくしていろよ」

わたしは思いきり頭を振りながら、舌でハンカチを押し出そうとした。でもハンカチの角が喉のほうにいき、逆に苦しくなる。いったいこれからどうなるのだろう？　逃げ出す方法はひとつもない？

ナオミがホール側のドアを静かに閉めた。ふたりは何をする気なのか？　本に隠した文書がもはや手に入らないとしたら、つぎは何を？

わたしをこうしてつかまえたところで、ホワイトハウスから連れ出せるわけがないのだ。そんなことは考えるだけむだでしかない。ここの警備の厳重さが桁違いなのは、ふたりともわかっているはずだ。

もう一度声をふりしぼった。だけどうめき声にもならない。

アーリックも逃げ道を考えていたのだろうか、苛立ちもあらわにナオミに訊いた。

「これからどうする?」

「この女が潰したのよ」声に怒りがこもった。「何もかも。わたしたちの計画すべてを潰したの」

ナオミはこぶしでわたしの顎をぐいっと上げた。「ここから連れて出ることはできないし、時間もない。でもこれならできるから——」小さな金属瓶をとりだした。

ナオミが合図をすると、アーリックはわたしを南面の細長い窓と窓のあいだに抱えていった。ここなら外の警備官にも見られることはないだろう。わたしは身をよじったけれど、アーリックの力がナオミより強いのは当然だった。

「それは使わないほうがよくないか?」アーリックがいうと、ナオミは金切り声をあげた。

「じゃあ、ほかにどうするの! 計画は台無しよ! あれがなきゃ告発なんてできないわ! この女が何をしたか知ってる? 証拠書類を敵の手に渡したのよ!」

アーリックの額に汗が噴き出した。

「それは使えないよ」かぶりを振る。「自殺行為だ」

ナオミの目がぎらついた。「唯一の救いは、あの告発書の作成者が不明なことよ。わたしたちだとはまだ知られていないわ。この女の口をふさぐ以外、逃げ道はないの」何かが聞こえたのだろうか、一度肩ごしにふりかえった。「アーリック、急いでよ。捜査官とおなじようにこの女も失神させて。それからガスを撒けば、じきに死んでいくわ」

「マスクがないだろう。身を守るものが何もない」彼の顔から血の気が引きはじめた。「どれくらい強力かはもうわかっているはずだ。こっちもきっとやられる」

「すぐに出ていけばいいのよ」歯ぎしりをするように。「いいからやって。時間がないわ」

「ナオミ……どんなにすぐでも間に合わない」ほとんど懇願口調だった。「このまえ、それがよくわかっただろう？」

「じゃあ、どうするの？」顔を寄せてアーリックの襟を引っ張り、彼女の怒りの息が漂った。「ほかにやりようがある？　あるんだったら教えてよ」

彼は無言だ。

「ほらね」襟から手を離す。「早くやって」

アーリックはポケットに手を入れた。おそらくクロロホルムか何かだろう。わたしも捜査官のように意識を失うのだ。

「ほら、アーリック」

彼は小さなプラスチック瓶をとりだし、わたしの顔に近づけた。その瓶はフリップトップで、蓋を指先ではねあげなくてはいけない。そのときに、ほんの短いあいだでも時間ができる。それを利用しなくては。ちっぽけでも、チャンスが生まれるかもしれない――。

ナオミはステート・ダイニング・ルームへ通じるドアに向かっている。

「意識を失ったらすぐガスを撒くわよ。そしてここから出るの」彼女はもっとドアへ近づいた。アーリックが逃げ遅れてガスを吸っても、彼女は助けずに逃げてしまいそうな気がした。

わたしの鼻先に小瓶。握りしめたアーリックのごつい手には汗がにじみ、かすかに震えている。

彼は大きく息を吸いこむと、蓋の下に親指の爪を当てた。

いまだ！　わたしは怒ったロバさながら、脚を後ろへ蹴りあげ、彼の膝を思いきり叩いた。

「うっ」アーリックは横によろめいたものの、わたしをつかんだ手は離さず、倒れもしない。

わたしは全体重を彼の体にのせてもがきまくった。

彼の腕がふっと離れ、わたしは四つん這いになった。口からハンカチを引き抜き、声がかすれながらも「助けて！」と叫ぶ。

ナオミはすぐさま反応した。目をぎらつかせ、低い声で罵声を浴びせ、わたしを床に押し倒して腕をつかもうとする。わたしは死にものぐるいでもがき、つきとばし、体が離れた瞬間にふらつきながらも立ち上がった。でも彼女も立ち上がり、何の道具も持たないわたしは自分の体を道具にした。しゃがんでうつむき、頭を弾丸にして彼女の腹部に突っこむ。

ナオミは小さな声をあげてよろめくと、わたしといっしょに床に倒れこんだ。

ガスの金属瓶が彼女の手から宙に舞い、あわてて腕をのばしたけれどつかめなかった。瓶はくるくる回りながらもっと上へ、上へ――。

そして放物線の頂点に達すると落下しはじめ、ナオミは恐怖に目を見開いた。

小瓶はぽとりと落ちて、ころがった。

ナオミもわたしも四つん這いになり、死の小瓶を目指した。わたしは腕をのばして彼女を叩き、引っ掻き、爪をたてる。すると片手に冷たい感触があり、握りしめた。床をころがって彼女から離れ、大声でわめく。

「助けて！　ここよ！　助けて！」

アーリックが後ろから飛びかかってきて、わたしの手から瓶をもぎとろうとした。わたしは声をかぎりに、わけのわからない言葉を叫ぶ。

身長でも体格でも、アーリックにかなうわけがなかった。汗まみれの顔が目の前に迫り、彼は全身でわたしを床に、仰向けに押しつけた。

ナオミが飛んできて、わたしの右手から瓶を奪おうとし――わたしは左のげんこつでアーリックの顔面を思いきり殴った。彼の喉がぐうっと鳴り、わたしはもう一度、親指を立てたこぶしで目にパンチをくらわせた。

アーリックは横向きにぐらっと揺れて、ナオミの体におおいかぶさった。わたしは右手で小瓶を握りしめ、仰向けのまま足で床を蹴とばしながらもがき出た。頭が椅子の脚にぶつかって、首をすくめ、腕で払いのける。椅子が床に倒れる音がしたかと思うと、アーリックが両手をのばしてわたしの足をつかもうとした。

ここまでせいぜい数分しかたっていないだろう。だけどわたしはゴール寸前のマラソン・ランナーのようだった。アーリックに向かってなんとか足を蹴りあげ、あえぎながらもわめく。

そのとき、銃を抜いたシークレット・サービスが三人、飛びこんできた。そのうちひとりはローズナウ捜査官だ。わたしは小瓶を握ったまま、仰向けでじっとした。銃口はわたしにも向けられていたけれど、べつにぜんぜんかまわない。こんなにほっとしたことが、いままでにあっただろうか。

「あり……がとう」

小瓶を両手で胸に抱き、わたしは頭を床につけて力を抜いた。

# 29

それからすぐ、ギャヴとトムがやってきた。ふたりがわたしの信用を保証して初めて、床から立ち上がることを許される。

部屋に飛びこんできた捜査官たちは、これにいささか不満げだった。やはりわたしも連行すべきだと考えているらしい。ただローズナウ捜査官だけは、銃をホルスターにしまうと、疲れた顔をわたしに向けてかぶりを振った。

気持ちを鎮めてから、わたしはギャヴのほうへ歩いていった。彼はわたしを抱きしめて、すぐにでもここから連れ出したい、という思いを表情ににじませながらも、当然そんなことはしない。とりあえず、いまここでは——。

「怪我はないか？　なぜこんなことに？」

「これは危険物よ」わたしはギャヴに小瓶を渡した。「エヴァンたちの命を奪ったのはこれだと思うの」

「硫化水素か？」表情が険しくなり、瓶を持つ手に力がこもる。「どうやってこれを——」

「説明するのは、あとでもいい？」ともかくいまは疲れきっている。

その場を指揮したのはトムだった。捜査官数人が、わたしを連行しない理由を彼に尋ねたけれど、指示どおりにやりなさい、としか答えない。

大勢の捜査官たちがレッド・ルームと隣接する部屋を隅々まで調べ、アーリックとナオミは手錠をかけられた。

わたしはアーリックのポケットを指さし、「彼は薬物を持っているわ」といった。「クロロホルムとか、そういうものだと思うけど」

アーリックに手錠をかけた捜査官がトムに指示を求め、彼はうなずいた。小瓶は三つも見つかって、ギャヴが預かる。ほかのふたつには何が入っているのだろう？　わたしはぞっとした。

アーリックたちは職員用のエレベータのほうへ連れていかれ、わたしはギャヴに「どこへ行くの？」と訊いた。

「人目につかないよう、裏から連れ出す。イースト・ルームのゲストも何かあったと気づいてはいるだろうが、具体的なことは知らないからね。全員が無事にホワイトハウスを出るまで、混乱は最小限に抑えたい。マスコミにおいしいネタを与える必要もないだろう」ふうっと長い息を吐く。「いまのところはまだ、嗅ぎつけられていない」

ホワイトハウスの医師たちが、床で意識のない捜査官のもとにやってきた。命に別状はなく、医師はおおまかなチェックをした後、トムに病院へ運ぶようにいった。どうやら大きな問題はないらしく、わたしはほっと胸を撫でおろしてから、ギャヴにその後のことを尋ねてみた。

「大統領は、いまどこに？」

ギャヴは例の小瓶を見ながら、「ここから出たほうがいいな」というと、小さなマイクに向かって話した。「レッド・ルームに危険物処理班をよこしてくれ。周囲に知られないように、ただちに」

「杖がなくても平気？」

「おいおい、いまこの場で、そんなことを心配してくれるのか？」ギャヴの目が笑った。

「ああ、平気だ。大丈夫だよ」

「これからどうなるの？」

「あのふたりの供述次第だろう」わたしの手を握りかけ、あたりを見まわして引っこめた。「ジョシュアに文書を届けさせたのは、じつに妙案だったよ。見事というしかない。あれで大統領は席を離れ、わたしとトムに警告することができた。平和会談を妨害する計画の証拠書類だよ。しかし首謀者まではわからなかった。大統領は会場にもどって、ゲストにはまず音楽とダンス、スピーチはその後になると伝えた」

「理由を説明するのはむずかしいわね」

「スピーチの数が減ったことか？」口の端だけで笑う。「理由を知ったら、ゲストはみんなきみに感謝するだろう、スピーチの数を減らしてくれたことを」

危険物処理班が来てギャヴと話し、彼は内容物は不明だと念を押しながら瓶を渡した。

「わからないことがあるんだが」ギャヴはわたしにいった。「あの文書をどういう経緯で手に入れ、どうやって首謀者を知った？　そしてなぜ、また危険な目にあったのか？」

給仕が料理をのせたカートを押していくのが見えた。

「いずれゆっくり説明するわ。すぐにでも厨房にもどらないと」

「本気か？」ギャヴは今度はわたしの手をとった。「まだ震えているじゃないか」

わたしは彼の手を握りしめた。「仕事さえすれば気持ちもおちつくわ。今夜は大イベントで、厨房の仕事はまだ残っているの。わたしはエグゼクティブ・シェフですからね。何かあったら厨房に連絡してちょうだい」

「オリー……」彼は声をおとした。「心配でたまらないんだよ。早く式を挙げなくては」

「夫婦になれば、こういう危険な冒険もしなくてすむってこと？」握る手に力をこめて、レッド・ルームを見まわした。「そうね、できればそうありたいわね」

バッキーは立派に代役をこなしつつ、わたしの顔を見るとほっとしたようだ。

「進行具合はどう？」

SBAシェフが給仕用エレベータに料理を乗せ、そばにはエレベータの順番を待つシェフが料理のカートとともに並んでいる。

「あの四つめのカートが」バッキーが指さした。「三品めの最後だ。予定より遅れている理由は――」わたしをにらみつけたけれど、怒ったようすはない。「オリーに訊かないほうがよさそうだな。再開オーケイの指示はもう出たよ」時計を見上げる。「全体で十五分くらいの遅れだ。大統領が席をはずしたらしいが、そのことは知らないんだろ？」

わたしは両手をあげた。「黙秘権を行使させていただきます」

「はい、了解。そろそろ主菜を盛りつけるよ」

「間に合ってほっとしたわ」

バッキーはうかがうような目をした。「元気か？」

「ええ。もう元気」

数分後、わたしは本来の仕事に没頭していた。厨房をまわって仕上げを微調整し、すべて均一で美しくできあがっているかどうかを確認する。ただしバッキーには、最後まで彼が指揮官で、わたしは補佐役になると伝えておいた。わたしがまた前面に出てしまうと、SBAシェフがとまどうかもしれず、不要な混乱は避けたかったからだ。それになんといっても、バッキーはここまですばらしくよく管理、監督してくれた。今夜はバッキーの日、ということでわたしは控えに徹しよう。

SBAシェフたちはバッキーのもとに駆けよっては質問し、相談し、彼は一つひとつに辛抱強く、かつ自信をもって対応している。その姿はわたしの期待以上のもので、副料理長は彼以外にいないと確信した。あとはヴァージルの今後がどうなるかだ。

キジのムネ肉が、オーヴンからいい色合いで現われた。わたしは邪魔にならないよう脇に寄り、シェフのひとりがトレイにのせて運んでいった。厨房はチーム一丸となった料理人たちの熱気に満ちて、豪華な料理が誕生し、ムネ肉やベビースピナッチのおいしい香りが漂っている。シンプルで美しいトルーマン・チャイナに盛られたサヤマメとゴールデンビーツは、見ているだけでしあわせな気分になれた。

バッキーとシアン、大勢のＳＢＡシェフたちの息の合った仕事ぶりをながめながら、わたしは晩餐会が大きな混乱もなく無事に進行していることを神さまに感謝した。

「よろしいでしょうか」サマンサがバッキーに訊いた。「給仕がそろそろ料理を運んでもよいかとのことですが」

バッキーはわたしに視線を向け、わたしがほほえんでいるのを見るとサマンサに答えた。

「よし、では始めよう！」

# 30

週末はたいした情報もなく過ぎていった。ギャヴは杖をまったく使わなくなり、日曜の夜はいっしょに過ごして、事件について話せることだけは話してくれた。

わたしのアパートで夕食を食べ、片づけをして、キッチンのテーブルでのんびりする。ほかの部屋の照明はすべて消し、明かりはテーブル上のライトだけだ。ギャヴとふたりでやさしい光に包まれてこうしていると、心から安心できて穏やかな気分になる。こんなにゆったりくつろげたのは、何日ぶりだろう。

アーリックがわたしに話したことの一部は真実だった。わたしに話さなかったのは、ナオミとはカルトで知り合い、デュラシでチームとして働いたことだ。オーナーのアレック・バランは、部下が裏で計画していることには気づきもしなかったらしい。ふたりが恋人同士なのも知らなかったとのこと。

「バランはかなりショックを受けたようだ」と、ギャヴ。「部下があそこまでのことをするのを察知できなかったのだからね。自信もプライドも揺らぐだろう」

「ふたりはよほど周到に準備したのよ。だまされたのはバランだけじゃなかったと思うわ」

「だが、バランが経営しているカルトは、強固なセキュリティが看板のはずだ。かなり大きな打撃だよ」

「たしかにね。でもほんとうに、まったく気づかなかったのかしら?」

「何かおかしいとは思っていたようだが……。いや、その件はあとで話そう。いずれにせよ、彼はアーリックを疑ったことはなかった。むしろ誰よりも信頼していた。従業員としてだけでなく、友人のようにも感じていたらしい」

「アーリックとナオミが大統領を失脚させようとしたのはなぜ? デュラシ撤退で失職するとか、アメリカで仕事をするのはいやだとか、そういう単純な理由だとは思えないわ。殺人まで犯したのよ」

ギャヴはテーブルに肘をついて身を乗り出し、わたしはうっとりした。気どりがなくて、顎のラインは男らしくて、やさしい目はきらきらしてて……。

「つまり、こういうことだ。アーリックとナオミはデュラシに派遣され、彼はナオミの部隊に所属し、ほどなくしてナオミは彼を自分の個人ビジネスに引きこんだ。現在わかっているかぎり、首謀者はナオミだよ。計画を練り上げたのもね」

「個人ビジネスって?」

「闇取引だ。アルコール、偽の身分証、ドラッグなどのね。ギャンブルの胴元もやっていた。デュラシはどちらかといえば貧しい国だが、どこにでもギャンブル好きはいるものだ」

すぐには信じられなかった。「四年間も隠れてやっていたの? それをシークレット・サービスは、たった二日ですべてつかんだ？」

「もちろん、ほかの機関がいくつも動いたよ。分野さえわかれば、それぞれの管轄で調査できる」

「アーリックはナオミに指示されてやったのね？」

ギャヴはうなずいた。「最初のうちはそうだが、そのうちパートナーになった。ビジネスはナオミの予想以上に速いペースで繁盛したのだろう。ナオミはアーリックと知りあって、こいつとならうまくやれると思い、上手にとりこんだんだよ。ふたりの裏ビジネスは、じつに数百万ドル規模だった」

「そういうことなら、カルトをデュラシから撤退させるという大統領の決断は気にくわないわよね」

「気にくわないどころじゃないだろう」

「だけどカルトを辞めればすむんじゃない？　デュラシで暮らして、裏ビジネスをつづければいいわ」

「そこが面白いところでね。デュラシの法律は、外国人には厳しいんだよ。デュラシで暮らしたいからといって、簡単には許可がおりない。一年近く、あれやこれやの複雑な手続きを踏んで、そのあげくに不許可もあり得る」

「それならあのふたりも……」

「そう、大統領の決断は彼らにとって、何百万ドルのビジネスを失うことに等しい。計画を御破算にするには大統領を辞任させるしかないと考えたのだろう」

「だけど国賓晩餐会が開かれたら、その時点で計画は実施決定事項になっているわ。なのに、どうして……」

ギャヴは指を一本立てた。「彼らはまず、コボールト国防長官を殺害した。長官は反・軍事会社の急先鋒で、かつ大統領が耳を傾ける重要閣僚でもあったからだ。ナオミとアーリックは時間がない、早くなんとかしようとあせったのだろう。大統領の決断に反対する長官のレターを偽造するには、長官を抹殺するしかないと考えた。そしてその責任を大統領に負わせれば一石二鳥だとね」

「でもそれで、裏ビジネスが継続できるわけでもないわ」

「そこが――」ギャヴはもう一本、指を立てた。「二点めだ。アーリックとナオミは、ハイデン大統領の計画を阻止したかった。しかし支持率は上昇している。であれば、大スキャンダルしかない。過去の決断すべてに疑念を抱かせ、ひいては弾劾になるほどのスキャンダルだ」

「あら、それは無理よ。法律にのっとって調査すれば、大統領の潔白は証明されるわ」

ギャヴはもっと身を乗り出した。「誰だって、そう考えるだろう。有罪が証明されないかぎりは無罪、という推定無罪が原則だ。しかしね、〝世論〟という法廷ではその原則が成り立たない。アーリックとナオミはハイデン大統領のスキャンダルをでっちあげ、気に入らない者を片端から抹殺する非道な政治家だという世論をつくりあげようとした」と、そこで目を細める。「実際に、そういう政治家は世界のあちこちにいるからね……。しかし、ハイデン大統領は違う」

「でもどうしてエヴァンとカンポの命を奪ったの？　ほかの三人を巻き添えにしてまで？」

その疑問はよくわかるというように、ギャヴはうなずいた。

「アレック・バランは、さっきもいったように、何かおかしいと感じてはいた。トラブルの予兆があったといえばいいかな。そこで、かつてシークレット・サービスの捜査官だったジョーダン・カンポを極秘の調査に当たらせた。同時にシークレット・サービスにも相談し、エヴァンに情報中継役をしてもらうことになった」深く大きなため息をつく。「エヴァンとカンポにとっては不幸としかいいようがないが、バランはアーリックを信じきり、この話を漏らしてしまったんだよ。そして直後、ふたりは伝道所で殺害された」

背筋が寒くなった。わたしはアーリックとナオミが追いつめられてやろうとしたことをこの目で見ている。わたしもエヴァンやカンポ、巻き添えになった三人とおなじ運命をたどったかもしれないのだ。

「ダニエル・デイヴィーズという記者がいただろう？」と、ギャヴ。「彼も一枚嚙んでいた。共謀犯とまではいえなくても、大スクープがほしくて記事を捏造《ねつぞう》するのは悪質だ」

「伝道所の五人の死亡原因を、彼は故意に一酸化炭素中毒として報じたの？」

「ああ、そうだ。アーリックが彼を引きこみ、いったとおりに書けば、いずれ全容を教えてやる、大スクープだぞと誘った」

「コボールト国防長官の殺害は大統領が指示した、というスクープ？」

ギャヴはうなずいた。「タイリーとラーセンがきのうの午前中、デイヴィーズを聴取した。若い記者は涙を流しながら、すべての質問に正直に答えたらしい。きみが料理本から見つけた記事に関してもね」そこで顔がほころんだ。「ほんとうによく見つけたもんだよ」

「だけどどうしてあんなところに隠したのかしら。バッグでもポケットでもいいんじゃない？」

「ナオミはそのつもりだったんだよ。そしてきょうの午後、アーリックがスピーチをするまえに渡す予定だった。ところがアーリックはバランの指示で身動きがとれなくなり、予定を変更するしかなくなった」

「それでも単純に手渡せばすむんじゃない？」

「何時にどこで顔を合わせられるかが、予想できなくなったんだ。そこで安全な場所、かつアーリックが出入りしてもおかしくない場所に隠すことにした。昔からあるスパイの、秘密の受け渡し場所《デッドドロップ》というわけだ。料理本に忍ばせれば完璧、と思ったのだろう。誰もわざわざ見たりしないからね」くくっと小さく笑う。「彼らはきみを見くびりすぎていた」

「クロロホルムとか毒物とかは？　どうやってここに持ちこめたの？」

「硫化水素がセキュリティを通過した経緯は、トム・マッケンジーのチームが調査中だ。クロロホルムは当日、アーリックが医務室から盗んだらしい」

あのときを思い出し、ぞっとした。「もう少しでかがされるところだったのよ。ほんとに、あと少しのところで……」

ギャヴはわたしの手を握った。「きみはよくやったよ」

手も心も温かくなり、「あなたはもう大丈夫？」と尋ねた。「杖は使わないし、まだ医療休暇中なのに、今度の件でずいぶん動いたみたいだから」

「きみは無事で安全か？」

わたしは侵入者でもいるかのようにきょろきょろした。

「ええ、無事で安全よ」

「それだけでもう、このレナード・ギャヴィンの人生は申し分ない」唇の端がゆがんだ。

「その一点は、残り七週間のことかしら？」

「一点を除いてね」

「まあ、そうかな。しかし結婚することで、きみが危険な冒険をやめるかどうかは怪しい。式さえ挙げれば、きみはずっと無事でいると信じるほうが愚かなのだろう」

「迷信っぽいことを考えるのはよしてちょうだい」

「考えたくて考えるわけではないよ」わたしのもう一方の手を握る。「オリー、わたしはきみを一生愛しつづける。過去をひきずった不合理な恐れはもう捨てなくてはいけないと思えるようにはなった。きみは何度もわたしに、トラブルは自分の力で乗り越えられるといい、そして何度も、その言葉に嘘はないことを証明してきた。そろそろわたしも、気持ちを入れ替えようと思う」

壁の小さな時計が時刻を知らせ、ギャヴはそちらに目をやった。

「もう十一時だな。おいとましたほうがよさそうだ」

「まだ十一時よ。あなたは医療休暇中だし、わたしもあしたは休もうかしら」

「仕事が……あるんじゃないか？」

「まあね。九時にサージェントと打ち合わせをして、そのあとバッキーとシアンと話したいことがあるにはあるの。晩餐会の反省会もしていないのよ。ジョシュアも参加したいといっていて」

「では、きょうはここまでとしよう。お互いに少し体を休めたほうがいい」

帰ってほしくなかったけれど、仕方がない。彼はこの数日忙しく、全快していない体には大きな負担だっただろう。

「そうね、わかったわ」玄関まで見送りにいき、「でもあしたの夜は会えるでしょう？」といった。

ギャヴは両手でわたしの顎をはさみ、やさしい瞳で見下ろした。

「もちろんだ」

# 31

「つまり、ヴァージルは厨房にもどってくるのね?」あくる日の朝、わたしは総務部長室でサージェントに訊いた。

デスクをはさんで向かい合ったサージェントがいらいらしているのは、ヴァージルの復帰が原因か、それともわたしの知らないべつの要因があるのかはわからない。

「ファースト・レディは、ヴァージルがきみとほかのスタッフに謝罪すれば、新たなスタートを切れると考えている。また同時に、彼にはアンガーマネジメントを受けさせたいと。しかし現在、彼とは連絡がつかないため、ファースト・レディの要請にどんな反応をするかは不明だ」

わたしは頭を掻いた。「ヴァージルの立場は宙ぶらりんということね。でもファースト・レディだって、彼の態度が劇的に変わって模範的なスタッフになるとは考えていないでしょう?」

「実際のところ、ハイデン夫人はきみの推薦と、昨日の晩餐会できみの、その……不在中におけるバッキーの仕事ぶりを知り、彼を副料理長に指名してよいと許可した」

「えっ、ほんと？　冗談じゃなく、ほんとに？」

「わたしは冗談などいわない。何度くりかえせばわかるんだ」

「ごめんなさい」いやでも顔がほころんだ。「そういえば、ピーターのアシスタントのマーガレットは晩餐会の日、とっても力になってくれたわ」あとになってわかったのだけれど、彼女はわたしが頼んだとおりにトムをさがしまわってくれたらしい。ただトムはそのころ密室でギャヴと、つぎに大統領と会っていたとのこと。

サージェントは鼻を鳴らした。「その話は聞いたよ」

「直接お礼はいったけど、ピーターにも報告したほうがいいと思って」

「きみはほんとうに彼女を、協力しなければクビになると脅したのか？」

顔がほてった。「ごめんなさい。でも状況が切迫していて、ああいうほかなかったの」

「きみは厄介事に近づくばかりで、遠ざかることができないらしい。今後は自制心を働かせ、わたしの部下たちに非日常的行為をさせないようにしてもらいたい」

「最善を尽くします」


「お帰り、オリー」バッキーが厨房にもどったわたしにいった。

今朝すぐに調理服は着ていたから、わたしは「はい、ただいま」といいながらエプロンをとって紐を結びはじめた。

「サージェントは何だって？」と、バッキー。

「いいニュースと……悪いニュースがあるわ」

シアンが疲れたようすで近づいてきた。きょうのコンタクトレンズは明るい緑だ。

「元気かしら、シアン？」

「まあね。今朝はちょっと忙しいから」

わたしはふたりの顔を見比べた。「何かあったの？　わたしはもっと早くに来たほうがよかった？」

「あらっ、気にしないで」いやに軽い調子だった。「ファースト・ファミリーの朝食は、バッキーとふたりで用意できたもの。わたしはほかに少しばかりやることがあっただけ」

バッキーは彼女をにらんでから、わたしに訊いた。

「いいニュースと悪いニュースというのは？」

「じゃあ、先に悪いほうからね。ヴァージルが……たぶんここに復帰するの」

バッキーとシアンは同時にうめき声をあげた。

「二度と顔を合わせることがないように願っていたんだが」バッキーはほっぺたをこすった。

「あきらめるしかないか」

「いいほうのニュースも聞きたいでしょ？」

「悪いニュースの百倍くらい、いいものであってほしいな」

「それはバッキー自身に決めてもらいたいわ」わたしは彼の正面に立ち、片手を差し出した。

バッキーは反射的にそれをとって握手する。わたしはにっこりした。「おめでとう、バックミンスター・リード。あなたはホワイトハウスの厨房の筆頭アシスタント・シェフ、副料理長になるわ」

バッキーの眉間の皺が消え、満面の笑みになった。

「からかってるわけじゃないよな？　オリーがそのてのことで冗談をいうわけがないから、ほんとうだよな？」わたしを力いっぱい抱きしめる。「ありがとう、オリー。ありがとう」

彼が腕をほどくと、わたしは笑った。こんなに感情まるだしのバッキーを見ることはめったにない。

「感謝するなら、自分自身にしたほうがいいわ。才能と努力をおしまないことにね。わたしはメッセンジャーでしかないもの」

そこへ、ローズナウ捜査官が現われた。

「ミズ・パラス、お仕事中申し訳ありませんが、チャイナ・ルームに来ていただけますか？」

明るいムードが一変し、鼓動が聞こえるほど静まりかえった。

わたしはバッキーとシアンに〝不吉なチャイナ・ルーム〟の視線を投げかけてから、ローズナウ捜査官に訊いた。

「どなたの用件かしら？」

「ハイデン大統領です」

呆然とした。わたしがまた何かトラブルを引き起こしたとか？　尋ねたいのをこらえ、「わかりました」と答えた。エプロンをとってカウンターに置き、調理服の皺を手でのばしてからローズナウ捜査官についていく。厨房を出るときにバッキーとシアンをふりかえり、声には出さず口だけで、「何かしら?」といってみた。

シアンは首を横に振ってバッキーに目をやり、彼は両手をあげて首をすくめる。

この時間はホワイトハウス・ツアーがないようで、ホールは静かだ。わたしはローズナウ捜査官とホールを横切り、チャイナ・ルームへ向かった。ドアは開いていて、近くまで行くと大統領の姿が見えた。ほかに人はいないようだ。

「お入りください」ローズナウ捜査官がいった。

わたしは大きく深呼吸して気持ちを鎮めた。

「あなたもいっしょに?」

「いいえ、わたしはミズ・パラスをお連れするだけです。このあと、ほかの場所に行かなくてはいけないので。ご幸運をお祈りします」

幸運? これからそれが必要になるということ?

「失礼します、ハイデン大統領」わたしは部屋に入りながらいった。「わたしをお呼びということでしたが?」

大統領はこちらをふりむいた。

「そう、呼んだよ」

大統領はわたしに椅子を勧めなかった。見たところ、リラックスしたようすはまったくない。これから何が始まるのだろう?

「きみも知っていると思うが、デュラシとの平和交渉を妨害し、わたしを失脚させようとする陰謀があった」

わたしは黙って聞くだけだ。

「捜査は進んでいるが、まだ完了はしていない。現時点で判明していることは、政府と契約した軍事会社の者が首謀し、殺人まで犯してみずからの利益を守ろうとしたということだ」

これはわたしへの質問ではないので、話の続きを待った。

「きみをここへ呼んだのは、そのような企みを暴く際の、きみの関与について話したかったからだ。正直なところ、わたしは驚愕している。ホワイトハウスのエグゼクティブ・シェフが、国家の安全にかかわる事項にここまで何度も関与するとはね」

「大統領、わたしはけっして自分から――」

「オリー」声の調子がいくらかやわらいだ。「きみを非難したくて呼んだのではないよ。それどころか、心から礼をいいたい。陰謀の証拠をわたしに、しかもあのようなかたちで届けてくれた。おかげでデュラシとの平和会談が、五十年先まで延期されずにすんだのだからね」

息ができなくなりそうだった。「大統領……」

「よくやってくれたよ、オリー。お返しに、このわたしでもきみの役に立てることがないかと考えたのだが……何かあるかね？」

わたしはほほえんだ。ようやくいつもの調子にもどれた気がする。

「ありがとうございます、大統領。そういっていただけるだけで、とてもうれしいです」

「まじめに訊いているんだよ。わたしにできることは何かないか？」

まさか結婚式を早めるよう、大統領からムールトリ裁判所に要請してくれ、なんてことは口が裂けてもいえない。

「ありがとうございます。でもいまのところ、何も思いつきませんので」

大統領はお腹の前で両手を握り、首をかしげた。

「それはほんとうかな？」

大統領のまなざしは、わたしの心を見透かしているかのようだった。でもいまのわたしの願いといえば、結婚式が二週間でいいから早まることくらいだ。

「はい、ほんとうです」

「ふむ……」大統領は顎をさすった。「では、わたしの勝手なアイデアでもいいかな？」

あら、何かへんだわ、とぼんやり感じた。

「オリー？」背後から声がしてふりむくと、バッキーとシアンだった。

バッキーは美しいブーケを手に、つかつかと近づいてきた。

「はい、どうぞ」お花をわたしに持たせ、ほっぺたに小さなキス。

「え？　何？」

シアンは持っていたコック帽を、両手でわたしの頭にのせた。びっくりしたことに、コック帽の後ろにはベールがついている。

「すてきな花嫁さんね」

「ちょっと待ってよ。これはどういうこと？」

バッキーもシアンも答えない。

わたしが大統領をふりむくと、大統領はドアのほうをじっと見ていた。そしてわたしもそちらを見ると……心臓が止まりそうになった。そこに黒い礼服を着たギャヴがいたのだ。襟には一輪の白い薔薇。

ギャヴはわたしのところへ来ると、ブーケを持っていないほうの手を握った。

「ご協力感謝します、大統領」そしてわたしを見下ろし、「法律にのっとるから心配しなくていい」といった。「許可証は今朝、もらってきたから」

なんとなくわかりかけてきた。でもまだ信じられない。

「どうやって……」わたしは大統領をふりむいた。「裁判所に何かいってくださったんですか？」

「いいや、何も。きみの友人の力だよ」

大統領がドアを指さすと、何人もが部屋に入ってきた。サージェントとソーラ、その後ろにはマーガレット。そしてもうひとり、黒髪で鬚をはやし、きりりとしたスーツ姿の男性がいたけれど、わたしの知らない人だった。

「オリヴィア――」サージェントがそばに来て、「フランク・デジグナを紹介しよう」といった。「わたしの友人で、公認の司式者でもある」

「はじめまして」わたしは彼と握手し、手を離すとそのまま顔を覆った。「こんなこと……ほんとに……」

ギャヴがバッキーとシアンのほうに腕を振った。ふたりは調度類を動かし、折りたたみ椅子を広げて並べている。

「バッキーとシアンの発案なんだよ」と、ギャヴはいった。「そして、ピーターのね」

サージェントはいま、口もとがほころばないよう、懸命に力をこめているように見えた。

「きみは詮索するのが好きだからな、オリヴィア。わたしがバッキーやシアンと会う理由だったのなんだの。じつに困ったもんだよ」

「気がつかなかったわ……」

「ふたりが早朝出勤する理由にも気づかなかっただろう。きみが出勤するまえに計画を練っていたのだ、三人で」

わたしは額に手を当てた。「そういうことだったのね」

サージェントは遠慮ぎみに鼻を鳴らした。

「きみは素人探偵気どりじゃなかったかな？」ソーラの背中に手を当ててうながす。「では、すわらせていただくよ」

ギャヴがわたしに顔を寄せた。「バッキーとシアンから計画を聞いたときは、すばらしいと思ったよ」もっと何人もが部屋に入ってきて、ギャヴはわたしの手を握りしめた。「どうだい、気分は？」

胸がいっぱいですぐには返事ができなかった。最高よ、と答えかけたところで入口に、ローズナウ捜査官に付き添われたふたりが見えた。

「お母さん！」駆けよって母に抱きつく。「どうしてわかったの？」

母はわたしの背中を叩き、頭の後ろをベールの上から撫でた。

「娘の結婚式を見なくてどうするの」

「孫の結婚式だ。あたりまえだよ」

わたしは祖母を抱きしめた。熱いものがこみあげて、言葉が出てこない。

ギャヴが母たちに挨拶すると、わたしにいった。

「きのうはきみのアパートからあんな時間に帰るしかなかった。これでも式を控えた花婿だからね」

ウェントワースさんとスタンリーの姿も見えた。そして敬愛する上司だったヘンリーも！こんなに何度も喉が詰まって心臓がどきどきするなんて、わたしはなんてしあわせなんだろう。ほんとうに、ほんとうにわたしはしあわせ……。

ジョシュアが走ってきて、小さなサテンのリングピローを見せた。

「お父さんがね、もしオリーが許してくれたらリングボーイになって、指輪を運びなさいっていったんだ」

「ジョシュアが運んでくれるなんて――」しゃがんで少年を抱きしめる。「わたしはこの世で最高にラッキーだわ」

「指輪は勝手に選んでしまったが」と、ギャヴ。「もし、きみの好みのものがほかにあれば……」

「ううん、これがわたしの好みよ」

「それに……」どこかあやまるように。「チャイナ・ルームしかなかったんだよ。ほかの部屋はどこも予定が入っていてね」

わたしは笑いをこらえた。「チャイナ・ルームのどこがいけないの？　申し分なし、完璧よ」

音楽が流れはじめた。やさしいメロディのクラシック音楽だ。部屋を見渡し、あの人もこの人も、みんなわたしの愛する人で、こみあげるものを抑えきれなくなった。この気持ちはけっして言葉では表わせない。

司式者のフランク・デジグナが、みなさん静かにしてくださいといい、ギャヴがわたしの耳もとでささやいた。「やめるなら、いまがラスト・チャンスだぞ、オリー」

わたしはがんばって、なんとか声を出した。

「あなたを愛しています、ギャヴ」

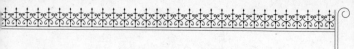

## レシピ集

●牛肩ロースの丸ごとブレゼ
●キジの香草焼き、ワイルドライス詰め
●ベビースピナッチのソテー
●糖蜜とサツマイモのホイップ
●ゴールデンビーツとサヤマメ
●レモンの蒸しプディング

### 牛肩ロースの丸ごとブレゼ

【材料】6人分
タマネギ(中)……2個(なくても可)
ニンジン……800～1000グラム
牛肩ロース……1枚(1・5～1・8キロ)
キャノーラ油……大さじ3～4
ビーフ・ブロス……カップ4

【作り方】

❶オーヴンを160℃に予熱。

❷タマネギは四つ切り、ニンジンは2〜3センチの斜め切り。

❸ブレゼ鍋（または厚手鍋）でキャノーラ油を熱し、ロースに焼き色をつける。

❹❸にタマネギとニンジンを入れ、ブロスを加える（ブロスは食材の下半分が浸かる程度まで。すべて浸かってしまわないように）。蓋をして、オーヴンへ。

❺オーヴンで2時間半〜3時間。フォークがロースにすっと刺さるくらいまで。ロースをカットし、マッシュドポテトを添えてテーブルへ。

## キジの香草焼き、ワイルドライス詰め

【材料】10人分

チキン・ストック（またはブロス）……カップ8
ワイルドライス……450グラム
キジのムネ肉……10個（骨を抜く。ささみ部分はスタッフィングに使用。横にスタッフィング用の切れ込みを入れておく）
オリーブオイル……カップ½（刻んだローズマリー、タイム、セージを混ぜておく）
タマネギ……½個（さいの目切り）
ニンジン……2本（さいの目切り）
ローストガーリック……大さじ2
ドライアプリコット……カップ½（さいの目切り）
塩・コショウ……適宜

【作り方】

❶沸騰したチキン・ストックにワイルドライスを入れて火を弱め、蓋をして茹でる。やわらかくなるまで15分ほど。

❷❶にタマネギ、ニンジン、ガーリック、アプリコットを加え、野菜がやわらかくなり、水分が吸収されてなくなるまで煮る。およそ15分くらい。冷蔵庫で冷ます。

❸ささみをフードプロセッサーでペーストにする。

❹❷が冷めたら、ささみペーストを加えてよく混ぜる。塩・コショウで味をととのえ、冷蔵庫に入れておく。

❺オーヴンを260℃に予熱。

❻❹を十等分し、アメリカンフットボールのボール状にしてムネ肉に詰める。ぎゅうぎゅうに詰めすぎないこと。

❼❻の上表面と底部にオリーブオイルをぬり、塩・コショウして、ロースト用鉄板に。

❽オーヴンで8～10分。焼きあがったらオーヴンから出して蓋をするかホイルで覆い、10分ほどそのまま。ソテーしたホウレンソウ（ベビースピナッチ）の上にのせてテーブルへ。

＊キジの代わりにチキンでも。

## ベビースピナッチのソテー

【材料】1人分

ベルギーエシャロット
……カップ¼（みじん切り）

オリーブオイル……大さじ½

ベビースピナッチ
……200〜250グラム

シーソルト……少々

粗びき黒コショウ……少々

【作り方】

❶ 厚底のソテーパンを強火で熱してから、火を弱めてエシャロットをソテーする。

❷ ❶にベビースピナッチを加えて塩・コショウし、しなっとする程度で火からおろす。温かいうちにムネ肉をのせてテーブルへ。

## 糖蜜とサツマイモのホイップ

——大統領就任午餐会の一品（2009年）

【材料】約2リットル分

サツマイモ（大）……3個（重さで1キロ半ほど）

無塩バター……大さじ2

コーシャーソルト
……小さじ1

オレンジ・ジュース
……カップ¼

ブラウンシュガー
……大さじ½

クミン（粉末）……小さじ1

糖蜜……大さじ1

メープルシロップ
……大さじ2

【作り方】

❶ オーヴンを200℃に予熱。

❷ サツマイモをベーキング

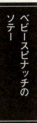

シートで1時間ほど焼く。フォークが楽に刺さるくらいまで。

❸ サツマイモが熱いうちに皮をむき、手かミキサーでマッシュドポテトにする。

❹ ❸と残りの材料すべてをよく混ぜる。お好みの香味料があれば適宜加えて。

＊前日につくっても可。冷蔵庫に入れ、テーブルに出す直前に温めて。

## ゴールデンビーツとサヤマメ

――大統領就任午餐会の一品（2013年）

【材料】4人分

水……2リットル

コーシャーソルト……大さじ½

ゴールデンビーツ（小ぶりのもの）……8個（皮をむいて半分に）

サヤマメ……1キロ（端を取り、2センチくらいの長さに斜め切り）

エクストラバージン・オリーブオイル……大さじ½

ベルギーエシャロット……大さじ½（みじん切り）

白コショウ……少々

【作り方】

❶ 沸騰した湯にコーシャーソルトを入れ、ビーツを5分ほど茹でる。やわらかくなったら、網杓子ですくいあげ、ボウルに入れておく。

❷ もう一度沸騰させ、サヤマメを入れて3〜4分茹でる。湯からあげて、❶のボウルに入れる。

3 ソテーパンを中火にかけてオリーブオイルをひき、ベルギーエシャロットを炒めてからビーツとサヤマメを加え、塩、コショウする。

## レモンの蒸しプディング

――大統領就任午餐会の一品（2005年）

【材料】8～10人分

小麦粉（上質のもの）……200グラム
ベーキングパウダー……15グラム
塩……少々
レモンの皮……8～10個
バター……260グラム
白糖……260グラム
卵（全卵）……4個
卵（黄身）……8～10個
レモンジュース……70グラム

【作り方】

1 小麦粉とベーキングパウダーをふるいにかける。
2 バターと砂糖をふんわりするまで混ぜる。卵とつなぎの小麦粉（ごく少量、分量外）、塩を加えて混ぜ、さらにレモンの皮を加えて混ぜる。
3 2に1を加え、レモンジュースをゆっくり流しながら、なめらかになるまで混ぜる。
4 タンバル型（プリン型）にバターを塗って3を分け入れ、30～35分ほど蒸す。
5 完全に冷めてから、型からとりだす。

コージーブックス

大統領《だいとうりょう》の料理人《りょうりにん》⑦

晩餐会《ばんさんかい》はトラブルつづき

著者　ジュリー・ハイジー
訳者　赤尾秀子《あかおひでこ》

2018年　8月20日　初版第1刷発行

発行人　成瀬雅人
発行所　株式会社　原書房
〒160-0022 東京都新宿区新宿 1-25-13
電話・代表　03-3354-0685
振替・00150-6-151594
http://www.harashobo.co.jp
ブックデザイン　atmosphere ltd.
印刷所　中央精版印刷株式会社

落丁・乱丁本はお取り替えいたします。
定価は、カバーに表示してあります。
 ISBN978-4-562-06083-2 Printed in Japan